팥빙수와 햇살

416 단원고 약전 **짧은, 그리고 영원한 10**권

팥빙수와 햇살

2학년 10반

경기도교육청 약전작가단 지음
경기도교육청 엮음

굿
플러스
북

발간사

《단원고 약전》으로 영원히 기리다

'기록하지 않은 기억은 망각되고, 기록은 역사가 된다.' 우리가 오늘 그날의 이야기를 기록하는 이유입니다. 단원고 학생과 교사 261명을 포함해 모두 304명의 목숨을 앗아간 4.16 세월호 참사. 그들의 못다 한 꿈을 영원히 기억하고 우리의 책임을 통감하며 후대에 교훈으로 남기기 위해 이 참사를 기록하게 되었습니다.

'세월호'의 기록은 우리 시대의 임무입니다. '세월호'를 하나의 사건으로만 기억하지 않고 역사의 기록으로 남겨야 하는 이유는 가장 소중한 가족을 잃은 사람들의 비통함 때문만은 아닙니다. 안전 불감증이라는 사회적 성찰과 국가의 부끄러운 안전 정책은 물론 역사의 진실을 제대로 알리고자 하는 마음이 모여 한 장 한 장 피맺힌 절규를 담게 되었습니다.

희생자 한 명 한 명의 삶과 꿈, 그 가족과 친구들의 기억을 기록하는 데 그치지 않고, 어떻게 기록해야 진실을 올곧게 담아내고 가장 많은 사람들과 이 기억을 공유할수 있을까를 생각했습니다. 그래서 이번 참사의 아픔을 함께하고, 우리 시대의 사랑과 분노, 희망과 좌절을 문학 작품으로 기록해 온 작가들을 약전 필자로 모셨습니다. 아무리 훌륭한 작가가 있다 해도 아들딸, 형제자매를 떠나보낸 가족들이 이들을 만나서 이야기해 주지 않았다면 단 한 줄도 기록할 수 없었을 것입니다. 약전 발간에 대한 가족들의 관심과 참여가 1만 매가 넘는 원고를 만들어 낸 가장 소중한 밑거름이 되었습니다.

약전 작가와 발간위원들은 가족들이 있는 합동분향소, 광화문광장, 팽목항으로 찾아가 묵묵히 그 곁을 지키며 함께했습니다. 눈을 마주치고 짧은 인사를 나누고, 그렇게 시작해 몇 시간씩 마주 앉아 함께 울고 웃으며 '지금은 천 개의 바람이 되어 버린 그들'에 대한 이야기를 나눴습니다.

이렇게 12권의 책이 만들어졌습니다. 경기도는 물론 전국 방방곡곡에서 단원고 학생과 교사들의 삶을 약전을 통해 다시 만나고 그들과 함께할 것입니다. 그들의 꿈과 미래가 영원히 우리 곁에서 피어나길 기원하며, 이 시대를 살아가는 모든 분께 《단원고 약전》을 바칩니다.

2016년 1월
경기도교육청

기록의 소중함

《삼국유사》가 전승되지 않았더라면 천년 이후에 우리는 신라의 향가를 비롯해 우리 고대의 역사, 문화, 풍속, 인물들을 어떻게 추론할 수 있었을까? 모두 알다시피 정사인 《삼국사기》와 달리 《삼국유사》는 최초로 단군신화를 수록하고 학승, 율사와 같은 위인의 전기뿐만 아니라 선남선녀들의 효행을 기록했다. 우리가 진정 문화 민족의 후예임을 밝혀 주는 보물 같은 기록이다.

사마천의 《사기》 역시 마찬가지로 문명사회의 시원과 중국 고대사를 비추는 찬란한 등불이다. 그리고 나아가 이제는 인류의 공동 자산이 되었다. 흥미로운 것은 방대한 《사기》에서 가장 많이 사랑받는 부분은 '제왕본기'가 아니라 당대의 문제적 인간들의 이야기를 엮은 '열전'이다. 지배 계층 인물보다 골계 열전에 엮은, 당시 민중의 살아 숨쉬는 모습이 압권이다. 실로 이천여 년 전의 인간이라 믿기 어려울 정도로 사실적이다.

《삼국유사》와 《사기》 안에 부조된 인간사는 현대에도 부단히 여러 예술 장르로 부활, 변용되고 있다. 기록은 그토록 소중한 작업이다.

세월호 참사에 대한 보도, 영상물을 비롯한 기타 자료 등은 넘치고 또 넘친다. 해난 사고가 참사로 이어지는 과정에 대한 탐구, 분석, 평가 또한 앞으로 이어질 것이다.

'바다를 덮친 민영화의 위험성', '무분별한 규제 완화', '정부의 재난 대응 역량' 등의 문제는 정치의 영역일 터이다.

우리 139명 작가들과 6명의 발간위원들은 4.16 참사라는 역사적 대사건의 심층을 들여다보고 이를 기록하고자 했다. "잘 다녀올게요" 하고 환하게 웃으며 수학여행을 떠난 그들이 어떤 꿈과 희망을 부여안고 어떤 난관과 절망에 부딪치며 살았는지 있는 그대로 되살려 내고자 했다. 여기에는 결코 어떤 집단의 유불리나, 하물며 정치적 의도 같은 것이 있을 리 없다.

파릇한 나이에 서둘러 하늘로 떠나 버린 십대들의 삶과, 또한 이들과 동고동락한 선생님들의 생애를 고스란히 사실적으로 담았다.

로마의 폼페이 유적지에서 이천여 년의 시간을 뚫고 솟아난 한 장의 프레스코화는 실로 눈부시다. 머리 빗는 여성의 풍만한 몸매와 신라 여인을 연상시키는 의상, 그리고 이를 바라보는 어린 아들의 익살스런 포즈는 그 시대를 단번에 현대인에게 일러 준다.

프레스코화 기법의 핵심은 젖은 회반죽이 채 마르기 전에 그리는 것이라고 한다. 우리 역시 비극의 잔해가 상기 남아 있는 시기에 약전을 쓰려고 했다. 무척 고통스럽고 슬픈 작업이었다. 작가들은 떠나간 아이들과, 그리고 남아 있는 부모와 가족, 친지들과 함께 다시 비극의 한가운데 오래 머물러야 했다.

'왕조실록', '용비어천가', 《삼국사기》가 역사 기록이듯 '녹두장군', '갑오동학혁명', 무명의 여인들이 쓴 형식 파괴의 '사설시조' 등도 전통의 지평을 넓히는 우리 문화유산이다. 평가와 선택은 후세가 할 것이다. 우리는 다만 동시대인으로서 비극에 얽힌 인물들의 이야기를 기록한다.

함께 별이 된 아이들과 교사들이 하늘에서 편하시기를 기도하며, 고통스런 작업에 참여해 주신 가족, 친지분과 작가 여러분께 깊이 감사드린다.

2016년 1월

유시춘 (작가, 약전발간위원장)

기록의 소중함

발간사

고하영	담담하고 당당하게!	구보현	이렇게 행복해도 되나 가끔 두려워
권민경	네 잎 클로버를 키운 소녀	권지혜	미소 천사 지혜
김민정	엄마의 꽃 민정이	김다영	간직해 줘요, 깨알 편지에 새긴 내 무늬
김아라	김아라, 수호천사 우리 딸!	김민정	태어나 줘서 고마운 아이, 민정이
김초예	누구랑 여행해도, 어디를 여행해도	김송희	엄마랑 같이 행복하게 산다더니
김해화	엄마, 얼굴 예쁘게 작게 낳아 줘서 고마워	김슬기	빨리 와, 나 화장실 가야 해
김혜선	그리움의 조각을 이어 붙이다	김유민	다시 태어나도 엄마와 함께
박예지	행복한 사람, 자기를 사랑할 줄 아는 사람	김주희	짧은 생애 그러나 큰 기쁨을 주었던 김주희를 기억하며
배향매	다시 올게요	박정슬	마음을 담아, 사랑하는 사람들에게
오경미	그날, 무대의 막이 오를 때	이가영	더 가까이, 더 따듯하게!
이보미	보미의 편지	이경민	갱이 이모
이수진	아기 고래의 꿈	이경주	혼자 우는 친구가 있다면 늘 그 옆에 있고 싶다
이한솔	놀기도 잘하고 공부도 잘하던 당찬 공주	이다혜	다 덤비라고 해, 나 이다혜야!
임세희	노란 나비가 되어 다시 찾아오렴	이단비	참 행복한 아이, 단비
정다빈	빵을 만드는 작가	이소진	그래도 나는 동생이 좋아
정다혜	항상 멋진 정다혜!	이해주	춤 잘 추는 영원한 반장
조은정	'효녀 은정'이라고 불러 줘	장수정	내 카페에 오는 사람들에게 천국을 보여 주고 싶다
진윤희	포에버 영원한 친구, 윤희	장혜원	팥빙수와 햇살
최진아	나의 샴고양이 똑순이(쑤니)에게		
편다인	별이 언니의 Star's Story		

별이 된 아이들 이야기

이렇게 행복해도 되나 가끔 두려워

안산 단원고 2학년 10반 **구보현**

1. 가족과 함께 여행 간 제주도에서, 오빠 현모와 세 살 보현이.
2. 보현이 중학교 3학년 때 교실에서 찍었다.
3. 집에서 아빠 등에 목말을 타고 오빠와 함께.

이렇게 행복해도 되나 가끔 두려워

"뀨(아빠, 일어났어)?"

보현이가 침대에서 기지개를 켜며 안방을 향해 신호를 보냈다.

"뀨-우-우(응, 일어났다)."

보현이 소리에 맞춰 아빠도 대답을 했다. 두 사람을 보고 식탁에 수저를 놓던 엄마가 주방에서 웃었다.

"두 사람, 그게 뭔 소리래?"

보현이가 침대에서 나오며 말했다.

"이거? 코알라 아침 인사."

보현이는 안방으로 가서 아빠 발등 위에 두 발을 얹고 팔로 다리를 껴안고 매달렸다.

"아이고, 무거워."

아빠는 보현이를 다리에 매달고 천천히 부엌으로 나왔다.

"그건 또 뭐하는 짓이야?"

"나아아아 무우우우 느으으을 보오오오."

현모가 방에서 나오다 그 모습을 보고 혀를 찼다.

"아주 징그러워 죽겠어. 다 큰 게 아빠한테 매달려서. 으이구, 언제나 철들래? 내가 집에를 오지를 말든가 해야지. 아휴, 닭살."

"치, 오빠 너는 군대 안 가냐? 기숙 학교에서 일주일에 한 번 오는 것도 귀찮다. 빨리 군대나 가라."

"요게?"

현모는 보현이 머리통을 콩 쥐어박았다.

"참, 엄마. 어제 3층 아저씨 만나서 인사했더니 아저씨가 '이야, 보현이 많이 이뻐졌네' 하시는 거야. 내가 얼마나 못생겼었길래 그 아저씨는 만날 때마다 이뻐졌다고 해?"

"야, 넌 거울도 안 보냐? 엄마 아빠는 너 이쁘다고 막 그러지만 객관적으로 보면 음, 뭐랄까 이쁘다고는 절대 말 못 하지. 조금 귀엽다면 모를까. 니가 계속 착각할까 봐 이 오빠가 눈물을 머금고 진실을 말해 주는 거야."

"아빠, 오빠가 만날 이래. 못생겼다고 놀리고. 흥, 지는? 지는 얼마나 잘생겼길래?"

아침밥을 먹으면서도 현모와 보현이는 계속 티격태격했다.

"그만 싸워. 너희는 아주 애기 때가 제일 친했어. 그땐 현모가 동생이라고 얼마나 이뻐했는지."

"오빠가? 설마. 아마 그때도 엄마 없을 때 막 쥐어박고 꼬집고 그랬을 거야. 누가 알겠어?"

"아냐, 진짜 오빠가 너 예뻐했어. 만날 뽀뽀하고."

"으악!"

"헐!"

현모와 보현이는 소리를 지르며 말도 안 된다는 듯 고개를 세차게 흔들었다. 오빠를 향해 눈을 흘기던 보현이는 엄마와 눈이 마주치자 입안 가득 밥을 물고 입을 내밀어 뽀뽀하는 시늉을 했다. 아빠를 보고는 윙크를 날렸다.

"아 나, 진짜. 또 시작이네. 아휴, 손발 오글거려."

그 모습을 보고 현모는 진저리를 치며 밥을 퍼 넣었다.

"현모야. 우리 오늘 일산 킨텍스 건축 박람회에 갈 건데 같이 갈래?"

"건축 박람회?"

"응. 보현이가 관심 있다고 해서."

"난 안 갈래. 친구들이랑 볼링 치러 가기로 했어. 요즘 실력이 쑥쑥 오르고 있단 말이야."

아침을 먹은 뒤 보현이와 엄마 아빠는 일산 건축 박람회 구경을 갔다.

보현이는 인테리어 디자이너가 되는 것이 꿈이다. 엄마가 시집올 때 가져온 고가구도 새롭게 리폼하고 있는 중이었다. 사포로 전체를 살살 문지른 다음 잔 먼지를 털어내고 니스를 칠했다. 다음에 시간 날 때 다시 한번 니스 칠을 하려고 마음먹고 있다. 자기가 대학 가고 나면 엄마가 원하는 것 이것저것 모두 만들어 주겠다고 약속도 했다.

"엄마, 그거 사지 마. 내가 대학 가면 만들어 줄게. 엄마 그것도, 내가 더 예쁘게 만들어 줄게. 아, 대학만 가면 엄마랑 만날 쇼핑 가고 뭐 먹으러 가고 전시회도 가고 그래야지."

"그럼 그럼. 엄마랑 딸이랑 친구처럼 다녀야지."

원래 보현이는 요리사가 되고 싶었다.

"엄마, 그런데 내가 행동이 좀 느리잖아. 손님이 음식 늦게 나왔다고 화내면 어떡해? 아휴, 요리사는 아무래도 안 되겠다."

그다음 보현이는 건축가가 되고 싶었다.

"설계 도면 보는 게 너무 재미있어. 근데 엄마, 나 건축가는 힘들 것 같아. 건축과는 5년이더라구. 아빠가 내 학비 대려면 너무 힘들 것 같아. 그래서 나, 인테리어 디자이너 하기로 결정했다."

건축 박람회장에는 온갖 물건이 전시되어 있었다. 건축 박람회라고 해서 건축물에 대한 것만 있는 줄 알았더니 작은 찻잔에서부터 초, 의자, 커피 머신, 가정용 화장품 제조기, 예쁜 그릇과 방석들까지 없는 것이 없었다. 심지어 한옥까지 있었다. 보현이는 눈을 반짝이며 전시회장을 지치지도 않고 돌아다녔다.

"디자이너 하기로 한 거 잘한 것 같아. 디자인의 세계는 진짜 무궁무진하네. 와, 이 그릇 진짜 예쁘다. 그치, 엄마?"

"그렇네. 이 옻칠한 가구도 예쁘다. 색깔이 어쩜 저리 은은하고 고상하냐?"

이렇게 행복해도 되나 가끔 두려워

"맞아."

쉬지 않고 몇 시간을 돌아다녔더니 엄마 아빠 보현이 모두 다리도 아프고 배도 고 팠다.

"보현이 뭐 먹고 싶어?"

"음, 곱창?"

"그럼 곱창 먹으러 가자."

"아니, 보현이 입만 입이야? 왜 나한테는 안 물어봐?"

엄마가 서운한 척하자 아빠는 씨익 웃으며 말했다.

"당신은 뭐 먹고 싶은데?"

"나? 나는…… 음."

"곱창이라고? 가자."

"나 참. 누가 딸바보 아니랄까 봐."

셋이 곱창을 먹으며 방금 본 제품들에 대해 이야기했다.

"엄마 아빠랑 이렇게 오니까 정말 좋다."

보현이가 갑자기 엄마 아빠를 똑바로 바라봤다.

"엄마, 내 친구들 중에서 내가 아마 엄마 아빠를 제일 좋아하는 것 같아."

"응? 무슨 소리야?"

"성적 때문에 엄마 아빠하고 갈등 있는 애들이 의외로 많더라구. 엄마 아빠는 성적 떨어져도 막 혼내고 그러지 않잖아."

"엄마 아빠는 네가 스스로 할 때까지 기다려 주는 거지. 어릴 때는 느렸지만 하나하 나 차근차근 해냈으니까. 수학 성적도 엄청 올랐잖아."

"난 진짜 엄마 아빠 딸로 태어나서 행복하다. 난 가끔 두려워. 이렇게 행복해도 되 나 하고."

"별 걱정을 다 한다."

"음, 아무튼 나중에 돈 많이 벌어서 엄마 아빠 맛있는 것도 많이 많이 사 주고 예쁜 집도 지어 줄게.”

“정말?”

“그러엄.”

“맞다. 생일 때 네가 엄마 가방도 사 줬잖아. 그거 비싼 건데. 용돈 모아서 너는 쓰지도 않고 비싼 가방을 사 주고. 고마워, 우리 딸.”

“헤헤. 뭘 그 정도 가지고. 엄마가 처녀 때 회사에서 쓰던 금고 나 줬잖아. 그 금고에 돈 더 많이 모아 놨어. 얼만지는 비밀. 아빠 생일 때 구두 사 줄게. 회사 다닐 때 신고 다녀.”

“안 사 줘도 괜찮아. 너 사고 싶은 거 사고 먹고 싶은 거 사 먹어……”

아빠가 보현이한테 말했다.

“으으음. 노노노. 난 우리 식구들 뭐 선물할 때가 제일 행복하단 말이야.”

“오빠 생일 선물도 비싼 거로 사 줬잖아.”

“칠만 얼마 줬지.”

“뭐하러 그렇게 비싼 티를 사, 학생이?”

“그전에 다른 거 선물 사 줬더만 싫다고 난리 치잖아. 아, 선물 가지고 그런 사람 처음 봤다 내가.”

보현이는 물을 한 잔 마시고 컵을 내려놓으며 씨익 웃었다.

“근데 사실은 좋은 티셔츠 하나 사 주고 싶었어. 만날 그런 티 사 입는 것도 아닌데 뭘. 한번 비싼 걸로 선물해 놔야 오빠가 커서 돈 많이 벌면 나한테 잘해 줄 거 아냐? 헤헤. 우리 연년생이라 사춘기 되면서 엄청 싸웠잖아. 근데 오빠가 디미고(디지털미디어고등학교) 가서 기숙사에 가느라 떨어져 있으니까 은근 보고 싶더라고. 참, 오빠랑 나랑 사진 찍은 거 보여 줄까? 우리도 다정한 남매 코스프레 좀 해 보자고 찍었거든.”

보현이 카톡 사진을 보여 줬다. 둘이 다정하게 웃고 있는 사진이었다.

“너네 어렸을 때는 정말 친했는데. 오빠가 너 얼마나 이뻐했는데. 지 동생이라고 만날 우유병으로 먹여 준다고 하고. 뭐 생기면 남겨다 주고. 오빠한테 막 대들고 그러면 안 돼."

"알아, 엄마. 괜히 싸우는 척하는 거야. 나도 오빠 좋아해."

엄마 아빠도 함께 웃었다. 박람회장 근처를 좀 돌아보고 집으로 가기 위해 차를 탔다.

"참, 아빠. 이번 주 수요일에 중앙동으로 영화 보러 가면 안 돼? 아빠 다음 주 주간 반이잖아."

"몇 시에?"

"10시에 야자 끝나니까 학교 앞으로 오면 돼. 심야 보면 되잖아."

엄마가 머리를 저었다.

"수요일은 안 되는데. 엄마 목요일 아침 일찍 봉사 가잖아."

"또?"

"응. 내일은 사할린에서 귀국해서 고잔 고향마을에 살고 있는 할머니들 파마하러."

"치. 엄마는 왜 그렇게 만날 봉사만 하러 가? 엄마도 힘들잖아."

"서로 돕고 살아야지. 그 할머니들 사할린에서 살다가 이곳에 온 지 몇 년 됐는데 고국이기는 하지만 모든 게 낯설지 뭐. 내가 할 수 있는 것으로 도와야지. 세상에 혼자 살 수 있는 사람은 없어. 우리가 힘들 때 또 다른 사람들이 우릴 도와주겠지. 할머니들 머리 예쁘게 해 드리고 나면 내가 더 기분이 좋아져. 이왕 배운 기술, 좋은 데 쓰면 좋지 뭐."

아빠는 운전석 앞에 매달린 작은 가족사진 액자를 보며 보현이에게 말했다. 사진 속에는 어린 보현이와 현모와 엄마 아빠가 있었다.

"보현아, 무슨 영화야? 제목이 뭔데?"

"수상한 그녀."

"재미있대?"

"응. 내 짝이 봤는데 재미있대."

"그럼 화요일에 보자. 아빠가 엄마랑 같이 학교 앞으로 갈게."

"알았어. 어? 잠깐만. 전화 왔는데? 외삼촌이다."

보현이는 핸드폰을 받았다.

"어, 삼촌? 왜?"

보현이는 장난스럽게 전화를 받았다.

"왜가 뭐야, 삼촌한테?"

엄마와 아빠는 보현이를 보고 눈짓을 했다. 보현이는 핸드폰을 든 채 엄마한테 말했다.

"삼촌이 어제 수업도 안 끝났는데 전화해서 우리 담임 샘한테 혼났단 말이야."

"삼촌이 보고 싶어서 전화했겠지."

"알았어. 삼촌 어디야? 나? 나는 엄마 아빠랑 건축 박람회에 왔어. 일산. 응. 응. 재미있었지. 응. 아빠가 사 줬어."

전화를 끊고 보현이는 삼촌이 보은 외갓집에 놀러 오라고 했다고 말했다.

"외갓집 가면 재미있는데. 고기도 구워 먹고. 참, 외할아버지가 보내 주신 곶감 다 먹었어?"

"냉동실에 조금 남았어. 하나밖에 없는 사위가 곶감 좋아한다고 외할아버지가 제일 좋은 감으로 만든 곶감 해마다 보내 주셨는데. 휴, 이제 돌아가셨으니."

엄마가 얼마 전 돌아가신 외할아버지 생각에 한숨을 쉬었다.

"보현이 너, 외삼촌한테 잘해야 돼. 너 낳고 엄마가 몸이 마비되어서 꼼짝도 못하고 누워 있었어. 그때 외삼촌이 회사도 그만두고 와서 간병도 하고 너도 돌보고 그랬지. 아빠는 회사 다녀야 하니까."

"알아, 아빠. 내가 성공하면 외삼촌들한테도 집 하나씩 지어 줘야겠다. 아휴, 외삼촌도 여섯 명이나 되니까 진짜 돈도 많이 들겠네."

"주말에 한번 보은에 가야겠다. 장모님도 뵐 겸. 장인어른 돌아가시고 쓸쓸하시겠구만."

"그럴까요?"

이렇게 행복해도 되나 가끔 두려워

"우리 식구 다 가는 거야?"

보현이가 앞좌석 사이로 고개를 내밀고 반색을 하며 물었다.

"오빠는 공부해야 되니까 가지 말라고 해야지 뭐."

"왜애? 바람도 쐬고 그래야 더 공부가 잘 되는 거예요, 어머니. 오빠도 그냥 같이 갑시다."

"만날 티격태격하면서 안 가면 또 심심한가 보네."

"그럼. 당근이지. 아빠, 나 좀 잘게."

"그래."

보현이는 피곤한지 금방 잠이 들었다. 뒷좌석을 보던 엄마 아빠가 마주 보고 웃었다.

"아이고, 그렇게 늦되더니 언제 저렇게 컸을까? 나 닮아서 키 작을까 봐 노심초사했는데. 한약 먹여서 그런지 많이 컸어. 164센티미터인데 이제 더 이상은 안 크겠지?"

"그 정도면 됐지 뭐. 여자들은 저 키가 딱 제일 예뻐."

"우리 보현이 느려도 느려도 정도껏 느렸어야지. 밥도 느릿느릿 먹고 뭐든지 늦게 했잖아. 오죽하면 유치원 입학시키면서 선생님한테 밥 늦게 먹어도 혼내지 마세요, 뭐 못해도 혼내지 마세요, 이렇게 일일이 부탁을 다 했을까. 근데 이번 시험 성적표 봤지, 여보? 제법 잘했어. 성적이 꾸준히 올라가고 있잖아. 이대로만 가면 자기 가고 싶은 과에 충분히 갈 수 있을 것 같아."

"그러니까, 기특해."

"오빠가 멍청이라고 놀린다고 공부할 결심했다고 일기장에 써 놨더라고. 현모가 워낙 공부 잘했으니까 동생보고 만날 놀린 거지. 성적이 올라가니까 친구들도 더 많이 생겼다고 보현이가 좋아하더라고. 우리 보현이는 버릴 게 없어."

"나도 우리 현모랑 보현이만 보면 힘이 나. 애들이 속 한 번 안 썩이고 잘 자라 주고 착하고."

"당신이 좀 가정적이야? 전국 방방곡곡 애들 데리고 안 간 곳이 없지. 술 마시고 와 주정 한 번 한 적이 있나, 큰소리로 혼낸 적이 있나. 당신은 오로지 애들 위해서 살았지 뭐. 다 당신이 가장 역할을 잘해서 그랬지. 일 힘들다 말 한 번 안 하고."

"당신이 그만큼 조급해하지 않고 기다려 주면서 잘 키운 거지. 20년 동안 이사 한 번 안 가고 이 연립에서 살면서. 새 아파트에서 살고 싶었을 텐데. 내가 더 고마워."

아빠는 운전을 하면서 엄마 손을 살며시 잡아 주었다.

"운전이나 하셔."

엄마는 아빠 손을 찰싹 때리며 깔깔 웃었다. 차가 많이 막혀 안산에 돌아오니 저녁때가 다 되었다.

"우리 현모 어디 있나 봐서 오랜만에 마포갈매기 가서 고기 좀 먹을까?"

"그래요. 내가 현모한테 전화해 볼게."

보현이가 부스스 일어났다.

"아빠, 마포갈매기 갈 거야?"

"응. 고기 먹는다니까 얼른 일어나네, 우리 보현이."

"야호. 나 거기 계란찜 되게 좋아하는데. 처음 봤을 때 되게 신기했어. 신기하고 맛있다고 했다가 오빠한테 구박받았지만. 네가 안 맛있는 게 있냐, 이 돼지야. 그랬잖아. 세상천지에 하나밖에 없는 오빠가. 아오, 짜증 나."

"또 또, 오빠한테."

"헤헤. 아, 행복하다. 난 우리 가족이 정말 너무너무 좋아. 사랑해, 엄마 아빠."

보현이는 의자 사이로 고개를 내밀고 아빠 볼에 쪽 입을 맞췄다.

"엄마두."

엄마가 고개를 돌리자 보현이는 엄마 입술에 쪽 뽀뽀를 했다.

"아, 행복해."

미소 천사 지혜

안산 단원고 2학년 10반 **권지혜**

1. 재주 많은 권지혜. 피아노는 물론이고 그림, 무용, 합창, 사물놀이 뭐든지 잘하고 즐거워했다.
2. 미소 천사 권지혜. 바람이 불어 치마가 펄럭이면
바람도 자기를 좋아한다고 생각할 정도로 긍정적인 사고의 소유자였다.
3. 세례받는 지혜. 어려서부터 성당에 다녔던 지혜는 오랫동안 미사 시간에 피아노 반주 봉사를 했다.

미소 천사 지혜

지혜는 잠자리에서 일어나 거실로 나왔다. 엄마가 보이지 않았다. 지혜는 안방 쪽을 흘낏 바라보았다. 문은 닫혀 있었다.

"힝, 기도하고 계시는구나."

지혜는 닫힌 안방 문을 바라보며 빙긋 미소를 지었다.

엄마는 아빠가 출근하면 늘 안방에 모신 성모님 앞에 앉아 기도를 드린다. 다혜 언니가 배 속에 있었을 때부터 단 하루도 빠뜨리지 않고 드리는 '자녀를 위한 기도'다.

오늘도 엄마는 다혜 언니와 지혜가 밝고 착하게 자라게 해 달라고 기도를 드리고 있을 것이다. 지혜는 안방을 바라보며 새삼스레 엄마가 든든하게 느껴졌다. 그동안 별 탈 없이 살아온 것도 모두가 엄마의 기도 덕이라 여겨졌다.

엄마도 늘 말했다. 다혜 언니나 지혜가 공부 잘하는 아이보다 밝고 건강하고 착한 아이로 자라나길 바란다고. 그래서 20여 년을 하루도 빠뜨리지 않고 '자녀를 위한 기도'를 드려 온 거라고. 그런데 엄마 생각대로 밝고 착하게 자라 주어 고맙다고.

엄마는 기도가 끝나자 식탁에 아침상을 차렸다. 지혜는 거실 한쪽에 있는 의자를 끌고 와 앉아 아침밥을 먹었다. 아빠, 엄마, 언니의 식탁 의자는 있어도, 지혜를 위해 따로 마련한 의자는 없었다. 밥을 먹으려면 책상 의자를 끌고 와 앉아야만 했다. 조금은 성가신 일이었다. 그러나 지혜는 그런 성가심을 내색하지 않았다. 아니, 성가시다는 생각 자체를 하지 않았다. 그저 싱글생글거리며 의자를 끌고 와 앉아 밥을 먹곤 했다.

지혜는 뭐든지 밝고 긍정적으로 생각하는 아이였다. 엄마는 그런 지혜가 고마웠다.

"어쩌니, 오늘은 반찬이 없네. 우리 딸들 뭐해서 밥 먹나? 엄마가 저녁에는 맛있는 거 해 줄게."

식탁에 앉으며 엄마가 미안한 얼굴로 한마디 했다.

"아니야, 엄마. 지혜는 김치랑 된장찌개 다 맛있어요. 엄마가 해 준 건 다 맛있어요."

지혜는 생글생글 웃으며 밥을 먹었다.

"우리 지혜는 반찬 투정도 안 하네."

엄마는 지혜를 바라보며 빙그레 웃었다.

"참, 지혜야. 네 가방에 이런 거 있더라."

엄마가 두꺼운 종이 한 장을 가져와 지혜에게 내밀었다.

"아, 까먹었다! 그거 며칠 전에 선생님이 주셨는데."

지혜는 아무렇지도 않은 듯 대꾸했다.

"너도 그러고 보면 참 덜렁이야."

엄마는 그만 웃고 말았다. 지혜는 학교 다니면서 상장을 수도 없이 받아 왔다. 엄마는 지혜가 상장을 받아 올 때면 밖에서도 바르게 행동하며 살고 있구나 싶어 기특한데, 정작 지혜는 상장을 가지고 자랑을 한다거나 뽐내는 일이 없었다. 늘 덤덤했다.

엄마는 웃으며 지혜 머리를 빗겨 주었다. 빗이 지나간 자리마다 삼단 같은 머리카락이 비단결처럼 찰랑댔다.

"친구 기다리겠다. 어서 가."

엄마가 지혜의 등을 떠밀며 등교를 재촉했다. 하지만 지혜는 그냥 집을 나설 수 없었다. 중요한 일이 하나 남아 있기 때문이었다. 중요한 일이란 바로 '모닝똥' 누기! 지혜는 모닝똥을 눠야만 하루를 시작할 수 있었다. 모닝똥 때문에 본의 아니게 친구를 밖에서 무작정 기다리게 한 적도 꽤 많이 있었다.

지혜는 창문을 열고 진즉에 와 기다리고 있는 친구를 향해 소리쳤다.

"잠깐만 기다려! 나, 똥 좀 싸고!"

시원하게 모닝똥을 누고 친구를 향해 달려 나갔다. 하늘에서는 해님이 반짝거리며 지혜의 하루를 밝게 비춰 주고 있었다.

"얘들아, 우리 철봉 하자."

"좋아, 좋아!"

쉬는 시간이 되면 지혜는 친구들과 운동장 놀이터로 달려 나갔다. 친구들은 앞다투어 철봉에 매달렸다. 지혜는 잠시 철봉에 매달리는 듯하더니 단숨에 몸을 번쩍 들어 올려 철봉에 배를 걸치고 빙글빙글 돌기 시작했다.

"와, 지혜 좀 봐. 쟤, 철봉 진짜 잘한다!"

"지혜가 운동 좀 하잖아. 쟤는 만능이야, 만능. 만능 엔터테이너."

친구 중 한 명이 지혜를 향해 엄지손가락을 치켜세워 보였다.

"지혜 짱!"

"뭘, 이 정도는 식은 죽 먹기지."

철봉에 매달려 빙글빙글 돌면 하늘과 땅이 따라 돌았다. 지혜는 그게 재미나고 신났다. 절로 웃음이 터졌다.

"거꾸로 매달리기 할 줄 아는 사람? 우리 시합하자."

"나랑 해."

친구 두세 명이 나섰다. 지혜와 친구들은 철봉에 다리를 걸치고 거꾸로 매달렸다. 머리카락이 쏟아져 내려 땅에 닿고, 피는 거꾸로 쏠리는 것 같았지만 지혜와 친구들은 마냥 즐거웠다.

"너희들 그만 포기하는 게 어때?"

"무슨 소리. 지똥, 너나 포기하셔."

지혜와 친구들은 질세라 악착같이 거꾸로 매달려 있었다.

딩동딩동. 수업 시간을 알리는 종이 울렸다. 지혜는 급히 철봉에서 내려왔다.

"수업 종소리가 너희를 살렸네. 다들 저 종소리에 감사해, 알았지?"

"무슨 소리? 시간이 조금만 더 있었으면 우리가 이겼을 텐데."

"에구 그러셔요? 그럼 다음 쉬는 시간에 다시 한번 붙어 볼까?"

지혜와 친구들은 티격태격, 키득키득하며 교실로 들어갔다.

체육 시간이었다. 지혜는 반 아이들과 운동장으로 나갔다. 친구들이 말했다.

"지똥. 너 이번에 새로 나온 소녀시대 춤 알지?"

"당연하지. 우리 언니가 이미 다 가르쳐 주었거든."

"와, 부럽다. 나도 그런 언니 한 명 있었으면 좋겠다."

친구들은 부러운 눈길로 지혜를 바라보았다.

"지혜야, 한번 춰 봐. 우리도 좀 배우게."

"좋았어."

지혜는 친구들이 요청하는 대로 춤을 추기 시작했다. 지혜는 친구들이 원하는 것은 대개 다 들어줬다. 피아노를 잘 쳐서 음악실에 가면 친구들이 종종 자기들이 좋아하는 노래를 쳐 달라고 했다. 지혜는 그때마다 망설임 없이 즉석에서 아이들이 원하는 노래를 쳐 주곤 했다. 그림을 그려 달라고 해도 거절하는 법이 없었다. "알았어, 기다려 봐" 하곤 곧장 친구들이 원하는 그림을 그려 주곤 했다.

"얘들아, 잘 봐. 이렇게 추는 거야."

지혜는 노래를 흥얼거리며 소녀시대 춤을 추어 보였다.

"소원을 말해 봐. 니 마음속에 있는 작은 꿈을 말해 봐……"

지혜가 춤을 추기 시작하자 친구들도 따라서 하나둘 춤을 추기 시작했다.

"어, 거기서는 새끼손가락부터 접으면서 팔을 앞으로 당겨야 하는 거야. 자, 나 하는 거 잘 봐."

지혜는 춤 동작이 잘못된 친구들에게 동작을 하나하나 가르쳐 주었다. 친구들은 열심히 따라 추었다.

"역시 춤은 지똥이 최고라니까."

"맞아 맞아."

"그런데 지혜는 못하는 게 없지 않니? 피아노도 잘 치고 그림도 잘 그리고 운동도 잘하고, 춤도 잘 추고. 부럽다 부러워."

친구들은 새삼스레 지혜를 부러워했다. 지혜가 뭐든지 잘하는 아이로 자란 것은 엄마의 힘이 컸다. 엄마는 지혜가 공부 잘하는 아이보다는 즐겁게 인생을 살아가는 아이이길 바랐다. 그래서 어려서부터 지혜가 원하면 발레든 노래든 피아노든 그림이든 힘닿는 대로 가르쳤다. 신기하게도 지혜는 그 모든 걸 쉽게 배웠고, 놀이인 양 즐겼다.

어느새 수업 종이 울렸는지 선생님이 다가왔다.

"자, 그만. 이제 수업 시작한다."

선생님 소리에 아이들은 춤추기를 멈추었다.

"오늘은 약속한 대로 각각 두 팀으로 나눠서 남자는 축구, 여자는 피구 할 거야."

"와, 좋아요, 선생님."

여자아이들은 얼른 팀을 나눴다. 몸이 날랜 하영이가 지혜네 상대편이 되었다.

공이 수차례 오가자 아웃당하는 아이들이 늘어났다. 나중엔 지혜네 네 명, 하영이네는 다섯 명이 남았다. 몸이 가볍고 날랜 지혜와 하영이 모두 내야에 살아 있었다.

상대편 하영이가 공을 들어 있는 힘껏 던졌다. 공이 뱅그르르 돌며 지혜를 향해 날아왔다. 지혜가 두 눈을 부릅뜨고 다가오는 공을 지켜보다 덥석 받아 안았다.

"와!"

아이들 함성 소리가 울려 퍼졌다.

"지혜야! 이쪽! 이쪽으로 던져!"

상대편 외야에 서 있는 같은 편 친구들이 소리를 질렀다.

"알았어!"

지혜가 외야로 패스를 하는 척하다 잽싸게 방향을 바꿔 있는 힘껏 상대편 내야 쪽으로 공을 던졌다. 지혜의 힘을 얻은 공이 빠르게 회전하며 날아가 단박에 상대를 맞혔다. 선생님이 호루라기를 불었다.

"아웃!"

"와!"

지혜네 팀은 신이 나 소리를 질렀다. 지혜는 한 명을 아웃시킨 뒤 연이어 또 한 명을 아웃시켰다. 4대 5에서 4대 3이 되었다.

"와, 역전이다, 역전."

같은 팀 아이들은 만세를 부르며 함성을 질렀다.

공은 다시 양 팀을 빠르게 오갔다. 이제 외야에 있는 지혜 편 아이 손에 공이 들려 있었다. 아이는 망설임 없이 곧장 하영이네 내야로 공을 던졌다. 공은 아슬아슬하게 땅바닥에 떨어지면서 상대편 아이의 신발을 맞추고 위로 튀어 올랐다.

"와. 맞았다, 맞았어!"

지혜네 팀 아이들은 좋아서 함성을 질렀다. 선생님이 호루라기를 불었다.

"아웃!"

그런데 갑자기 하영이가 소리쳤다.

"선생님, 이거 땅볼이에요. 땅에 먼저 닿고 튀어 오르면서 맞췄어요."

"땅볼 아니야. 발을 먼저 맞추고 튀어 올랐어. 내가 봤어."

선생님은 아니라고 했지만 하영이는 억울해했다. 하영이 눈에는 분명 땅볼로 보였기 때문이었다. 피구 시합은 지혜네 팀 승리로 끝났다. 하지만 하영이는 패배를 인정할 수 없었다. 하영이는 화가 나 얼굴까지 빨갛게 달아오른 채 씨근거렸다. 지혜는 친구의 화를 풀어 주고 싶었다. 그래서 더욱 환하게 웃으며 다가가 말을 걸었다.

"하영아, 네가 있던 자리에서는 반칙처럼 보일 수도 있었을 거 같아. 하지만 이번엔 네가 잘못 본 거야. 선생님도 땅볼이라고 하시잖아. 그러니까 그만 화 풀어, 응?"

그러나 하영이는 버럭 화를 냈다.

"내 눈이 삐었니, 잘못 보게. 정확하게 봤거든!"

처음엔 화를 풀어 주려 했지만 말을 하면 할수록 언성이 높아졌다. 끝내 말다툼이 벌어졌다. 말다툼은 집에 가서 문자로까지 이어졌다. 지혜는 속상했다. 친구끼리 다투고 사이가 어색해지는 건 정말이지 싫었다. 그런데 절친으로 지냈던 하영이와 말다툼을 하니 속이 상하지 않을 수 없었다.

지혜는 엄마에게 자초지종을 이야기하며 조언을 구했다. 지혜는 평소 엄마에게 학교에서 있었던 일, 친구와 있었던 일, 성당에서 있었던 일, 하다못해 길거리 지나가다 본 것까지 모조리 이야기했다. 엄마는 누구보다 마음이 잘 맞는 친구 같은 사람이기 때문이었다. 그래서 종종 서로를 동반자라는 뜻으로 '반자'라 부르기도 했다.

"우리 지혜가 많이 속상했구나."

엄마는 따뜻한 손길로 지혜 등을 토닥이며 위로해 주었다.

"지혜야, 살다 보면 친구 사이에서도 오해가 생기고, 그것 때문에 거친 말이 오가는 날이 있어. 마냥 착하고 순하게 살 수만은 없는 거야. 하지만 오해는 언젠가 풀리게 되어 있어."

"그렇겠지? 하영이랑도 언젠가는 오해를 풀겠지?"

"그럼, 당연하지."

엄마는 지혜 손을 꼭 잡아 주었다. 어두워졌던 지혜 얼굴이 비로소 환해졌다.

말다툼으로 한동안 서먹서먹하게 지내기는 했지만 지혜 바람대로 지혜와 하영이는 다시 절친이 되었다. 소연이, 지원이, 지나, 혜영이, 지민이, 정원이와 함께 '팔프렌드' 친구를 맺어 중3 시절을 즐겁고 신나게 보낸 것이다.

지혜는 종종 엄마를 따라 평화의 집에 봉사 활동을 갔다. 봉사 활동이 지혜에겐 낯선 일이 아니었다. 어려서부터 엄마 따라 봉사 활동을 나니기도 했고, 시립 합창단원으로 활동하면서 요양원 같은 곳에 위문 공연을 가곤 했기 때문이었다. 평화의 집 문을 열고 들어가니 낯익은 할머니들이 여기저기 모여 이야기를 나누고 있었다.

"할머니, 안녕하세요? 저희 왔어요."

"아이구, 우리 착한 지혜가 왔네."

할머니들은 거친 손으로 지혜 손을 감싸 쥐며 반겨 주었다.

지혜는 할머니들과 인사를 나눈 뒤 바닥 청소부터 시작했다. 빗자루로 구석구석 쓸고 반짝반짝 윤이 나도록 걸레질을 하였다. 넓은 장소를 쓸고 닦으려니 몹시 힘이 들었다. 지혜가 일하는 걸 지켜본 수녀님이 다가와 물었다.

"힘들지 않니?"

지혜가 기다렸다는 듯이 종주먹을 쥐고 허리를 콩콩 두드리며 대답했다.

"에구에구, 수녀님 저 무지무지 힘들어요."

수녀님이 피식 웃으셨다. 지혜가 입으로는 힘들다고 말하면서 눈은 웃고 있었기 때문이었다.

"지혜는 봉사도 잘하고 착해서 커서 수녀가 되어도 좋겠는걸."

"제가요?"

지혜 눈이 동그래졌다.

"이것 봐. 잘 어울리잖아? 수녀복 입어도 예쁘겠어."

수녀님은 지혜 머리에 두건을 둘러 주시며 장난스레 말씀하셨다.

청소를 끝내고 지혜는 식당으로 갔다. 엄마와 봉사자분들이 할머니들 식판에 밥과 반찬을 나눠 주고 있었다.

"반찬은 저희가 할게요."

지혜는 얼른 엄마 곁으로 가서 배식을 도왔다.

"예쁜 공주님이 주는 밥이니까 오늘은 밥맛이 꿀맛이겠는걸."

반찬을 받아 가는 할머니들이 흐뭇한 미소를 지었다.

어느덧 일이 다 끝나고 돌아갈 시간이 되었다. 조금은 피곤했지만 지혜는 얼굴 가득 함박웃음을 물고 인사를 했다.

"할머니들, 건강하세요. 다음 주에 또 올게요."

"그래그래. 잘 가라. 수고했다."

할머니들이 집으로 돌아가는 지혜를 향해 손을 흔들어 주었다. 지혜는 엄마와 재잘재잘 떠들며 집을 향해 걸었다.

집으로 돌아오자 가장 먼저 강아지 루비가 지혜를 맞아 주었다.

"우리 루비, 집 잘 봤어?"

지혜는 자기를 반기는 루비를 꼭 안아 주었다.

다혜 언니는 소녀시대 신곡 동영상을 보고 있었다. 다혜 언니는 지혜를 보자 손짓을 했다.

"야, 지똥. 이리 와 봐. 우리 같이 춤추자."

"좋아용, 좋아용. 지혜 춤 좋아용."

지혜는 신이 나서 언니에게 달려갔다.

다혜 언니 역시 지혜에겐 친구와 다름없었다. 얼굴도 예쁘지만 늘 지혜가 좋아하는 소녀시대 춤을 가르쳐 주고, 잠이 안 올 때는 이부자리에 누워 끝말잇기를 하며 놀아 주었다. 지혜는 그런 언니가 좋았다. 그래서 친구들에게 입에 침이 마르도록 언니 자랑을 하곤 했다. 오늘도 언니가 같이 춤을 추자고 한다. 지혜는 하루의 피로를 싹 잊고 언니와 함께 신나게 춤을 추었다.

그렇게 하루하루 즐겁게 살아가던 지혜가 어느덧 열여덟 살이 되었다. 그리고 어느 봄날, 지혜는 수학여행을 가기 위해 커다란 가방을 들고 집을 나섰다.

"엄마, 나 보고 싶다고 울면 안 돼. 내가 제주도에 가서 날마다 사진 찍어 보내 줄 테니까 그거 보면서 웃어. 알았지?"

"알았어. 우리 딸. 잘 다녀와."

"내일은 엄마 아빠 결혼기념일이니까 내가 제주도에 도착해서 꼭 전화할 거야. 그러니까 내 전화 기다려."

지혜는 엄마를 향해 활짝 웃음을 지어 보이곤 집을 나섰다. 엄마는 떠나는 지혜를 향해 손을 흔들어 줬다.

"친구들과 신나게 놀고 돌아와. 알았지?"

"알았어, 엄마."

엄마를 향해 손을 흔드는 지혜 얼굴에 미소가 가득했다.

간직해 줘요, 깨알 편지에 새긴 내 무늬

안산 단원고 2학년 10반 **김다영**

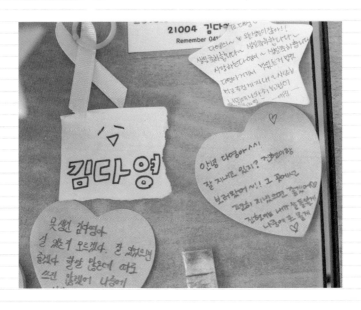

1. 큰오빠가 사 준 빨간 코트를 입고 행복해하며 찍은 중3 때 사진.
2. 단원고 학생증 사진. 늘 긴 머리를 하고 다녔던 다영이 처음으로 단발머리를 했다.
3. 다영이 좋아하는 악어 인형 복장. 2014년 4월 15일 수학여행 갈 때도 장기 자랑 시간에 입으려고 챙겨 감.

프롤로그 : 기타는 다영의 로망

다영이네는 오래된 빌라의 2층에 산다. 비바람이 불어도 눈송이가 들이쳐도 다영은 창문을 반쯤 열어 두고 밖을 내다보는 것을 좋아했다. 길 건너 서 있는 큰 은행나무의 긴 팔이 사계절 다른 질감의 토시를 끼고 햇볕과 함께 뭔가 만들어 내는 것을 즐겨 지켜보곤 했다.

다영이 방 책장에는, 다영이 좋아하는 베르나르 베르베르의 책들과 박완서, 이윤기, 공지영의 산문집과 소설집, 하멜이 쓴 표류기, 시오노 나나미의 고대 로마 이야기, 안도현의 시집, 토니 모리슨의 소설집, 간송 전형필의 전기문 등이 꽂혀 있어 소녀의 다양한 관심과 호기심을 엿볼 수 있다. 뿐만 아니라 의사 노먼 베쑨에 대한 평전, 슈바이처 평전 등이 나란히 있어 성균관대 의과 대학에 진학해 소아과 의사가 되고픈 다영의 구체적인 꿈도 확인할 수 있다.

책장의 다른 칸에는 학습 관련 서적과 세광음악사에서 나온 개정판 기타 주법서 등이 꽂혀 있다. 다영이 좋아하는 뮤지션 샤이니의 대형 포스터가 붙어 있는 벽면 아래에는 초코 브라운 색 케이스 안에 담긴 기타가 영원히 뽑히지 않을 나무처럼 서 있다.

《기타주법완성》은 아빠가 물려준 책이다. 다영의 꿈 중 하나는 머리를 길게 기르고 멋지게 기타를 치는 아름다운 아가씨가 되는 거였다. 기초를 배우다가 학업 때문에 나중을 기약하고 중단한 기타는 여전히 다영의 로망으로 남아 있다.

고등학교 올라가서 미모가 꽃피었다는 이야기를 듣곤 하던 가지런한 단발머리의 다영은 생의 모토를 식탁 위 메모꽂이에 꽂아 놓고 늘 다짐했다.

1. 수학 1등급(내신) 등극하기
2. 손 뜯는 버릇 고치기
3. 긴 머리 여자로 복귀하기
4. 몸무게 55킬로그램 이하 유지하기
5. 꾸준한 내신 & 수능 공부
6. 단 한 줄이라도 일기 쓰기
7. 멘탈이 건강한 사람 되기

그 밑에 그녀가 쓴 다짐의 글은 무척 간절해 보인다.

해야 함은 할 수 있음을 함축한다!

아빠 옷 입기 좋아하는 다영, 햇살 같은 아이

"이렇게 이쁜 딸을 당신들은 만나 봤소?" 딸이 있는 지인들한테도 다영 아빠는 질문 아닌 질문을 하곤 했다. 다영이 중3 때 친구들하고 처음으로 야영을 가고 싶어 했을 때도 아빠가 캠핑 장비 일체를 챙겨 십리포 해수욕장까지 따라갔다. 감자도 삶아 주고 라면도 끓여 주고 저녁에는 아빠가 손수 캠프파이어를 준비한 덕에 다영과 친구들은 촛불을 손에 들고 서로 진지하게 마음의 이야기를 나누는 낭만적인 시간을 보낼 수 있었다.

다영은 아빠 옷 입는 것을 좋아했다. 아빠 줄무늬 셔츠를 좋아해서 평소 친구를 만날 때나 동네를 다닐 때는 줄무늬 셔츠 위에 나른 옷을 겹쳐 입는 레이어드룩 힙합 스타일로 다니곤 했다. 작년 설 때 받은 세뱃돈으로 홍대 가서 큰맘 먹고 사 드린 아빠 후드 재킷도 단원고 수학여행 갈 때 빌려 입고 갔다.

1997년 7월 14일 오후 7시 10분 최성희 산부인과에서 아버지 김현동 씨와 어머니 정정희 씨 사이에서 체중 3.15킬로그램으로 건강하게 태어난 막내 다영을 엄마도 '내 다영', 아빠도 '내 다영' 그리 불렀다. "아빠, 저 남자 친구 사귈 거예요." 그러면 섭섭함 때문에 벌써 아빠 눈에 눈물이 그렁그렁했다. 흰머리가 늘어나기 시작하는 아빠를 안타까워하며 다영은 초등학교 6학년 때부터 손수 아빠 머리를 염색해 드렸다.

초등학교 때 늘 학급 어린이 회장이나 부회장을 하며 리더 역할을 도맡아 했던 다영이가 6학년 때 화랑초등학교 전교 어린이 회장에 출마한다고 했을 때 아빠는 내심 출마하지 말았으면 하는 바람을 갖고 있었다. 1998년 IMF로 회사가 부도난 이후 경제적으로 아주 어려워져 아이를 맘껏 뒷받침해 주기 어렵다는 걱정 때문이었다.

전교 어린이 회장 임기 3개월을 남겨 두고 다영은 그동안의 소회와 학교에 대한 남다른 애정을 조금은 수줍은 고백 형식의 글로 써서 전체 학생들에게 돌렸다.

> …… 남은 임기 동안 여러분을 실망시키지 않는 전교 어린이 회장이 되겠습니다. 선생님과 화랑 어린이 여러분 요즘 점점 추워지고 있습니다. 따뜻하게 입고 다니시고 신종플루도 조심하시고 한 달 정도 남은 기말고사 준비도 잘하시길 바랍니다. 그리고…… 그리고…… 사…… 사…… 좋아합니다.

'□ 알아보기'라는 제목의 초등학교 때 일기에서 알 수 있듯 다영은 '□'가 수학의 기본이라는 것을 파악하고 공부했으므로 학업 성적이 좋았다.

> □가 문제의 모르는 수이다. 근데 공부할 땐 □가 어떤 수인지를 아는 것보다 어떤 방법으로 푸는지를 알아야 한다. -2005. 6. 19. 일요일

'□'를 아는 다영이가 화랑초등학교부터 원일중학교, 단원고등학교에 이르기까지

학교에서 받아 온 모든 상장을 아빠는 소중하게 스크랩해 놓았다. 교과우수상, 리더상, 자립상, 독서 골든 벨 우수상, 피아노 콩쿠르 최우수상, 과학 경시대회 과학 부문 장려상 등 다영이가 공들이고 노력한 성과라면 종잇장 하나 허투루 버리지 않았다. 다영과 오빠들은 포상 기준이 좀 달랐다. 올백을 받아야 얻을 수 있는 피자 포상을, 다영은 올백이 아닐 때도 오빠들 몰래 받았다.

다영은 아빠랑 단둘이 화랑유원지를 걷는 걸 좋아했다. "아빠, 이럴 수가 있어요, 저럴 수가 있어요." 아빠에게 자신의 일을 조잘조잘 새처럼 쉴 새 없이 털어놓았다. 아빠는 '긍정적 착각'을 자주 강조했다. '네 손가락의 피아니스트' 희야 이야기를 다영에게 들려주며 손가락이 자란다는 믿음을 갖고 열심히 착각하면 좋은 에너지를 갖게 된다고 일러 주었다.

다영은 아빠랑 다니는 것을 자랑스러워하고 즐거워했다. 다영이 2009학년도 경기 남부연맹 화랑 걸스카우트 단장을 맡았을 때 화랑초 운동장에서 캠핑을 한 적이 있다. 아빠가 동네 사람들 텐트를 다 빌려다가 텐트 치기 힘들어하는 소녀단 선생님들을 도운 이후로 다영에게 아빠는 모든 것을 다 해결해 주는 사람이 되었다.

내 다영, 비타민, 마음의 처방

눈 오는 날, 비 오는 날은 그 분위기를 모녀가 함께 즐겼다. 모녀지만 친구보다 더 친구 같은 사이였다. "비 온다. 눕자!" 빗소리를 같이 듣는 걸 좋아했다. 눈 오면 문 열어 놓고 보일러 한껏 올려놓고 방바닥에 배 깔고 엎드려서 귤 까먹는 걸 즐겼다. "맛있다, 이렇게 먹어야 맛있다!" 그렇게 연발하면서 한없이 행복 지수가 높아졌다.

지금도 다영을 생각하면 엄마의 마음이 환해진다. 환해진 만큼 다시 캄캄해진다. 수학여행 가기 바로 전 주말에 엄마와 다영이와 작은오빠가 함께 외식하기로 약속을 했다. 다영이가 좋아했던 음식은 생선회였다. 작은오빠가 회를 빨리 먹으면 "오빠! 회를 씹어야지, 삼키는 게 어딨어?" 하고 짓궂게 문제 제기를 하곤 했다. 다영이는 외식을 좋아하고 분위기를 즐기는 숙녀였다.

만나기로 약속한 건물 앞 건널목에 서 있는 다영을 먼저 본 엄마는 딸이 예뻐 보이고 빛나 보여 자랑하고 싶었다. 사람들에게 "이 아이가 내 딸이에요~" 그렇게 한껏 외치고 싶었다. 그날 옥수수를 좋아하는 다영은 작은오빠와 함께 옥수수를 사 먹었고 막 피기 시작하는 단원고 앞 이른 벚꽃을 구경했다.

어렸을 때부터 호기심이 많고 질문이 많은 다영이는 말하는 것을 좋아해서 '30분 말 안 하고 가만히 있기' 벌을 남매들 중에 가장 힘들어했다. 아가를 좋아해서 예쁜 아가가 있는 집 문고리에 매달려 떠나지 못했던 다영은 사랑이 많은 아이였다. 그렇게 다감한 다영은 누구보다도 엄마의 속을 잘 읽었다. 엄마 얼굴에 그늘이 잔뜩 끼어 있으면 그걸 알아채고 마음을 풀어 주려고 노력했다. 유치원 때부터 다영은 엄마를 도와 집안일을 함께 했다. 힘들어도 힘들다고 말하지 않는 속 너른 아이였다.

다영은 한껏 사랑받고, 한껏 사랑하는 아이였다. 식구들이 모두 다영을 인정해 주었다. 가족 외식 때 다영이 고르는 식당을 아빠도 좋아했고 값싼 인터넷 쇼핑몰에서 엄마 아빠 옷을 신중히 골라 주면 마음에 들어 했다. 엄마가 방송통신대학교에 입학하고 리포트를 내야 할 때 다영이 타이핑을 도와 보내 준 적도 있다. 이렇듯 늘 엄마에게 힘이 되어 주는 다영이가 "엄마 같은 딸 없어" 하고 놀리면, 엄마는 "다영이 같은 딸 없어"라고 응수하며 서로의 존재감을 소중하게 확인하곤 했다.

어둠 속 횃불 같은 아이, 옆에 앉게 되면 엄마는 다영의 손을 꼭 붙잡고 있었다. 경제적으로 곤궁해진 이후 자칫하면 가족이 해체될까 봐 식구들의 마음 바닥에는 늘 불안감이 있어 오히려 '식구끼리' 의식이 강화되었다. 그 중심에 다영이가 있었다. 김다영 효과! 집에서는 다영을 그렇게 불렀다. 다영은 비타민이다. 엄마 아빠 마음의 처방이고 약이다.

그런 다영이 티브이 때문에 몇 번 혼난 적은 있다. 초등학교 시절부터 티브이를 없애서 티브이가 있는 친구 집에 가면 밤이 늦어도 귀가할 생각을 하지 않았기 때문이다. 주말에는 티브이에 대한 갈망을 인터넷으로 풀었다. 〈무한도전〉, 〈꽃보다 할배〉

등의 예능 프로를 내려받은 후 간식을 준비해 놓고 온 가족이 함께 보는 즐거움은 크 나큰 것이었다.

다영은 엄마랑 영화를 함께 보거나 그림을 함께 보는 것을 즐겨 했다. 고등학교 입학하는 날에도 오전에 입학식 갔다가 오후에 경기도미술관에 들러 아프리카전을 보았다. 아프리카 특유의 '분위기 쨍한 색감'과 나무 조각품들을 둘러본 후 다영이 교복 셔츠를 여분으로 하나 더 사고 순댓국을 먹었다. 아프리카의 강한 색감처럼 순댓국에 곁들여 먹은 청양고추가 너무 매워 그날 저녁이 모녀의 기억에 강렬하게 남아 있다.

그 밖에도 다영과 엄마의 취향이 일치하는 것은 드라마 보기였다. 재작년 여름에는 영국 드라마, 미국 드라마를 즐겨 보았는데 자장면을 시켜 먹으며 여러 날 분량을 하루에 몰아서 보기도 했다. 〈셜록〉이라는 드라마를 함께 본 후 2016년에 〈셜록〉 시리즈가 또 나오니까 그때도 꼭 같이 보자고 다영이와 엄마는 약속했다.

이렇듯 늘 다영과 밀착된 채 생활한 엄마는 다영이 고교 진학 후 다른 과목에 비해 점수가 나오지 않는 수학을 만회하기 위해 얼마나 애를 썼는지, 스스로 얼마나 고삐를 바싹 잡아당겼는지 잘 알고 있다. 엄마는 고생스러울 정도로 열심히 공부한 다영의 겨울이 아깝다.

듬직한 한마디가 있는 어느 수요일

큰오빠, 작은오빠의 손톱 발톱을 깎아 주고 귀지까지 파 주는 게 귀염둥이 막내 다영의 취미 중 하나였다. 오빠들은 그런 다영을 몹시 아꼈고 용돈을 모았다가 다영이 원하는 것을 사 주기도 했다. 군에 입대해 있던 큰오빠도 군인 월급을 쓰지 않고 모아 두었다가 휴가를 나오면 다영을 자전거 뒤에 태우고 안산 시내 중앙동으로 옷을 사러 갔다. 한번은 높은 굽의 구두와 꽃무늬 원피스와 롱스커트를 신나게 사 갖고 돌아와 엄마를 놀라게 한 적이 있다. 구두의 굽 높이 때문이다.

다영은 큰오빠 보현을 따르고 좋아했다. 의견이 정확하고 자신이 하고 싶지 않은 일은 절대로 하지 않는 큰오빠는 선긋기를 잘한다. 그런 큰오빠와 닮아 있으면서도 다영이 다른 점은 에둘러 말할 줄 안다는 것이다. 큰오빠는 자유로운 영혼을 지녔고 그에 걸맞게 히피, 집시 스타일을 좋아했다. 심지어 판초까지 두르고 다니는 큰오빠의 개성을 다영은 동경하고 인정했다.

작은오빠 진현은 만사태평에다 밥을 좋아했다. 다영과 비교되어 부모님께 자주 꾸지람을 들었지만 다영의 말이라면 귀를 기울였다. 다영의 일기가 기억하는 "듬직한 한마디의 수요일"이 있다. 다영이 방에서 작은오빠 진현과 웹툰을 보고 있었는데 대학 얘기가 나왔다. 다영은 당시 의과 대학 등록금을 걱정하며 미래에 대한 막연한 불안감을 느끼고 있었다. 오빠랑 이런저런 얘기를 나누다가 "우리 집 돈이 조금만 많았으면 싶다!"라고 속내를 내비친 순간 진현은 다영에게 듬직한 한마디를 건넸다.

"부모님 돈으로 안 되면 보현이 형 돈으로, 그리고 내 돈으로 하면 돼. 너만큼은 돈 부족하고 이런 거 못 느끼도록 할 거야."

다영은 2014년 27일에서 28일로 넘어가는 푸른 새벽을 이렇게 기록하고 있다.

"눈물 날 뻔했다. 진짜. 돈 때문에 삭막해질 때가 있는데…… 순간 오빠가 너무 듬직하고 다 컸나 싶었다. 크크 역시 가족이 최고여."

에필로그 : 깨알 일기, 깨알 편지에 새긴 생의 무늬들

다영은 중학교 때부터 이루마의 피아노 곡이나 브라운 아이드 소울의 〈Nothing Better〉를 즐겨 연주했다. 남학생들은 그런 나영에게 반하기도 했다. 흥이 많은 편이라 누가 샤이니의 〈Dream Girl〉만 불러 줘도 뒤로 빼지 않고 열심히 춤을 췄다. 다영은 일상을 표현하고 즐길 줄 아는 멋진 사람이었다.

다영이 좋아하는 음악의 폭은 넓다. 어릴 때부터 엄마랑 함께 들으며 따라 불렀던 '윤도현'부터 '샤이니'까지 즐겨 들었다. 샤이니의 노래들은 애틋한 감정을 불러일으키고 들으면 가슴속이 청량해진다. 아마 샤이니와 피어싱이 없었다면 다영의 열여덟 인생이 조금 더 우울하거나 조금 덜 반짝였을 것이다. 다영은 피어싱을 좋아해 압구정이나 홍대까지 작고 반짝이는 큐빅을 구입하러 가기도 했다.

역사와 음악, 다이어리, 마스킹 테이프, 리본 달린 플랫슈즈, 나풀거리는 긴 스커트, 아끼는 친구들의 이름, 예쁜 편지지, 호식이치킨 등이 다영이 특별히 좋아하는 것들의 목록이다. 또한 다영은 깨알 일기와 깨알 편지 쓰기를 좋아했다. 단원고 수학여행 가기 전 절친 수진에게 쓰다 만 깨알 편지를 책상 위에 올려 두고 갔다. 수진과의 첫 만남부터 "짱친"이 되기까지의 우연과 필연의 순간을 다 그려 보며 다영은 수진을 자신의 '자양강장제'라고 표현했다.

다영이가 친구 말고 깨알 편지를 즐겨 쓴 대상은 3층에 사는 소미 언니 엄마, 김삼협 아주머니다. 소미 언니는 큰오빠 보현의 초등학교 친구다. 아빠 사업이 부도가 나고 집이 경매로 넘어가 모든 것을 잃었을 때, 길가에 나앉을 뻔했던 다영 가족을 지금의 빌라에서 살 수 있도록 도와준 고마운 분이라는 것을 알기에 아주머니 생신 때마다 정성 어린 선물과 함께 깨알 편지를 써 드렸다.

이렇게 아름다운 인연은 다영이 아주 어릴 때 온 동네 부모님들이 아이들을 공동 교육한 데서 비롯되었다. 각자 잘하는 분야를 맡아 부모님들이 선생님 노릇을 했던 시절, 식물을 함께 관찰하기도 하고 과학, 세계사, 역사를 공부하기도 했다. 화랑유원지는 놀이터였고 앞마당이었고 생태 교육장이었다. 제비꽃 문양, 나비 무늬, 나무의 겉껍질을 관찰하고 나서 옮겨 그렸고 돌멩이를 따라 그리기도 했다.

다영이 심장에 싱그럽고 기분 좋은 예감을 간직할 수 있었던 것은 일요일의 환한 창문 덕분이다. 2011년 겨울의 따뜻한 의자 덕분이다. "설리설리 두준두준한 하루였던" 그날 자장면 먹으러 가서 수줍게 얘기하고 밖에 눈 오는 거 함께 계속 보고 있던 풍경이 목판에 새겨진 듯 선명하게 남아 있다.

웃는 모습이 이쁘고 백덤블링도 잘하고 피아노도 잘 치고 담배도 안 피우고 무엇보다 카디건이 잘 어울리는 소년이 다영의 마음에 들었다.

"교복 안에 타이즈 입으면 따뜻해."

"첫눈 온다, 첫눈은 깃털처럼 날려서 눈 크게 뜨고 봐야지 보여."

분홍 노트에서 그들은 그런 예쁜 감정과 말들을 주고받았다.

갖고 싶은 물건의 목록, 선물하고 싶은 물건의 목록, 주기율표, 외워야 할 영어 단어, 꼭 실천하고 싶은 생활 습관, 공연 티켓, 미술관 전시 티켓 등을 순간순간 기록하면서 다영은 매 순간 살아 있었다.

"내 편지들을 구석탱이에 처박지 말아 줘!"

무엇보다 느낌과 감정을 메모하는 것을 소중히 여겼다. 깨알 일기, 깨알 편지에 다영은 자신의 생의 무늬들을 촘촘하게 새겨 놓았다.

간직해 줘요, 깨알 편지에 새긴 내 무늬

태어나 줘서 고마운 아이, 민정이

안산 단원고 2학년 10반 **김민정**

1. 세 살 적 민정. 영특하고 야무진 아이였다.
2. 이마에 난 여드름도 쌍꺼풀 없는 눈도 불만이었던 민정.
자신이 얼마나 예쁜지 잘 몰랐다.
3. 가족 넷이 함께 찍은 사진이 적다. 아빠와 첫째 희진, 둘째 민정(오른쪽).

하늘색 전화 부스를 보면, 네 생각이 나

깩. 바람이 불고 여자아이들이 소리를 지른다. 바람이 때리고 간 건 철제 전화 부스인데, 비명은 그 안에 담긴 아이들에게서 나온다. 비명 뒤로 어김없이 이어지는 것은 웃음소리. 여중생 넷이 만드는 소란스러움이 스산한 거리에 색을 입힌다. 마른 가지가 겨울을 견뎌 내는 아래로, 공중전화 부스가 홀로 하늘빛이다.

"민둥인 왜 안 와?"

"곧 오겠지. 민정이는 잘 안 늦잖아."

짙은 쥐색 교복에 고만고만한 검정 머리를 한 아이들이 부대끼는 몸을 밀쳐 내며 장난을 한다. 아침마다 등교를 같이 하는 무리이다. 까부는 소리가 잠잠해진 것은 저편에서 오는 한 아이를 보고 나서다. 전화 부스에서 아이들이 뛰쳐나온다.

"김민정, 빨리 와. 추워!"

검은 뿔테 안경을 쓴 아이가 저편에서 손을 든다. 어딘가 단단해 보이는 인상. 또래 눈에는 어른 말 잘 듣는 모범생으로 보일 외모이다. 반듯하게 다문 입술이 제법 귀엽다. 도톰한 입술을 달싹거리며 하얀 우유빵 같은 볼이 따라 움직이자, 뿔테에 가려질 뻔한 아기자기한 이목구비가 드러난다.

그러나 세상이 재미있는 것 투성이인 여중생들이다. 민정의 도톰한 입술은 또래가 놀리기 좋은 소재다. 악의는 없다. 매 순간 웃어야 하는 아이들의 바지런함이 있을 뿐이다.

"민정, 너는 또 매운 거 먹었지?"

매운 음식을 먹으면 더 빨갛게 도드라지는 입술을 두고 놀리려 하는 말이다.

"어후어~어~ 진짜."

민정이 정색을 하자 아이들이 까르르 웃는다. 평소에는 저음의 허스키한 목소리인데, 놀리면 가늘고 높은 소리를 낸다. 돌고래 우는 소리 같다고나 할까. 일명 '민정이 짜증낼 때 내는 소리'. 또래들은 재미있어 자꾸 한다. 그렇다고 놀림만 당하고 있을 민정이 아니다. 친구들 표현으로는 '더 하면 더 했지'다. 심지어 민정의 놀림은 창의적이란다.

누군가 "민정이는 어떤 애니?" 하면, 어떤 아이들은 "웃겨요"부터 외칠지 모른다. 하지만 첫인상은 달랐다. 처음 봤을 때 민정은 '아무 말도 안 할 것 같은 아이'였다.

수업 때면 고개를 약간 숙이고 긴 머리로 얼굴을 가렸다. 말 걸고 싶어 인사하면 "어, 안녕" 이게 인사의 시작이자 끝이었다. 조용하고 '시크'해 보이는 아이.

그런데 친해지니 이렇게 웃긴 애가 없다. 말 한마디 그냥 하는 법이 없다. 뚝뚝함이 떨어지는 저음의 목소리로 엉뚱한 말을 태연히 했다. 뼈 없는 '순살' 치킨을 시키려고 하면, "왜 순살로 즐거움을 포기해? 닭 날개 뼈를 잡고 트위스트. 손이 행복을 느껴야 한다고~" 이러는 아이가 민정이다. 장난스러운 말을 던져 놓고 혼자 웃는다. 막 웃다가 애들을 바라보고 "안 웃겨?" 묻는다. 그새를 못 참고 다시 웃음을 터트리기 일쑤이다.

그러다 어느 순간 '할머니'가 되어 있다. 민정의 친구들은 할머니가 하던 것과 유사한 잔소리를 들어야 한다. "돈 많이 쓰지 마." "공부해."

방학이면 친구들은 오전부터 카톡 문자를 받는다. 「일어나.」 「어서.」 「몇 신데 아직까지 자?」 엄마와 다를 바 없는 소리도 한다. 「해가 중천에 떴어.」

밤이 되면 상황은 역전된다. 친구들이 민정을 찾는다. 「할머니, 벌써 자는 거냐?」 민정은 일찍 잠드는 편이다. 밤늦게 다니지도 않는다. 일단 집에 들어가면 친구를 만나러 다시 나가는 일도 없다. 바른 생활이다.

그래서 친구들은 이 '집순이'를 하굣길에 납치할 계획을 세우기도 한다. 집에 들어가면 다시 나오는 법이 없으니, 하굣길에 '옷 사러 가자', '엽떡(엽기떡볶이) 먹으러 가자' 조른다. "민탱. 민뚱." 애교를 섞어 본다. "짝꿍이 옷 사는데 좀 같이 가지?"

예상한 반응이 온다. "귀찮아." "돈 없어." 아니, 평범하게 말할 민정이가 아니다. "돈 없어 살기 힘드니 조용히 좀 해 줄래?" 그 말에 아이들은 까르르 웃는다.

"너 원래 엄청 귀염둥이야." 친구들이 그래서 한 번 놀릴 걸 두 번 놀린다는 사실을 아는지 모르는지, 결국 민정은 아이들을 따라나선다.

아이들은 여기에 만족하지 못한다. 집에 놀러 가자고 한다. 민정은 싫다고 한다. 그래도 가게 된다. 이번에는 방에 못 들어가게 한다. 그래도 들어가게 된다. 침대에 못 올라가게 한다. 물건을 만지지 말라고 한다. 그러나 잠시 후 아이들은 신기하다며 민정의 우쿨렐레를 두들기고, 침대에서 뒹군다. 민정은 "안 돼" 말만 하지 나중에는 허락해 준다. 부탁을 거절하는 성품이 아니다. 자신이 지각할지라도 늦은 친구를 기다려 주는 아이다.

아이들이 집에서 하는 일은 별것 없다. 라면을 끓여 먹고, 냉장고 속 반찬을 마구 섞어 볶음밥이라고 만든다. 텔레비전도 없는 집에서 수다 떠는 것밖에 할 일이 없는데도 시간은 빨리 간다. "안 돼"라며 투덜거리는 민정이만 봐도 즐겁다. 말은 그렇게 해도 실은 자신들을 배려해 주는 민정이를 보는 일이 좋다. "너랑 있음 진짜 웃겨. 그리고 마음이 편해." 또래 아이들은 그런 민정을 '착한 아이'라고 한다.

민정이는 거저 큰 아이 같아요

숫기 없고 조심스러운 성격인 줄 알았는데, 친해지니 다른 모습이다. 그래서 또래들은 민정이를 좋아한다. 그러나 낯가리는 민정이를 보고 있자면, 부모는 미안하다. 어릴 적 민정은 활기차고 밝은 아이였다. 입매가 유독 예쁜 아이가 해죽 잘 웃기까지 했다. 지나가는 사람들이 한 번씩 하얗고 도톰한 뺨을 만져 보고 갈 정도였다. 서너 살짜리가 얼마나 야무졌는지.

하루는 이마가 찢어져서 왔다. 친구의 실수로 미끄럼틀에서 넘어졌다고 했다. 병원에 갔는데, 아이가 무서워할까 봐 의사가 이것저것 말을 걸다가 웅변을 시켜 봤다.

어린애가 치료 중에도 또랑또랑 웅변 학원에서 배운 걸 읊더니, "이 연사 힘차게 외칩니다" 마무리까지 깔끔했다.

그런 아이가 커서는 반장 선거 한번 나가라 해도 손사래를 쳤다. 너무 일찍 유치원에 보낸 것을 부모는 후회했다. 민정이 엄마는 간혹 아이들 어릴 적을 생각한다. 부모가 모두 일을 해서 세 살 때부터 민정이를 언니가 다니는 유치원에 보냈다. 유치원 차를 타는 순간부터 울기 시작해, 내내 언니 뒤만 쫓아다닌다고 했다. 이사도 잦았다. 그 당시 민정이 아빠의 근무지가 자주 바뀌었다. 1년에 두 번을 이사할 때도 있었다. 적응할 만하면 이사를 가니 씩씩하던 아이의 행동거지가 눈에 띄게 수그러들었다. 아이들 성격이야 크면서 변하는 거라 하지만, 부모는 원래 못 해 준 것만 생각나는 사람이다.

하지만 민정이로서는 기억도 잘 안 나는 유치원 시절이다. 물론 새로운 환경에 적응하는 것이 쉽지 않았다고 기억한다. 낯선 친구들이 물어 오는 질문들. "넌 어디서 왔어?" "집은 어디야?" "왜 이사 왔어?" 무리를 지어 자신을 낯설고 호기심 어린 눈으로 바라보는 아이들 사이에서, 민정은 저도 모르게 적당한 대답을 찾고 적당히 맞춰 주는 법을 익힌 듯하다. 제 감정 다 드러내는 일을 쑥스럽게 여기게 됐다. 마음을 다 보인 상대와 헤어지고, 또 다시 새로운 이를 만나 자신을 드러내는 일이 어린 나이에도 쉽지 않았을 게다. 행동을 조심하게 됐다. 그 조심스러움이 어느덧 성격이 됐다.

감정을 세심하게 표현하지 않으니 어떨 때는 시큰둥하게 보이기도 한다. 자신의 발명품이 발명 대회 본선에 올라도, 민정은 친구들에게 "나는 이불(발명품) 들고 가야 한다"고 농담을 하고는 끝이다. 수족 냉증을 보완하는 이불을 발명한 이유가 자신의 찬

손발 때문임을, 그 고생을 이야기하지 않는다. 엄살 피우는 성격이 아니다. 성적이 올라도 좋은 티를 내지 않는다. "시험이 쉬웠다"고 말하는 아이가 됐다. 경솔하게 마음을 드러내지 않는다. 자만하지도 않는다. 절제된 자기 표현과 민정이 가진 덕목들이 결합되어, 친구들은 민정을 좋아한다. '배려 깊은 아이'라 말한다.

민정이도 속내를 보이는 사람들이 있다. 의지하던 과외 선생님에게 가서 성적이 올랐다고 자랑했다. 애쓴 결과이다. 좋아할 만하다. 손발 찬 이야기를 엄마에게 한다. 평소에는 엄마를 붙잡아 놓고 하루 일과를 주저리 떠들면서도, 자기 힘든 것은 굳이 말하지 않는다. 그래도 남에게 하지 않는 이야기를 가족에게 한다.

민정이 전적으로 마음을 표현한 대상은 가족이다. 엄마에게 쪽쪽 뽀뽀를 하고, 아빠 배를 조몰락거린다. 아빠는 딸바보가 됐다. 두 딸을 앞에 두고 "세상에 남자는 아빠밖에 없는 거다"라고 이야기하다가 엄마에게 핀잔을 듣는다. 어차피 민정의 핸드폰에는 아빠와 사촌 오빠 연락처밖에 없다. 엄마는 민정이가 달려들어 안기면 좋으면서도 "다 큰 애가" 한마디 한다. 그런 민정이 엄마는 다 큰 딸 엉덩이를 아침마다 토닥거리고 주물러 깨운다. 사춘기도 지난 애가 그걸 다 받아 준다. 오히려 눈은 못 떠도 엄마를 꼭 안아 주고 하루를 시작한다.

엄마는 출산 후 몸이 안 좋아 민정이에게 모유조차 못 먹였다. 그런 아이를 두고 일을 하러 가야 했다. 그래서 체력이 약한가. 가는 몸에 조금만 힘들어도 골골거리는 민정이를 보면 후회가 일었다. 그러나 민정이가 보기에는 엄마가 더 작았다. 덩치가 좋은 아빠 옆에 서면 더 가냘파 보였다. 그런 엄마가 일을 마치고 더 자그마해져 오면, 민정은 엄마 품에 안겼다. 제 키가 훌쩍 크자 엄마를 안고 다독거렸다.

"엄마 업혀 봐."

"니가 날 무슨 수로 업어?"

"엄마보다 내가 더 튼튼해."

"춤출까? 이렇게 추는 거라는데."

엄마의 작은 발에, 제 작은 발을 올리고 왈츠 4분의 3박자를 맞춘다. 안마를 하면 엄마는 시원하다는 소리를 연발하는데, 그럴 때마다 민정은 엄마의 작은 어깨가 한 손에 들어오는 걸 느낀다.

집에서는 전형적인 막내딸인 민정이가 학교에서는 전혀 딴 얼굴이 된다. 선생님들하고는 말도 잘 안 한다. 애교와 유머는 사라지고, 조용한 모범생이 된다. 놀라워하는 엄마에게 민정은 별거 아니라는 듯 말했다.

"선생님들하고 개인적으로 친해지는 건 아닌 것 같아. 그럴 필요가 없어 보여."

겉으로 드러나는 뚝뚝함은 그저 습성이 아니다. 민정이 나름의 기준이 있다. 잘 드러내지 않는 만큼 그 마음을 내주는 사람이 정해져 있다. 그 거리도, 경계도 자신이 정한다. 집에서는 전형적인 막내, 친구들 사이에서는 알고 보면 엉뚱한 친구, 선생님들에게는 말수 없는 학생, 이렇게 다양한 역할과 모습을 가지는 것이 민정 스스로에게는 전혀 어색하지 않다.

자기 주관이 분명한 아이다. 제 기준과 태도 정도는 결정할 줄 안다. 호불호라고 할까, 좋고 싫은 것이 분명하다. 밉든 예쁘든 자신의 눈에 들면 그것으로 만족한다. 옷 하나조차 '민정이답게' 입는다. 어떤 특색이 있냐고? 아니다. 그저 민정이가 마음에 들어 하는 옷일 뿐이다. 어느 날은 분홍색 키티 캐릭터가 들어간 시계를 차고 온다. 고등학생이 아직도 캐릭터 시계를 찬다고, 엄마는 아직 애기인가 보다 생각한다. 그러나 어린아이가 아니다. 친구들은 갸웃한다. "왜 비슷한 회색 티만 사는데? 옷 사느라 돈 없다고 하면서 옷이 다 비슷해." 그러나 다 안다. 민정이 마음에 든 옷인 게다. 달리 이유가 없다.

공부도 일도 마찬가지다. 민정이 자신이 하기 싫으면 아무것도 강요할 수 없다. 어릴 적부터 그랬다. 그거 교만한 거야, 노력하지 않은 거야. 엄마가 과장을 섞어 타일러도 봤지만, 안 된다. 마음이 동해야 애를 쓴다. 그게 민정이 자신이었다. 주관이 뚜렷한 아이라 오히려 여러 가지 모습을 띤다.

그러나 어떤 태도를 취한다 하더라도 달라지지 않는 것이 하나 있다. 속 깊은 성정. 엄마가 앓아눕기라도 하면 초등학교 다니는 애가 뭘 안다고 물수건을 머리에 올려 줬다. 예쁜 옷을 보면 "엄마, 언니 저거 사다 줘"라며 언니를 챙겼다. 적은 용돈을 모으고 모아 부모님 결혼기념일 선물까지 샀다. 그것도 몇 시간 발품을 팔아 선물을 고르는, 그런 아이다.

가족만이 아니다. 마음 준 사람들에게 다 그랬다. 고등학교에 올라가서도 중학교 수학 과외 선생님을 챙겼다. 스승의 날, 같이 과외를 한 친구와 케이크 하나 사서 선생님 집으로 갔다. 쑥스러워 간다고 말도 못 한 탓에 부재중인 선생님을 기다려야 했다. 부랴부랴 과외 선생님이 집으로 오는 동안, 숫기 없는 두 아이는 앉지도 못하고 식탁 옆만 서성였다.

민정은 마음 쓰는 것을 아까워하지 않는다. 처음 간 유치원에서 언니 뒤꽁무니만 따라다니던 마음 여린 김민정이 사라질 리 없었다. 어릴 적 또랑또랑 웅변을 하던 당차고 꼿꼿한 아이도 여전했다. 누가 "민정이는 어떤 아이니?"라고 물으면, 민정이를 잘 아는 아이들은 한참을 생각하다 답할 게다. "민정이는 그냥 민정인데요."

누구도 닮을 수 없고, 따라 할 수 없는 그런 아이. 그래서 친구들이 "너는 4차원, 아니 5차원", "너 같은 애는 처음이야"라고 편지를 쓰게 만드는 "재미있어서 좋고, 같이 웃어서 좋았던" 아이. 그래서 "태어나 줘서 고마운" 아이.

수능 끝나면 진짜 많이 놀자

민정은 침대에서 일어나 자세를 잡았다. 언니가 야자 마치고 올 시간이 다 됐다. 그 전에 할 일이 있다. 핸드폰 카메라 렌즈를 마주 보고 입술을 '오'자로 만들어 본다. 이건 아니야. 고개를 삐뚜름하게 숙이고 입술을 꼭 다물어 본다. 애들이 말하는 '시크, 민정'이 됐다. 입술을 내밀기도 손으로 가려 보기도 한다. 찰칵찰칵 카메라 셔터가 눌려진다. 중학교 때 친구들이 연신 놀렸던 입술. 이렇게 보니 나쁘지 않다. 매력적인데.

그나저나 쌍꺼풀 수술을 해야 하는데. 엄마가 전교 10등 안에 들어야 수술을 허락해 준다고 했다. 예뻐지고 싶다. 선생님 몰래 틴트도 바르고, 엄마 몰래 비비크림도 친구들이랑 돌려쓴다. 그래, 공부하자. 성적을 올려야 한다. 그러나 얼마 전 일기장에 써 놓은 참이다. '좋은 대학을 가려면 공부를 해야 한다. 하지만 공부하고 싶지가 않다.' 초등학교 시절 소원을 적는 칸에 '우리 집이 부자가 되는 것, 좋은 냉장고가 있는 것, 예쁜 탁자가 있는 것'이라 썼다. 초등학교 2학년짜리가 뭘 알았을까. 어쩌면 엄마의 바람을 속 깊은 아이가 눈치채고 자기 소원으로 말한지도 모르겠다.

그때나 지금이나 돈 버느라 고생하는 아빠 엄마 편히 해 주고 싶다. 이과를 갔으니, 간호 대학을 갈까 생각했다. 친구들은 '환자 잡을 일 있냐'고, '너는 간호복 입은 것보다 퇴근하고 스트레스 받는다면서 술 마시는 게 더 어울린다'고 놀렸다. 그 때문에 마음이 돌아선 건 아니다. 간호 일은 힘들어 몇 년 못 한다고 들었다. 그럼 안 되는데. 나이든 엄마 일 안 하게 하려면 오래도록 할 안정적인 직업을 가져야 한다. 약사 가운을 입은 모습을 생각해 보니 제법 어울린다. 아, 그때는 안경 벗고 쌍꺼풀 생긴 얼굴로 흰 가운을 입어야 하는데.

민정은 시계를 본다. 언니 올 시간이 됐는데. 오면 볶음밥 만들어 먹자 해야지. 언니가 와야 안 심심한데. 친구들은 너는 맨날 언니랑 노냐고 묻는다. "언니랑 뭐하고 놀아?" 궁금해한다. 놀 거 많은데, 그렇지만 쑥스러워서 답하기 싫어진다. 언니한테 주말에 영화 보러 가자고 하면, 고등학생이나 되어서 공부 안 한다고 구박하겠지. 엄마 도시락 싸려면 주말에 장도 봐야 하는데. 유부 초밥이 좋으려나. 한때 요리사를 꿈꾸기도 한 실력이다. 장 보면 용돈이 얼마나 남지?

민정의 생각은 끝이 없다. 틈틈이 핸드폰으로 찍은 '셀카' 사진을 확인한다. 카톡 알람이 울린다. 중학교 친구들이 모인 '단체 톡방'이다.

「생일에 어떻게 할 거야?」

1월 13일, 친구들은 민정이에게 생일 선물로 속옷을 사 주겠다고 했다. "빈약한 가슴을 가려 준대." 깔깔 웃었다. 그래 놓고, "진짜 사 준다고 하면 화내겠지?" 서로 묻고는 끄덕였다.

결국 선물은 '냉면'이 됐다. 매운 양념이 들어간지라 어김없이 민정이의 입술이 빨개졌다. "너 입술 자라고 있어." 아이들은 도톰한 민정의 입술을 보며 웃었다.

"다음 생일에는 너희 집에서 볶음 우동 만들어 먹자." 누군가 그랬다. "그래, 그러자." 민정이는 가만히 있는데 또 저희들끼리 약속을 잡는다. "내년에는 우리도 고3이다." 민정이 짐짓 어른스럽게 말한다. "우리 수능 끝나면 진짜 많이 놀자."

그날은 민정의 마지막 생일이었다.

엄마랑 같이 행복하게 산다더니

안산 단원고 2학년 10반 **김송희**

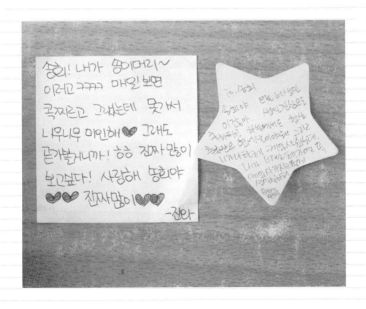

1. 외가 식구들은 집안의 첫 외손녀요, 첫 조카인 송희를 유난히 귀여워했다(오른쪽이 송희).
2. 송희는 엄마와 친구 같은 사이였다. 송희가 고1 때 쓴 시.
엄마는 송희에게 원더우먼이었다. 송희도 엄마에게 원더우먼이 되고 싶었다.
3. 엄마를 도와 집안을 일으키는 것이 꿈이었던 송희.
사춘기도 몰랐던 송희의 유일한 일탈은 화장을 하고 친구들과 스티커 사진을 찍는 것이었다.

엄마랑 같이 행복하게 산다더니

제주공항을 이륙한 비행기가 45분 만에 광주공항에 내렸다. 초등학교 6학년인 송희는 동생 송미와 함께 엄마 손을 붙잡고 공항으로 들어섰다. 세 모녀의 표정에서는 쫓기는 사람의 불안감과 바다를 건너왔다는 안도감이 교차했다. 전남 나주가 친정이지만 친정어머니와 남동생들은 모두 경기도 안산에서 새로운 삶의 터전을 일구고 있었다. 남편에게 알리지 않고 집을 빠져나온 것처럼, 친정 식구들에게도 결혼의 파국을 알리고 싶지 않았다.

엄마 노정란 씨는 고향인 나주를 떠나 광주(光州)에서 생활을 하다 스물두 살에 아빠를 만났다. 첫딸인 송희는 1997년 7월 10일 광주에서 태어나 성장했다. 송희는 외가 식구들에게 유난히 귀염을 받았다. 엄마가 2남 1녀 중 장녀였기 때문에 첫 손녀, 첫 조카였던 것이다. 단순히 그것만이 이유는 아니었다. 어린 송희는 인형처럼 예뻤고 사람을 잘 따랐다. 큰외삼촌 노종주 씨는 틈만 나면 조카를 보러 광주 누나네 집에 들렀다. 외삼촌은 송희에게 "너는 모델감"이라고 입버릇처럼 말하곤 했다.

건설 현장에서 일하던 아빠는 송희가 초등학교 저학년일 때 가족을 이끌고 제주도로 이사를 갔다. 당시 제주에 건설 붐이 일면서 일거리가 넘쳐 났기 때문이다. 하지만 모녀에게 제주 시절은 잊고 싶은 시간이다. 오죽하면 몰래 뭍으로 빠져나왔겠는가. 엄마는 딸들에게 '아비 없는 자식'이라는 소리를 듣게 하기는 싫었다. 그래서 택한 것이 남편으로부터 벗어나되 딸들이 결혼할 때까지 이혼은 하지 말자는 것이었다. 아빠도 그 뒤로 아내와 딸들을 찾지 않았다.

외가 식구들은 송희가 제주에서 어떤 시간을 보냈는지 정확히 알지 못했다. 엄마도, 송희도 3년여의 제주 생활에 대해서는 긴 얘기를 풀어 놓지 않았다. 외삼촌도 아픈 과거에 대해 캐묻고 싶지 않았다.

제주를 떠나올 때 엄마는 빈털터리였다. 목적은 오직 아빠로부터 벗어나는 것이었기 때문에 아무것도 챙길 생각을 하지 못했다. 목적을 달성하고 나니 긴장감이 풀리면서 살길이 막막하다는 것을 깨달았다. 결국 엄마는 안산의 큰외삼촌을 찾았다. 외삼촌은 결혼을 해서 어린 아들이 하나 있었다. 외삼촌네 세 식구와 송희네 세 식구, 이렇게 여섯 식구가 1년 동안 한집에서 살았다. 송희는 선부초등학교에서 졸업장을 받고 와동중학교에 입학했다.

송희는 엄마에게 친구 같은 딸이었다. 사실 엄마도, 송희도 서로 마음으로 기댈 언덕이 필요했다. 엄마와 송희는 늘 친구처럼 이야기를 나눴다. 대화는 슬픔을 반으로 줄이고 기쁨을 두 배로 키워 줬지만 송희는 어린 나이에 너무 많은 것을 알아 버렸다. 웃고 울고 조르고 보채는 또래들과 달리 감정의 완충 장치를 갖게 된 것이다.

송희는 마땅히 할 말이 없을 때 그냥 "허허허" 하고 웃었다. 입으로는 웃지만 얼굴에서는 점점 웃음기가 사라져 갔다. 외삼촌이 "뭐 사 줄까, 먹고 싶은 것 있어?"라고 물어도 송희는 그냥 "허허허" 하고 말았다. 인생을 너무 빨리 알아 버린 애어른의 관조였을까?

큰외삼촌은 인력 파견 업체를 운영했다. 송희는 그런 외삼촌에게 "자격증을 많이 따면 좋은 데 취직시켜 줄 수 있냐?"고 입버릇처럼 물었다. 송희는 용돈을 줘도 꼬깃꼬깃 움켜쥐고 여간해서 쓰지 않았다. 대신 식당에 가서 몰래 아르바이트를 하면서 직접 용돈을 벌어서 쓰기도 했다.

그런데 송희의 가슴에 슬픔의 굳은살이 박이게 되는 사건이 또 일어났다. 엄마는 늘 양미간을 찌푸리며 "머리가 아프다"고 했다. 가족들은 '극심한 스트레스 때문이려니'

생각했다. 그런데 병원에 가서 막상 진단을 받아 보니 희귀병이자 불치병인 '근무기력증'이었다. 근무기력증은 몸에 힘이 빠지고 팔다리에 힘이 들어가지 않는 병이다. 문제는 면역 계통 질환으로 추정될 뿐 원인을 모르기 때문에 치료할 방법도 없다는 것이다. 병원에서도 해 줄 수 있는 것이 없기 때문에 입원 치료도 받을 수 없었다. 엄마의 골방이 곧 인생의 감옥이 될 수도 있는 상황이었다.

외삼촌은 '그럴수록 사람도 사귀고 집 밖으로 나와야 한다'고 생각했다. 그래서 공장의 공정 가운데 조립이나 검사 파트에서 일할 수 있도록 일자리를 마련해 줬다. 무기력증에 빠져 있는 상태였기 때문에 조금씩 아주 조금씩 일의 강도를 높여 나갔다. 엄마는 일을 하면서 생기를 찾고 돈도 모으기 시작했다.

엄마도, 송희도 실낱같은 희망을 끌어당기며 빛이 보이는 곳으로 조금씩 빠져나오는 중이었다. 송희는 점점 단호해져 갔다. 외할머니가 "그래도 대학에는 가야지"라고 말하면 송희는 "싫어요, 고등학교만 졸업하면 바로 돈 벌 거예요"라고 잘라 말했다. 송희는 그렇게 단단해져 갔다.

그런데 정말 희망이 보이기 시작했다. 처음부터 웬만한 것을 손에 쥐고 시작한 사람들에 견줘 보면 아직도 까마득한 허방이었다. 그러나 송희 가족은 평지가 아니라 구렁텅이에서부터 올라오는 중이었다. 전세금도 9,000만 원까지 올라갔다. 그만큼 돈을 모았다는 얘기다.

무엇보다도 송희가 "이제 1년 뒤에는 나도 돈을 벌 수 있다"고 선언했다. 처음에는 '애가 하는 소리려니' 하고 나무라거나 믿지 않으려 했지만 아픈 엄마를 대신해 송희가 가장이 되는 것은 가족 모두가 받아들여야 할 현실이 되어 다가오고 있었다. 또래들과 달리 이미 그럴 수 있는 아이가 되어 있기에 외삼촌도 이제 걱정을 덜 수 있는 상황이 머지않았다고 은근히 기대를 걸게 됐다.

송희는 말로만 큰소리를 친 게 아니었다. "자격증을 따면 좋은 데 취직시켜 줄 수 있냐"고 묻더니만 워드(한글), 한글파워포인트, 멀티미디어제작, 정보통신상식, 인터넷

정보검색, 프리젠테이션, 스프레드시트 등 컴퓨터 쪽으로 딸 수 있는 국가공인 정보통신기술 자격증을 싹쓸이했다. 이력서를 쓰면 두 장을 거뜬히 채울 정도였다. 행복이 스스로 송희네 현관문을 열고 들어오는 일만 남은 듯했다. 대견한 마음에 외삼촌이 송희에게 물었다.

"너 그렇게 돈 벌어서 뭐할 건데?"

"엄마랑 행복하게 살 거야. 결혼도 하지 않고 둘이서만 살 거야."

스무 살에 가장이 될 송희가 당분간 엄마와 동생에게도 행복한 인생을 물어다 줘야 했다. 송희는 강남에서 박씨를 물어 올 대견스러운 제비였다.

송희도 끝내 행복할 수 있을까? 외삼촌은 당장 그럴 수는 없겠지만 송희가 자기만의 인생을 꿈꿀 수 있기를 바랐다. 또래 친구들처럼 철없고 조금 이기적이었으면 좋겠다고 생각했다. 어쨌든 송희는 한때 우울하고 방에 틀어박혀 있기를 좋아하던 아이에서 밝고 붙임성이 있는 본래의 송희로 돌아오고 있는 중이었다.

어렸을 때부터 인형같이 예뻤던 송희는 고등학생이 되면서 가족의 기대대로 성장했다. 키도 167센티미터까지 훤칠하게 자랐다. 송희가 어렸을 때 '모델감'이라고 추켜세웠던 외삼촌은 고등학생이 된 송희에게 "스튜어디스가 되면 좋겠다"고 권했다.

그런데 송희는 돈 버는 것 말고 어떤 사람이 되고 싶었을까? 외삼촌은 정작 송희에게 그것을 물어보지 못했다. 무조건 강하게 키우는 것만이 송희와 가족을 위한 길이라고 생각했기 때문이다. 돌이켜 보니 송희에게 가장 많이 한 말이 "무엇이 되고 싶니?"가 아니라 "너희들이 잘해야 한다"였다. 외삼촌은 늘 그렇게 말을 해 온 것이 이제 와 가장 후회스럽다.

무언가를 유보한다는 것은 나이가 어릴수록 더 어려운 일이다. 갓난아이가 젖을 달라고 보채듯이 청소년기에는 그 나이에 걸맞는 요구와 반항이 동반되기 마련이다. 단연코 말하건대 송희에게는 그런 과정이 없었다. 송희는 선부동 집에서 단원고까지 40분이나 걸리는 거리를 비가 오나 눈이 오나 걸어서 다녔다. 시내버스를 타지 않은 것은 돈을 아끼기 위해서였을 것이다. 고된 통학길이었다. "자전거가 있으면 좋겠다"

엄마랑 같이 행복하게 산다더니

고 동생 송미에게는 몇 차례 귀띔을 했다는데 엄마나 외삼촌 귀에는 들어온 적이 없다.

타인에게도 배려심이 많은 아이였다. 송희는 가정 형편 때문에 급식 혜택을 받았다. 그런데 하루는 엄마에게 "엄마, 다음 달부터 나 급식비 주면 안 돼요? 나보다 더 어려운 아이들도 있거든요"라며 조심스럽게 물어온 적도 있다. 그만큼 사려 깊은 아이였다. 웅숭깊은 마음을 가진 만큼 송희는 글짓기에 소질이 있고 시도 곧잘 썼다고 한다. 중학교 때 친구는 송희가 쓴 소설을 재미나게 읽었다고 했다. 그러나 재능을 생각할 여력이 없었다. 이 모든 것이 '고등학교만 졸업하면 돈을 벌겠다'는 목적의식에 가려 있었다.

송희가 고1 때 엄마를 원더우먼에 빗대 쓴 시가 있다. 엄마는 송희에게 원더우먼이었다. 송희 때문에 원더우먼이 될 수 있었을 것이다. 그리고 송희는 자신이 원더우먼이 되기를 꿈꾸고 있었다.

우리 집 원더우먼

화려한 옷을 입은 원더우먼
허리띠를 조르는 우리 집 원더우먼
허리띠를 조르고 조르고
한 푼 모아 내 옷 한 벌 사 주는 우리 집 원더우먼
푸석푸석한 얼굴 구멍 뚫린 옷
괜찮다고 필요한 거 없냐고 물어보는 우리 집 원더우먼

영화 속에선 악당을 물리치는 원더우먼
어렸을 적 나를 괴롭히는 악당을 물리치는 우리 집 원더우먼
세계를 지키는 원더우먼이 아닌
가족을 지키는 든든한 원더우먼
영웅이 아닌 우리 엄마.

송희는 반항이란 것을 해 본 적이 없다. 말썽을 부린 적도 없다. 송희에게 일탈이 있었다면 그저 쉬는 날 화장을 진하게 하고 친구들이랑 스티커 사진을 찍으러 몰려다녔던 게 전부다. 빨리 어른이 되고 싶었고 그래서 어른 흉내를 냈는지도 모른다. 그 모임의 이름을 '칠공주'라고 했다. 칠공주라니, 뭔가 그들만의 뒷골목 스토리가 진진하게 펼쳐졌을까? 그러나 송희의 인생에 발랄하고 풋풋한 청춘 영화와 같은 장면은 없었던 것 같다.

가장 고통스러운 것은 이루어지길 바라는 것이 이뤄질 듯하면서도 이뤄지지 않는 데서 오는 지독한 '희망 고문'이다. 열여덟 살의 어린 나이지만 구절양장과 같은 인생의 고비를 넘어오면서 송희는 가혹하던 희망 고문에 끝이 보인다고 느꼈을 것이다. 굴속에 갇힌 줄 알았던 열여덟 인생이 비로소 한 줄기 빛이 보이는 터널의 입구에 도착했다고 믿었을 텐데……

아, 어떻게 빠져나온 제주도였던가. 5년 동안 불러 보지도, 생각하지도 않았던 아빠라는 존재와, 아빠 몰래 제주를 떠나서 광주공항에 내렸던 순간이 주마등처럼 스쳐갔다. 사람의 뇌는 기억하고 싶지 않은 일들을 기억에서 잠시 도려내기도 한다. 그런데 송희는 수학여행 때문에 다시 떠올리게 된 과거의 편린들로 머릿속이 어지럽고 가슴이 따끔거렸다. 그 기억의 현장으로 잠시라도 되돌아가야 한다니……

수학여행을 가지 않을 생각이어서 엄마에게 아예 여행비를 달라는 말도 꺼내지 않았다. 그런데 외할아버지가 수학여행 경비를 부쳐 줬다. 외할아버지 생각에는 돈 때문에 기가 죽어 사는 손녀딸이 안쓰러웠을 것이다. 수학여행을 가야 하는 상황이 되자 송희는 끝내 병이 났다. 장염이 심해져서 여행을 갈 수 있는 상황이 아니었다. 어른들은 수학여행을 가야 한다고 했다. 외삼촌은 4월 15일 아침에 미역국을 끓여 주러 가서야 수학여행을 떠난다는 것을 알았다. 용돈을 주겠다며 계좌번호를 부르라고 했을 때 송희는 웃는 듯 아닌 듯 멋쩍어하며 또 "허허허" 했다.

송희는 외할아버지, 외삼촌들이 보내 준 돈이 수십만 원인데도 4만 원만 달랑 들고

엄마랑 같이 행복하게 산다더니

여행을 떠난 아이였다. 교복이 작아서 불편해도 그동안 새 교복을 사 달라는 말을 꺼내지 않았는데, 여행 경비로 목돈이 생기자 그중에 교복값을 먼저 챙겨 놓은 것이다.

원하지 않았던 제주 수학여행이었다. 아파서도 떠날 수 없는 수학여행이었다. 그러나 송희는 4월 15일, 결국 세월호에 몸을 싣는다. 4월 16일 침몰 사고와 생사도 모른 채 기다렸던 스무 날이 흘렀다. 이미 대부분의 부모들이 아이들의 주검을 건진 뒤 '미안하다'며 진도를 떠난 상황이었다. 5월 6일, 드디어 송희가 맹골수도의 거센 물살 속에서 올라왔다. 265번이었다. 송희의 시신을 확인한 사람도 외삼촌이다. 근무기력증을 앓고 있는 엄마로서는 정면으로 부딪쳐 헤쳐 내기에 너무나도 버거운 현실이었다.

외삼촌은 송희가 늘 목에 걸었던 목걸이가 아니었으면 알아보지 못했을 뻔했다. 그렇지만 가족들에게는 "너무 예쁘더라, 생전 그 모습 그대로더라"라고 얘기해 줬다. 외삼촌도 생전의 예뻤던 모습을 그대로 기억하기로 했다. 싸늘하게 식어서 돌아온 송희의 마지막 모습은 머릿속에서 지워 버렸다.

그런데 이상한 것은 송희가 사이즈가 큰 남자 점퍼와 이상한 꽃무늬 긴 바지를 입고 나왔다는 점이다. 송희는 세월호가 운항하는 동안 장염 때문에 친구들과 어울리지 못하고 계속 누워 있었던 것으로 확인됐다. 배가 물속으로 가라앉기 시작하자 탈출구를 찾아 배 안을 헤맸고 정전이 되어 빛과 온기가 사라진 상황에서 어둠 속을 더듬어 다른 사람의 옷을 꺼내 입었다는 추리가 가능하다.

아니, 외삼촌은 송희가 한동안 살아 있었다고 굳게 믿고 있다. "송희가 동생 꿈에 나타나서 계속 '춥다'고 했답니다. 송희는 외상도 없었고 배 안에 물이 완전히 차오르고 숨 쉴 수 있는 공기가 다 사라지기 전까지 살아 있었던 것이 분명합니다. 그래서 송희에게 더 미안해요."

가족들은 송희의 부재를 어떻게 받아들여야 할까? 엄마는 온몸에서 피가 빠져나가는 것 같은 아픔에서 헤어나오지 못하고 있다. 엄마가 이 세상에서 갖게 된 최고의 선물이자 살아가는 이유, 둘도 없는 친구와 같은 근딸을 잃었으니 말이다. 짧은 생애였지만 송희는 엄마에게 줄 것을 이미 다 주었는지도 모른다. 아니 엄마가 딸에게 주지 못한 사랑이 남아 있기에 엄마는 더 서러운 것이다.

아빠 없이 자라온 송희에게 한껏 사랑을 전했던 외가 식구들도 충격과 슬픔, 죄스러움에 빠져 시간을 보냈다. 외삼촌은 한동안 '송희네 가족을 괜히 안산에 잡아 뒀다'는 자책감에 시달렸다. 그래서 외삼촌은 아픈 누나를 대신해서 세월호 진상 규명을 위해 거리로 나서고 있다. 외삼촌은 "송희의 인생에서 행복했던 기억은 없는 것 같다, 정말 없었다"면서 애통함을 감추지 못한다. 송희의 인생은 저 낮은 곳에서부터 상승하고 있었고 살아만 있었다면 어제보다 오늘이, 오늘보다는 내일이 무조건 행복했을 텐데 말이다.

1년여 시간이 흐르는 동안 당연히 이뤄질 줄 알았던 철저한 진상 규명과 책임자 처벌이 전혀 이뤄지지 않았다. 그 결과는 살아남은 사람들의 고통으로 돌아오고 있다.

단순히 가족을 잃은 슬픔을 말하려는 것이 아니다. 송희의 경우 '아이가 바라던 대로 수학여행을 보내지 않았더라면'이라는 가정에서부터 진상 규명과 책임자 처벌을 이뤄내지 못한 것에 대한 자괴감까지 모든 것이 죄책감이 되어 몰려오는 것이다.

송희의 넋은 지금 어디에 있을까? 눈물에 젖어 지냈던 시간들과 차갑고 어두운 바다의 외롭고 두려웠던 열흘은 지상에 남겨 두고 하늘로 올라가 별이 됐을까? 그렇다면 가장 맑고 뽀송뽀송하게 빛나는 별이 송희의 별이길 바란다. 아니면 죄 없고 순수한 영혼들이 가는 천국이 정말 이 세상 너머에 있는 거라면 그곳에서 누구에게도 말하시 않았던 진짜 꿈들이 이뤄질 거라 믿는다.

이승 너머의 세상이 빛도 소리도 없는 적막한 곳이라면…… 고단하게 달려왔던 너의 한 생애를 쉬고 꿈도, 생각도 없는 깊은 잠에 들기를 기도한다.

엄마랑 같이 행복하게 산다더니

빨리 와, 나 화장실 가야 해

안산 단원고 2학년 10반 **김슬기**

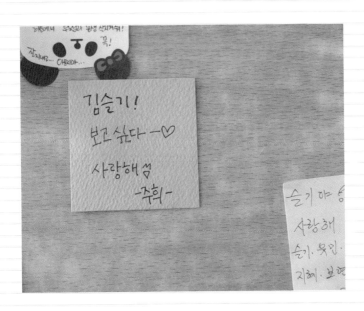

1. 중학교 졸업식을 며칠 앞두고, 친구가 추억을 남기자면서 카메라를 가지고 왔던 날이다(왼쪽이 슬기).
2. 슬기는 사진 찍기를 그다지 좋아하지 않았다. 거의 유일한 독사진이다.
3. 2012년 겨울, 강원도 설악산 권금성. 외할머니 생신을 맞아 슬기네 가족과 이모네 가족,
외가 식구들이 모두 함께 간 여행이었다.

빨리 와, 나 화장실 가야 해

안녕, 슬기야.

참 오랜만에 네 방에 들어와 본다. 모든 게 그대로구나. 시간이 멈춘 것만 같아. 이 작은 방은 우리의 아지트였지. 우린 이 방에 모여 공부도 함께 하고 수다를 떨기도 했어. 책상 위에 수학여행을 떠나기 얼마 전에 했던 너의 마지막 피아노 연주회 사진이 놓여 있구나. 이 연주회를 끝으로 당분간 공부에 매진하겠다고 했지. 연주회를 앞두고 손에서 악보를 놓지 않던 네가 생각나. 그날 하얀 드레스를 입은 네게 내가 메이크업을 해 줬지.

너와의 첫 만남은 중학교 3학년 때였어. 네 첫인상은 잘 기억이 안 나. 너는 반에서 몇 안 되는 조용한 아이였고, 친해지기 전 나는 너와 몇 마디 나눠 본 적도 없었어. 돌이켜 보니 너와 친해진 건 우연이었어. 어쩌다 보니. 그래, '어쩌다 보니'라고 하는 게 가장 어울릴 것 같아. 너의 10년 친구인 지원이가 중간 다리였어. 너와 친했던 지원이, 그리고 지원이와 친했던 나. 시작은 '어쩌다 보니'였지만, 너와 친구로 지낸 3년간 우리는 한 번도 싸운 적이 없었어. 말다툼은커녕, 의견 차이도 별로 없었지. 우리 둘 다 무던하고 순해서였던 것 같아.

너는 네가 아주 작게 태어났다고 했어. 2.24킬로그램. 인큐베이터에 들어갔다고 했지. 2.25킬로그램이면 괜찮았는데, 모래 몇 알만큼의 무게인 0.01킬로그램이 모자라 너는 인큐베이터에 들어가야 했어. 세상과의 만남을 쉽지 않게 시작한 너는 두세 살

되던 무렵까지 자주 아팠고 시도 때도 없이 울었다지. 차를 타면 내릴 때까지 울음을 멈추지 않았고, 밤에도 거의 매일 울었다고 말이야. 나는 네가 그렇게 약한 아가였단 게 잘 상상이 되지 않아. 넌 그야말로 건강한 소녀의 표본 아니었니. 안짱다리였던 것만 빼고 말이야. 너는 초등학교 2학년 때부터 5년이 넘도록 다리 교정을 하러 한 달에 두 번, 서울에 있는 병원에 다녔어.

　너희 부모님은 형제자매 간의 우애가 유난히 돈독하셨어. 친척 간에 서로 생일을 꼬박꼬박 챙기고 (주말에 전화하면 너는 자주 고모 생일이나 큰아빠 생일이라며 외식 중이었어.) 여행도 친척들과 함께 다녔지. 초등학교 때까지는 학교도 쉬고 김장을 하러 평창에 있는 할머니 댁에 모였다며? 대여섯 집이 다 같이 김장을 하고 그걸 나누고 말이야. 너흰 정말 대가족 분위기가 났어.

　특별히 가까이 살던 작은이모랑은 친구처럼 가까웠지. 엄마와 유난히 정이 깊었던 이모는 네게도 참 좋은 친구가 되어 주셨던 것 같아. 주말이면 너는 이모네 집에서 오븐으로 쿠키를 굽기도 하고, 소파에서 뒹굴며 주말 예능을 보기도 했지. 네가 그렇게나 좋아했던 유재석이 나오는 프로그램을 보면서 깔깔댔겠지.

　이모부는 책을 좋아하셔서 네가 가면 한아름씩 책을 쥐여 주신다고 했어. 이모네랑 함께 간 가족 여행도 많았지. 고1 겨울 방학 때에도 너는 이모네 가족과 태백산으로 눈꽃을 보러 갔어. 가기 싫다고 투덜댔지만 어려서부터 가족과 자주 산에 오른 네게 산행이 익숙하단 걸 알고 있어.

　아, 너희 가족 여행에 지원이와 나도 따라간 적이 있다. 고1 여름 방학 때였나 보다. 처음에 네가 가족 여행에 함께 가자고 했을 때, 나는 완강히 거부했어. 친구네 가족 여행에 따라간다는 게 엄청 쑥스럽고 불편할 것 같았거든. 하지만 너는 "네가 가면 지원이도 간대. 가자, 가자, 가!" 하면서 (늘 그렇듯) 단호하고 집요하게 설득했고, 어느새 우린 너희 가족과 강원도로 향하고 있었지. 움직이기를 좋아하지 않는 너는 (아니 우리는) 놀러 가서도 노트북으로 영화를 보고 게임을 했어. 너희 엄마는 우리를 보시며

'놀러 와서 방 안에만 있는다'며 신기해하셨지. 2박 3일간 너희 부모님과 친척분들은 우리를 스스럼없이 대해 주셨어. 덕분에 쑥스럽기는커녕, 우린 편하게 쉬면서 즐거운 추억을 만들 수 있었어.

돌이켜 보니 네가 우는 걸 한 번도 본 적이 없네. 아가였을 때 하도 많이 울어서 눈물이 마른 걸까. 그렇게 친했던 죽마고우 지원이가 울산으로 이사를 간다 했을 때에도, 헤어지는 게 못내 아쉬워 울음바다가 되었던 중학교 졸업식 날도, 극장에서 슬픈 영화를 보며 친구들이 훌쩍거릴 때에도, 너는 울지 않았어. 섬세한 지원이는 네가 너무 무덤덤하다고도 했지만, 나는 네게 어떤 안정감을 느꼈어. 너는 감정의 파도에 휩쓸리는 법이 별로 없었거든. 슬픔뿐 아니라 기쁨이나 화, 질투, 짜증, 서운함 같은 감정에도 말이야.

너는 수다스럽지 않았어. 나는 네 입에서 다른 친구의 험담이나 학교 선생님에 대한 불만이 나오는 걸 한 번도 들은 적이 없어. 자기 자랑도 별로 하지 않았어. 왜, 공부방에 다니면서 성적을 많이 올려서 수학 시험에서 100점을 받은 적 있었잖아. 동네방네 자랑할 만도 한데, 너는 공부방 선생님에게조차 그걸 말하지 않았지. 그냥 조용히 엄마한테만 말씀드렸잖아.

그래. 공부방. 우리 사이를 더 가깝게 해 준 곳이지. 중학교 2학년 가을에 너는 공부방에 다니기 시작했어. 선생님 댁에서 그룹으로 영어와 수학을 배웠지. 너는 뭐든 하나를 시작하면 쉽게 그만두는 법이 없었어. 초등학교 5, 6학년 때 잠시 쉰 것만 빼면 다섯 살 때 시작한 피아노를 고1 때까지 꾸준히 배웠고, 태권도도 초등학교 1학년 때부터 2단을 땄던 6학년 때까지 계속했지. 여섯 살 때 유치원 대신 간 보습 학원도 초등학교 6학년 때까지 장장 8년 동안 다녔잖아.

중학교 2학년 때부터 다니기 시작한 공부방도 마찬가지. 고등학교 올라가서까지 계속 다녔지. 너희 아빠가 밤길 위험하다며 차량 운행하는 곳으로 바꾸라고 하신 적도 있다며? 그래도 너는 변함없이 그곳에서 공부를 했어. 어쨌든, 덕분에 나는 널 오래 볼 수 있어서 좋았어. 그 공부방이 우리 집과 같은 빌라에 있었기 때문이지. 걸어서 1분 거리. 덕분에 우리는 다른 고등학교에 다녔는데도 거의 매일 만났어. 조금 일찍 공부 방에 온 날, 아니면 쉬는 시간이 길어질 때, 너는 우리 집에 달려오곤 했어.

　우리 집은, 아니 나는, 언제나 네게 열려 있었어. '나 지금 간다'는 문자 통보를 받 고 얼마 뒤면 '똑똑' 현관문 두드리는 소리가 났지. '오지 마. 오지 말라고. 그만 오라 고 제발' 하고 저항을 시도한 적도 있었지만, 별 소용이 없었어. 신기하게 늘 네가 결 정한 대로 됐어. 너는 '왜 이렇게 튕기냐'며 나를 '용수철'이라 불렀어. 간혹 내게 답문 이 없으면 너는 폭포수처럼 문자를 쏟아 냈지. '나 요금 남아도는 거 모르지?', '문자 100개 한꺼번에 읽어 보고 싶구나?', '너무하다 정말 너무해', '이런 용수철 같은 녀 석!' 휴대 전화에 네 문자가 쌓여 있으면 나는 네 모습이 상상돼 웃곤 했어. 전화를 해 서 "집요한 슬기야~ 나 찾았어?"라며 놀렸지만, 그렇게 계속 나를 찾고 불러 주는 게 한편으론 좋았어.

　네게는 의외로 예민한 면도 있었지. 화장실 말이야. 공부방에 선생님 아들이 있으면 너는 화장실에 가지 못했어. 공부방에서 낮잠도 자고 라면도 끓여 먹는 네가 말이야. 너랑 함께 공부방에 다닌 친구들은 "오빠 어렸을 때 내복 입고 다니는 거 내가 다 봤거 든" 하면서 놀려 대기도 했다는데, 너는 2년을 넘게 다니면서도 계속 내외했어. 낯 을 많이 가렸지. 덕분에 나는 밖에 있다가도 너의 화장실 호출을 받고 집으로 달려와 야 했어. 내가 조금이라도 늦어지면 너는 "진짜 나한테 왜 이래"라고 안달하며 빨리 오 라고 재촉했어. 네가 너무 급해 보여서 우리 집 현관 비밀번호를 알려 준 적도 있었지. 집에 도착해 보니 너는 아무도 없는 우리 집 화장실에 앉아 있었어.

　공부방 선생님은 너희 그룹 다섯 명을 특별히 예뻐하셨던 것 같아. 하긴, 너의 성실 함은 유명했지. 결석은 물론 지각 한 번 하지 않았으니까. 아빠 생신이어서 가족끼리 고기를(네가 그렇게 사랑하는) 먹으러 가자고 한 날도 너는 수업을 선택했어. 네가 빠 지면 같은 그룹 친구들에게 피해를 준다면서 말이야. 네 이모가 이모부가 계시던 중국에 너를 데리고 여행을 가려 하셨을 때에도 포기했지. "수업 며칠 쉬면 따라가기 힘들어, 뒤쳐진단 말이야"라면서. 너는 공부나 시험으로 스트레스를 받지 않으면서도, 주어진 일은 정확하게 해내는 야무진 면이 있었어.

공부방 수업이 끝난 야심한 밤에 우리는 다이어트를 한다며 앞마당에서 줄넘기를 했어. (153센티미터에 48킬로그램밖에 되지 않는 네가 무슨 다이어트인가 싶기도 했지만, 사실 우리는 1년 365일 다이어트에 관심이 많았다.) 하지만 운동은 우리랑 안 맞았나 봐. 우리의 다이어트는 늘 작심삼일.

우리는 다부진 각오를 금세 잊고 열심히도 먹으러 다녔어. 떡볶이와 고기 뷔페, 치킨을 배 터지게 먹으며 행복해했지. 패스트푸드점 치즈스틱 할인하는 날을 달력에 적어 놓았다가 달려가 산처럼 쌓아 놓고 먹은 적도 있어. 우리는 그저 우리끼리 즐거웠어. 남자한테도 관심이 없었어. (잊을 뻔했는데, 너는 독신으로 살겠다고 말한 적도 있잖니.) 네가 없었다면 심심하고 어쩌면 외로웠을지 모를 일상의 수많은 순간, 네가 있어서 나는 행복했어.

네가 좋아한 것들이 떠오른다. 수학, 동물, 요리.

너는 수학을 재미있어 했고, 잘했어. 나와 주변 친구들은 모르는 게 생기면 네게 물었고 너는 기꺼이 가르쳐 줬지. 방정식과 부등식, 이차함수며 원의 방정식. 네가 조근조근 설명해 줬던 내용이 기억나. 중학교 때 담임 선생님이 멘토-멘티 짝을 지어 주셨을 때엔, 네 멘티 친구를 집에 데리고 와서 가르치기도 했잖아.

너는 동물을 참 좋아했어. 장래 꿈도 수의사였지. 우리 집 푸들 초코를 엄청 예뻐했어. 아마 네가 나보다 더 자주 산책시켰을걸? 아, 중학교 1학년 때 너도 강아지를 길렀다고 했지? 아빠가 어디선가 강아지 세 마리를 데려오셨을 때, 너는 세 녀석 모두를 직접 목욕시키고 그중 한 마리를 길렀어. 이름은 온새미. 내가 반려견 이름으로는 왠지 안 어울린다고 했더니, 너는 국어사전에서 그 단어를 찾아 보여 주면서 "순우리말로 가르거나 쪼개지 않은 생긴 그대로의 모습이라는 뜻이야"라고 알려 줬어. 특별한 이름만큼 정성도 특별했다. 너는 온새미의 밥과 화장실, 산책을 도맡았어. 그런 정성을 알았는지, 온새미도 너를 유난히 따랐고 말이야.

그 녀석에게 마음을 붙이면서 너는 수의사가 되고 싶어졌다 했어. 나중에 털이 너무 빠져서 힘들어한 아빠가 온새미를 할머니가 계신 시골로 보냈을 때, 하루 반나절을 울었다지. 네가 다시 데리고 오자고 고집 피우자 아빠는 "네가 반에서 1등을 하면" 하시며 조건을 거셨고. 너는 "알았어, 자신 있어"라고 했지만, 결국 데리고 오지는 못했어. 시골 할머니 댁에서 온새미는 사고로 죽었고, 그 사실을 알게 된 너는 그날도 온종일 울었다 했어. 그 이야기를 들으며 나는 네가 온새미에게 얼마나 깊은 애정을 쏟았는지 느낄 수 있었어.

너는 요리하는 걸 즐거워했어. 쿠키를 굽고 팬케이크나 호떡을 만들곤 했지. 친구들 생일엔 직접 미역국을 끓여서 보온병에 담아 오기도 했어. 우리 집에서도 자기 집처럼 자연스럽게 냉장고를 열어 김치볶음밥, 감자전 등을 만들어 줬고 말이야. 손재주는 타고나나 봐. 너는 어디서 배운 적도 없는데 요리를 척척 해냈고, 네가 해 주는 음식은 하나같이 맛있었어.

밸런타인데이를 앞두고는 초콜릿도 만들었어. 달콤한 초콜릿을 녹이고 거기에 버터와 우유를 넣어 부드럽게 만들었지. 그 위에 예쁜 가루를 뿌려서 하나하나 포장했어. 그리고 그걸 주변 사람들에게 나눠 줬어. (남자 친구가 없었으니까.) 이건 큰아빠 거, 이건 이모 거, 이건 사촌 동생 거 하면서 나와 친구들은 물론, 이모와 이모가 일하는 치과 동료들, 친척들 것까지 챙겼어.

네가 먹는 것보다 선물하는 걸 좋아했지. 엄마 아빠를 닮아서인가 봐. 왜, 너희 엄마도 시골에서 옥수수나 배추를 보내오면 주변 분들과 두루 나누셨고, 아빠는 우리가 너희 집에서 공부할 때, 종종 우리를 데리고 나가서 맛있는 걸 사 주시곤 했잖아. 주변을 살뜰히 챙기는 분들이셨어. 너는 부모님의 그런 면들을 고스란히 보고 배운 것 같아.

중3 때였나. 네가 엄마의 생일이라며 선물을 고르던 게 생각난다. 너는 예쁜 접시 4개와 쟁반, 그리고 접시 꽂이와 감자 깎는 칼을 샀지. 네가 요리에 관심이 많아서였을 거야, 그런 선물을 고른 건. 엄마는 네 선물을 받고 "맛있는 거 많이 해 달라고?"라며 좋아하셨다 했어. 평소 기념일을 잘 챙기지 않는 네가 드리는 선물이어서 더 기뻐하셨던 것 같아.

딸과 엄마의 관계가 그렇듯, 너도 엄마와 때론 다정하고 때론 아옹다옹했지. 손이 차가웠던 너는 손과 발을 엄마의 따뜻한 옷 속으로 쑥 넣으며 애정 표현을 할 때도 있었지만, 다른 사람에겐 한 번도 드러내지 않는 짜증을 표현하기도 했어. 너는 짜증이 나면 갑자기 말이 많아졌기 때문에 나는 네가 짜증이 났다는 걸 쉽게 눈치챌 수 있었어. 대부분 엄마한테 야단을 맞거나 동생 승겸이랑 다퉜을 때였던 것 같아. 가끔 너는 엄마가 네게만 집안일을 시킨다고 하소연했어. 왠지 네가 더 많이 혼나는 것 같다 했지. 그런 거 있잖아. "너는 누나가 되어서는" 이런 거. 네가 속상해할 때면 나는, 큰딸이라서가 아닐까 생각하기도 했었어. 비록 동생과 한 살밖에 차이가 안 날지언정, 첫째의 자리라는 게 있잖아. 게다가 일을 하시던 너희 엄마가 집에 계시지 않을 때에도 너는 뭐든 알아서 하는 편이었으니, 좀 더 믿음직스러우셨을 거야.

하지만 너는 엄마와 싸워 토라졌다가도 금세 아무 일 없다는 듯 마음을 풀었어. 찰흙 같아서 한 번 꾹 눌리면 원래 모습으로 돌아오지 않는 마음도 있다는데, 너는 고무같이 탄력이 좋은 마음을 지녔나 봐. 원래의 모습으로 회복되기까지 얼마 걸리지 않았어. 조금 무뚝뚝한 딸이었지만 은근히 엄마를 챙겼지. 당뇨가 있는 엄마가 초콜릿 한 조각을 입에 넣으시면 "엄마, 이거 먹지 마. 당뇨 쇼크 올 수 있는데 그럼 무지 위험하대"라며 잔소리를 하고, 외출하는 엄마 곁을 지나다 "엄마, 당 떨어질지 모르니까 사탕 같은 거 들고 다녀"라며 무심코 생각난 듯 한마디 던지곤 했어.

엄마 아빠는 하나뿐인 딸의 밤늦은 귀갓길을 늘 걱정하셨던 것 같아. 언젠가 우리가 심야 영화를 보러 가려 했을 때 말이야. 허락해 주지 않으시자 너는 승겸이는 되는데 너는 왜 안 되냐며 서운해했지. 하지만 아빠는 밤 10시나 되어야 끝나는 너를 데리러 거의 매일 공부방 앞까지 오셨어. 공부방에서 집까지는 걸어서 20분, 그다지 멀지 않은 길이었지만, 걱정이 되셨던 거겠지. 너희 아빠는 공부방 친구 모두를 차에 태워 한 명 한 명 집까지 데려다주셨어. 자상하셨지.

가끔 야간 자율 학습을 마친 승겸이가 공부방 앞으로 와 너와 함께 집에 가기도 했어. 너랑 승겸이 관계가 좋아진 것도 이즈음부터인 것 같아. 중학교 때까지는 서로 소 닭 보듯 했거니와 가끔 서로 컴퓨터 쓰겠다고 치고받고 싸우기도 했잖아. 형제들과 우애가 남달랐던 아빠는 술이라도 한잔 걸치신 날이면 너희 둘을 앉혀 놓고 "서로 의지하면서 살아야 한다. 세상에 너희 둘인 거야. 서로가 없으면 어떻게 할 거냐?" 하시며 사이좋게 지낼 것을 누누이 강조하셨지만, 너희는 여전히 말도 잘 섞지 않는 남매였지. 그런 너희 남매가 그렇게 밤늦은 하굣길에 함께 걸으며 대화를 시작한 건 엄청난 변화였던 것 같아.

승겸이가 너와 같은 단원고에 1년 후배로 들어온 게 컸겠지. 왜, 우리 나이 때에는 무언가를 1년 먼저 경험한 게 엄청나게 크잖아. 고등학교 배정을 받은 뒤부터 승겸이는 궁금한 게 많았나 봐. 수학이나 영어 공부를 하는 방법은 물론, 어떤 동아리가 좋은지, 학교생활을 어떻게 해야 하는지에 관한 것들 말이야. 주로 승겸이가 묻고 너는 대답했지. 자연스럽게 대화가 이어졌어. 겨우 한 살 차이인데 어느 순간부터 너는 진짜 '누나'가 되어 갔어. 승겸이에게 공부하라는 잔소리도 했지. 아, 승겸이가 라면을 끓일 때였어. 네가 지나가면서 "하나 더 끓여"라고 주문하니 승겸이는 군말 없이 바로 하나를 더 넣었어. 나는 깜짝 놀랐어. 예전 같았으면 상상도 못 할 일이었으니까.

그즈음 너는 어른이 되어 가고 있었나 봐. 가족 모임에서도 어른들과 어울리기 시작했어. 어느 순간부터 이모네 집에서 모일 때에도 사촌 동생들과 노는 대신 어른들 자리에 끼어 앉아 수다를 떨었다지. 그때 나는 어렴풋이 네가 어른이 되어 가는구나, 또 가족들에게 그렇게 받아들여지는구나 생각했어.

그런데 작은이모가 '우리 슬기 다 컸구나' 하고 느낀 건 네가 화장을 하기 시작했을 때래. 어려서부터 어설프게나마 화장을 했다면 그렇게 느끼지 않으셨을 거야. 하지만 주변 친구들이 하나둘 비비크림을 바르고 틴트로 입술을 빨갛게 물들일 때에도 너는 화장에 별 관심을 보이지 않았어.

처음 화장을 한 게 고등학교 1학년 때였나. 어느 날 너는 이모가 사 준 쿠션을 살짝 바른 뽀얀 얼굴로 나타났지. 얼마 후에는 나와 함께 화장품 가게에 가서 아이라이너와 마스카라도 샀어. 나는 중학교 때부터 분장과 메이크업으로 진로를 결정한지라 화장품에 관심이 많았지만, 너는 이내 관심이 없어진 듯했어.

옷장에 미처 다 쓰지 못한 화장품들이 아직 가지런히 놓여 있구나. 엄마가 큰맘 먹고 사 줬지만 몇 번 입지 못한 검은색 모직 코트도, 네가 좋아하던 남색 티셔츠도 그대로 걸려 있어. 책꽂이에는 네가 읽고 싶다며 산 책 《감정조절설명서》가 꽂혀 있고, 클레이로 만든 달력과 액자, 펠트 공예품 등 예전부터 감탄했던 네 손재주의 흔적들도, 미완성인 채로 남은 5,000 피스짜리 퍼즐도 고스란히 남아 있지. 이곳은 네가 좋아한 너만의 공간, 네가 편안함을 느꼈고 너로 고요히 있을 수 있던 너의 방이야.

빨리 와, 나 화장실 가야 해

다시 태어나도 엄마와 함께

안산 단원고 2학년 10반 **김유민**

1. 동생 유나 돌잔치 날 귀부인처럼 단장한 유민이. 눈에 귀여운 웃음을 머금은 모습이 정말 사랑스럽다.
2. 유민이 네 살 때 동생과 수목원에서. 연년생이라 쌍둥이처럼 비슷한 옷을 입고
사진 찍은 적이 많았는데 이날만은 서로 다른 패션.
3. 2013년 영화 보고 난 뒤, 엄마는 선글라스를 쓰고 유나는 양손으로 볼을 감싸고
유민이는 참한 얼굴 그대로 찰칵. 세 모녀가 아니라 세 자매 같다.

다시 태어나도 엄마와 함께

사랑하는 내 딸 유민아!

엄마는 지금 아홉 권의 앨범을 보고 있어. 그 앨범의 맨 앞에, 네가 이 세상에 처음 태어난 날 얼굴에 붉은 기운이 채 가시기도 전에 찍었던 사진이 있단다. 아홉 시간 만에 찍은 사진이었던가? 뽀송뽀송한 솜털이 어찌나 보드랍던지. 유민이 너는 어린 시절 속 한 번 썩이지 않고 착하게 자라 주었지. 연년생으로 1년 반 만에 태어난 동생과 사이좋게 잘 자라 주었어. 물을 주지 않아도 쑥쑥 자라는 나무들처럼 그렇게 자랐단다. 유민이 넌 내게 17년 3개월 남짓 머물렀지. 세상에서 가장 순수하고 착했던 내 딸.

네가 태어났을 때 엄마는 아직 젊은 나이였어. 그만큼 세상을 잘 모르기도 했어. 그리고 그땐 사는 게 조금 힘들었단다. 엄마는 그 무렵을 생각하면 종암동의 오르막길이 떠올라. 유모차에 너를 태우고 하염없이 올라갔다가 내려왔다가 하곤 했단다. 어떻게 사나, 막막하다가노 유모차 인에서 방긋 웃는 너와 눈이 마주치면 모든 시름을 잊어버렸단다. 아빠는 바빠서 집에 별로 없었어. 엄마는 혼자서 너를 보는 시간이 많았지. 반지하에 살았는데 동네에 아는 사람이 하나도 없어 더 외로웠나 봐. 첫아이를 키울 때 여자들은 다 힘들거든. 게다가 친하게 지내는 이웃마저 없었으니 말이야. 혼자서 너와 함께 방에만 있었어. 누군가 문을 두드려도 무서워서 열어 주지 않았지. 슈퍼에 사러 갈 게 있을 때만 간신히 집을 나갔다 오곤 했단다.

엄마 고향은 문경이야. 고등학교 때 안산으로 이사를 왔고 학교를 졸업한 뒤 수원에서 둘째 이모와 함께 꼬치전문점을 했단다. 이모가 잘 아는 옷 가게가 있다고 엄마를 데리고 갔는데 거기에서 아빠를 만났어. 아빠 가게에서 아르바이트를 하다가 가까워져서 결혼하게 되었던 거지. 그리고 너를 낳을 무렵에 종암동으로 이사를 왔단다. 아빠는 IMF 때 옷 가게를 정리하고 성수동에 있는 회사를 다니게 되었어. 성수동에서 종암동까지는 버스로 삼사십 분 거리거든.

아, 여기 유민이 돌 사진이 있네. 유민아, 미안해. 그땐 여유가 없어서 네 돌잔치를 못 해 줬단다. 그냥 집에서 외할머니가 해 온 백설기와 과일 등을 상 위에 올려놓고 사진을 찍었지. 그래도 넌 한 번도 원망한 적이 없었어. 앨범에 있는 유나의 돌잔치 사진을 보면서도 말이야. 유나 때는 여유가 없는데도 음식점에서 돌잔치를 했지. 네 돌잔치 못 해 준 게 속상해서 말이야. 유민아, 이 사진 좀 볼래? 귀부인처럼 머리를 뒤로 올린 아이, 이게 바로 너잖아! 정말 유민이 너 이때 예뻤어. 볼살도 도톰하게 오르고 얼굴엔 은은히 미소를 짓고 우아하게 앉아서 사진을 찍었단다. 돌잔치에 데리고 가려고 미장원에서 머리를 손질했더니 그날의 주인공이 유민이 너 같았어.

네 동생 유나가 태어난 뒤로는 이웃도 생기고 엄마의 외로움도 덜해졌단다. 엄마는 사진을 좋아하지 않았지만 유민이 네가 태어난 뒤로 사진만큼은 실컷 찍어 주었어. 너와 유나에게 예쁜 옷을 입혀 놓고 말이야. 네가 입었던 예쁜 옷들은 너의 큰이모네서 물려받은 옷이야. 후후. 너의 큰이모에게 둘째 딸이 생긴 뒤로는 아나바다 장터에서 옷이나 신발 같은 것들을 샀어. 아주 싼값에 말이야. 유민이 너는 착해서 물려 입는 옷들도 아주 잘 입었단다. 그저 자기 취향에 맞으면 되었어. 넌 엄마를 닮아서 단순한 디자인을 좋아했어. 정말 넌 욕심이 없었어. 엄마는 가끔 생각해. 우리 딸 유민이는 어쩜 그렇게 욕심이 없었을까, 하고 말이야.

이 사진은, 너와 유나가 키 재기 하는 사진이야. 유나와는 연년생이어서 많이 싸웠지. 네가 동생과 싸우면 엄마는 늘 너를 야단쳤어. 언니니까 양보하라면서 동생 편을 들었지. 그래서 너는 일찌감치 양보하는 법을 배웠지. 미안해, 유민아. 너도 아직 어린아이였는데 너에게만 야단치고 너에게만 양보를 강요해서 정말 미안해. 그래도 넌 엄마에게 언제나 '예쁜 유민이'였어. 유나는 '귀여운 유나'였고. 언젠가 유나가 묻더구나.

"엄마, 귀엽다는 건 못생겼다는 뜻이지?"

엄만 속으로 뜨끔했단다. 하지만 이렇게 말해 주었지.

"엄마한테 유민인 예쁘고, 유난 귀여워."

유민이 너는 유나와 티격태격 싸우면서도 늘 손 붙잡고 어깨동무하고 다녔고 정말 친구처럼 잘 지냈어.

이 사진은 청주에 살 때 사진인 거 같다. 그 무렵에는 네 아빠가 넷째 삼촌이 하는 하청업 일을 도와주러 온 가족이 청주에 내려가 1년 정도 살았어. 그때가 2000년도인가 그래. 청주는 공기도 좋고 살기 좋은 곳이었단다. 거기에서 넌 구립 혜성어린이집을 다녔어. 한 달에 한 번 견학을 가는 날에 엄마는 김밥을 싸야 했지. 너와 유나가 번갈아서 견학을 갔기 때문에 도시락 싸는 날은 금방 돌아오곤 했단다.

여기 부채춤 추는 사진 좀 보렴. 생긋 웃는 얼굴을 부채로 반쯤 가린 예쁜 아이가 바로 너야. 안산의 엔시백화점 앞에서였지. 안산에서 다녔던 어린이집 아이들이 부채춤 공연을 하는 사진이야. 너는 그때 다섯 살이었어. 대부분 여섯 살인 언니들 틈에서 기죽지 않고 야무지게 춤을 잘 추었어. 엄마도 고등학교 때 치어리더를 했거든. 단거리, 장거리 가리지 않고 달리기도 잘해서 선생님이 엄마보고 팔방미인이라고 했단다. 그런 엄마를 닮아서 너는 어린이집 재롱잔치에서도 하와이 훌라 춤을 멋들어지게 추었어.

유민이 너는 사춘기도 아주 순탄하게 지나는 듯했어. 방황하는 일도, 반항하는 일도 별로 없었단다. 단지 조금 짜증을 낼 뿐이었지. 학교에서 집으로 오갈 뿐 다른 아이들처럼 밖으로 나도는 일이 없었어. 도덕책처럼 바른 생활만 하려는 아이였지. 외할머니랑 살 때 외할머니가 쓰는 사투리도 바르게 고쳐야 한다고 생각했나 봐. 너는 그걸 고쳐 드리려고 애를 썼지.

다시 태어나도 엄마와 함께

"할머니는 왜 '침 튄다'를 '춤 튄다'라고 해요?"

네 말에 외삼촌이랑 다른 가족들은 웃고 말았어.

한번은 엄마랑 싸운 적도 있었어. 아니 싸운 거라고 할 수도 없었지. 엄마가 출근해야 하는데 네가 말을 안 해서 엄마가 몹시 힘들었던 기억이 나. 너의 얼굴에는 무언가 불만이 있는 게 드러나는데 말을 안 하는 거야. 말을 하라고 해도 너는 계속 고집을 피우며 입을 다물었지. 왜 그랬을까. 엄마는 그날 네 앞에서 펑펑 울었지. 그리고 출근해서 너에게 전화를 했지.

"아까 미안해."

나중에 너의 책상에서 "내가 엄마한테 잘못한 거 같다"라고 적힌 메모지를 발견하고 엄마는 또 눈시울이 붉어졌단다.

너는 욕심도 없었지. 돈 욕심, 옷 욕심, 노는 욕심 이런 건 없고 먹는 것에만 조금 욕심이 있었어. 넌 고기나 치킨 같은 거를 좋아했지. 그래도 치킨 사 먹어야 할 때는 돈이 들까 봐 사 준다고 그래도 한사코 만류하는 아이가 너였어. 엄마 돈 쓰게 될까 봐 그런 거지. 밥을 먹을 때도 유나는 밥만 먹는데 너는 반찬을 더 좋아해서 둘이 싸우는 일 없이 사이좋게 먹을 수 있었단다. 그리고 키가 쑥쑥 컸지. 중학교 때부터 쑥쑥 커서 고등학생이 되었을 때는 169센티미터나 되었단다. 유나도 그땐 167센티미터로 너를 따라잡으려 했지.

그런데 너는 아직 사춘기였나 봐. 말도 없이 휴대폰을 벗 삼아 혼자 지내는 날이 많았지. 그래서 다른 아이들처럼 비디오를 찍거나 남자 친구를 사귀거나 그런 추억이 네게 없어서 아쉬워. 유민이 네가 충분히 인생을 누리지 못해서 말이야. 2013년도에 모처럼 외가 식구들과 휴가 갔던 일 기억나니? 그때 속초에서 하루는 펜션에서 자고 또 하루는 텐트촌에서 자고 문경에서는 모텔에서 일박했잖아? 외할머니, 외삼촌, 이모, 유나 이렇게 모두 모여 사진을 찍었는데 너는 뒤에 숨어 있어서 얼굴이 잘 안 나왔어.

넌 손재주가 좋아서 만드는 것도 잘하고 그림도 잘 그렸어. 오송유치원 다닐 때 받았던 상장은 아직도 갖고 있잖아. 고등학교 때 생물 시간에 노트에 그린 개구리 그림이 아주 사실적이어서 친구들이 모두 감탄했다면서? 유민이 너의 꿈은 제과 제빵사나 가구 만드는 사람이 되는 것이었지. 그러다가 언젠가부터 농사를 짓고 싶어 했어. 유나 말로는 농과 대학도 알아볼 정도로 적극적이었다고 하더구나. 유민이 넌 말하곤 했지.

"나중에 시골에 가서 살 거야. 엄마랑 시골에서 살고 싶어."

넌 엄마를 좋아해서 어쩌다 엄마랑 함께 있는 날에는 엄마를 졸졸 따라다녔어. 이 세상에서 가장 좋아하는 사람도 "엄마"라고 단숨에 대답하곤 했어. 가기 싫은 곳을 나가야 할 때, 엄마가 "유민아, 엄마랑 가자"라고 하면 단번에 일어났고. 하긴 엄마랑 함께한 시간이 너무 짧아서 그럴 거야. 어릴 땐 동생에게 양보해야 했고 조금 큰 뒤로는 엄마가 줄곧 일을 해야 했으니까. 하루 종일 엄마를 만날 수 있는 시간이 삼십 분이나 될까? 네가 다섯 살 무렵 안산으로 이사 온 뒤로 한 10년간 엄마는 일요일에도 쉬지 않고 일해야 했지. 그러니 그동안 얼마나 엄마가 그리웠니?

2013년 모처럼 우리 세 모녀는 영화를 보러 나갔지. 그날 정말 즐거웠어. 네가 무서운 영화를 싫어해서 덜 무서운 걸로 고른다고 고른 영화가 〈컨저링〉이란 공포 영화였어. 다 보고 나오는데 엘리베이터가 아래로부터 크게 덜컹거려서 우린 모두 오싹한 기분을 느꼈지. 꼭 영화 속에 있는 기분이었잖아, 그지? 그리고 스티커 사진을 찍었어. 셋이서 포즈를 취하려니까 꼭 세 자매 같았어. 아, 그때 유민이 네가 조금만 더 웃었더라면.

외할머니 집에서 함께 살다가 너, 유나, 엄마 이렇게 셋이서 우리만의 보금자리로 이사 오게 된 지 불과 두 달밖에 안 돼. 그때 우리가 얼마나 좋아했었니, 그렇지? 유민아? 이런 장면이 떠오르는구나. 엄마는 출근하기 전에 밥을 해 놓고 식탁에 앉아서 너하고 유나가 학교에서 돌아오기를 기다렸지. 엄마가 일하는 곳은 저녁때부터 시작해서 새벽이 되어야 일이 끝나는 곳이었거든. 너희들이 일찍 오면 얼굴을 보고 가려고 그랬지. 그나마 학교에서 일이 있어 늦게 오면 밥만 차려 놓고 그냥 가야 했어. 그리고 밤이 되지. 이번엔 유민이 너하고 유나가 엄마를 기다리지. 대개는 기다리다가 잠이 들어. 엄마는 일을 마치고 새벽 1시나 2시쯤 집에 와서 너희들이 자는 방을 들여다본

단다. 그리고 엄마가 침실로 쓰는 작은방으로 가서 눕지. 그러면 유민이 네가 엄마 자는 방에 들어오곤 했어. 침대 안쪽에 누워서 엄마의 손을 꼭 잡았지. 그때 잡았던 너의 손, 엄마를 간절히 기다리던 그 손을 엄만 기억해.

고지식하고 착하게만 살았던 유민아! 정 많고 아기자기하고 마음이 여린 유민아! 다음 세상에선 하고 싶은 거 실컷 하면서 살아. 엄마는 너의 그 여린 손을 가슴속에 꼭꼭 묻어 둘 거야. 언제까지나 너의 그 손을 가슴에 품고 있을 거야. 유민이 네가 누리지 못한 모든 행복, 모든 기쁨을 엄마 가슴속에서 느낄 수 있었으면 좋겠어.

이 세상 하나뿐이었던 언니에게

유민 언니! 나 유나야. 너무 순수해서 착하기만 했던 나의 언니. 지금 생각해 보니 언니의 가장 친한 친구는 나 유나였던 거 같아. 언니하고는 17년 가까이 한방에서 지내면서 싸우기도 했지만 정말 많은 시간을 함께했던 거 같아. 그런데도 언니와 나는 성격이 조금 달라서 막상 같이했던 일이 별로 없던 것 같기도 해.

내가 보기에 언니는 착하고 순수하고 그러면서도 세상에 대해서 모르는 게 많았던 거 같아. 뭐랄까, 노는 재미, 돈 쓰는 재미 같은 거 말이야. 언닌 그런 걸 모르고 큰 거 같아. 나와 참 달랐어.

언니는 무서움을 많이 탔지. 그래서 혼자 자는 걸 싫어했어. 영화도 무서운 영화는 잘 못 보고 말이야. 언니는 나처럼 밖으로 나가 놀지도 않았어. 나는 중학교 때 한창 밖에서 많이 놀았는데. 뭐하고 놀았냐고? 친구들이랑 영화도 보고, 노래방도 가고, 쇼핑도 하고, 그냥 길거리를 쏘다니는 거지 뭐. 그러다가 시간이 늦어지면 슬슬 걱정이 되기 시작했어. 엄마는 밖에서도 항상 집에 전화를 걸어 우리들이 집에 돌아왔는지 확인하고 그랬잖아. 그럴 때 언니는 내 편이 되어서 엄마한테 둘러대 주었어. 밖에서 일하는 엄마가 나 때문에 신경 쓰게 될까 봐, 또 내가 엄마한테 혼나게 될까 봐 언니는 걱정이었지. 그래서 내가 집에 없는데도 엄마한테 "지금 샤워하느라 전화 못 받아"라고 말해서 위기를 넘기게 해 주었어. 그렇게 말해 줘서 정말 고마워. 지금은 일찍 집에 오지만 그때 난 사춘기여서 집에 오기가 싫었거든.

언니는 왜 그렇게 착했던 거야? 생전 욕도 할 줄 몰랐잖아. 사춘기 때는 괜히 멋있어 보이려고 있는 욕, 없는 욕 잔뜩 하는데 말이야. 난 언니가 남에 대해서 나쁘게 말하는 것도 들어 보지 못했어. 언젠가 내가 언니에게 물었지.

"언닌 왜 욕 안 해?"

그랬더니 언니가 말했어. 언젠가 엄마 앞에서 언니가 나한테 "시발"이라고 한 적이 있는데 그때 크게 혼난 뒤로 안 하게 되었다고 말이야. 언니가 했던 가장 무서운 말은, "너 요즘 안 맞았지?"였어. 근데 사실 그 말 무섭지도 않았어. 흐흐.

언니와 했던 일 중 가장 생각나는 것은 파리바게트에 가서 빵을 잔뜩 사 놓고 먹었던 일이야. 중학교 때였나, 어느 날 언니와 함께 큰길에 있는 파리바게트에 간 일이 있었지.

"우리 여기서 먹고 싶은 거 다 먹어 볼까?"

"그래."

그렇게 쟁반에 빵을 산더미처럼 쌓아 놓고 먹기 시작했던 거야. 치즈빵, 초코소라빵, 슈크림, 츄러스, 음료수…… 그 많은 걸 어떻게 다 먹을 수 있었는지 놀라워. 그런 우리들이 신기해서 깔깔거리고 웃었지. 배가 산더미처럼 불러 왔어. 그 일이 우리의 처음이자 마지막 추억인 거 같아.

언니는 친구도 많이 사귀지 않았던 거 같아. 슬기 언니 집에서 놀다 오거나 이따금 슬기 언니가 우리 집에 놀러 왔어. 슬기 언니네 가서 놀다가 늦게 오는 날이면 언닌 나에게 데리러 와 달라고 전화를 했어. 슬기 언니 집과 우리 집 사이에 야산이 있어서 엄청 무서웠잖아. 겁이 많은 언니는 혼자 다니지 못했지만 나는 겁이 없었으니까. 그땐 귀찮았지만 언니를 데리러 가 주길 잘했던 거 같아. 내가 언니한테 해 준 게 별로 없는데, 그래도 밤늦게 데리러 갔던 일이 있어서 다행이야.

언니는 안산 중앙동도 잘 안 나갔지? 고1 때 동아리 볼링부에서 중앙동에 가서 단체

로 노래방 가고 사진 찍었던 게 다였어. 그래도 언니 사진 잘 나왔어. 아마 그 무렵부터 언니도 서서히 외모에 관심을 갖게 되었던 거 같아. 언니는 그림도 잘 그리고 키도 커서 조금만 꾸미면 훨씬 더 멋졌을 텐데. 언니 친구들이 써 준 편지에서 그랬잖아. 성인이 되면 언닌 세련된 여자가 될 거라고.

언닌 어릴 때는 엄청 잘 웃었는데 이상하게 커서는 잘 웃지 않았어. 좀 시크했지. 엄마를 닮아서 직선적으로 말하는 스타일이기도 했어. 우리 엄만 직선적이긴 하지만 잔소리는 잘 안 했어. 특히 공부에 관해선.

"엄마, 왜 다른 엄마들처럼 잔소리 안 해?" 하고 물으니까, 엄만 "너희들 인생이잖아" 하고 말했어.

그때 정말 엄마가 멋졌어. 엄마는 우리가 건강하고, 나쁜 일 안 하고 다니기만 바랐지. 그런 건 커서 얼마든지 할 수 있다고 말이야. 그런 엄마가 정말 멋진 거 같지 않아? 그래서 언니가 엄마를 좋아했나 봐.

아주 오랜만에 친가에 갔을 때도 떠올라. 스무 명 가까이 모이는 자리에 오랜만이라 어색했지만 어른들은 어른들끼리 어울리고 우리는 큰오빠가 모는 차를 타고 정읍 시내에 가서 노래방도 갔어. 언니는 그렇게 잘 놀다가도 밤에는 아빠 곁을 떠나지 않았지. 그리고 담배를 피우는 아빠 걱정을 해 줬어. 자주 못 보는 아빠인데도 따뜻하게 대해 주는 언니는 정말 착한 딸이었어.

유민 언니! 언니가 세월호를 타고 출발할 때 나랑 마지막으로 통화했잖아. 그때 초콜릿 사 오기로 해 준 거 고맙고 내가 끊기 전에 "알러뷰"라 하고 끊어서 참 다행이야. 언니, 사랑해!

짧은 생애 그러나 큰 기쁨을 주었던 김주희를 기억하며

안산 단원고 2학년 10반 **김주희**

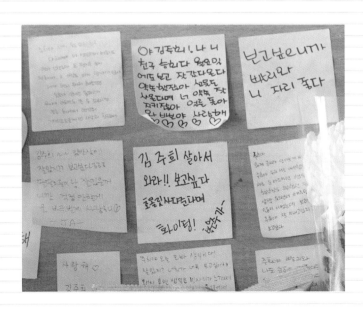

1. 3인방이 고등학교 시절 찍은 사진 왼쪽부터 승희, 은주, 주희다.
2. 초등학교 4학년 대련 나갔을 때, 이 대회에서 최우수상을 받다.
3. 태어난 지 이틀째 되던 날, 어머니와 처음 만나다.

짧은 생애 그러나 큰 기쁨을 주었던 김주희를 기억하며

김주희는 1997년 3월 29일, 아버지 김지용 씨와 어머니 이선미 씨의 외동딸로 태어났습니다. 어머니와 아버지는 동갑내기로 이십대 초반 무렵 대전의 같은 동네에서 살며 골목길을 오가다 알게 되었고 사랑에 빠져 결혼하였다지요.

"참 못생겼다."

어머니의 주희에 대한 첫인상입니다. 그 무렵 자궁 안에 물혹이 있던 이선미 씨는 난산 끝에 출혈 과다로 혼절했고, 집중 치료실에서 하루를 보내고 깨어 보니 주희가 옆에 누워 있었다지요. 오랜 진통 탓에 머리가 풍선처럼 부풀고 형태마저 비뚤어져 있기에, 지나가는 간호사에게 아이가 바뀐 게 아닌가 물어보았을 정도로 못생겼고 이상하였답니다. 그러나 시간이 지나면서 부풀었던 머리통이 원상회복되었고 아이는 예뻐졌지요.

"넌 한 달 지나 사람이 되었어."

어머니는 주희에게 간혹 그 시절을 놀리듯 그렇게 들려주었다고 합니다.

고생하고 태어난 주희는 몸이 약했습니다. 고열에 자주 시달렸는데, 태어난 뒤 2년 동안은 매일 병원에 데리고 다녀야 할 정도였지요. 독한 약을 먹어야 하니 무얼 제대로 먹어야 버틸 텐데 몸이 약한 아이는 입맛도 없었던지 요구르트만 먹으려 들어 젖니가 삭을 정도였습니다. 한번은 토요일인데 또 아이의 열이 올랐습니다. 토요일이어서 병원에도 갈 수 없는 상황이라 해열제를 엉덩이에 삽입해 열을 가라앉히려 했더니 아이의 반응이 이상했습니다. 눈동자가 커지더니 초점을 잃고 몸이 축 늘어지면서 의식이 없어졌습니다. 첫 번째 경기(驚氣)였지요. 보통 이런 소아 경기는 몸 안의 것을 토하거나 배설해야 회복이 되는데 타이밍이 중요하다고 합니다. 의식을 잃은 뒤 삼 분 안에 정신을 차려야 뇌 손상을 방지할 수 있다더군요. 그날 주희는 응급실로 달려가던 차안에서 운 좋게도 시간 안에 토하면서 의식을 회복할 수 있었습니다.

그 이후에도 비슷한 경기가 찾아왔고, 한번은 삼 분이 다 지나가는데도 의식이 돌아오지 않아 어머니가 발을 동동 구르며 주희의 몸을 마사지했던 기억도 있습니다. 다행히 주희는 그런 긴급한 상황에서도 뚝심을 잃지 않고 의식을 회복했고, 그런 경험 때문에 어머니는 어떤 어려운 순간이 와도 주희는 위기를 이겨낼 거라는 믿음을 갖고 있었다고 합니다.

실제로 주희는 건강하고 뚝심 있게 성장했어요. 주희에 대한 글을 쓰기 위해 만났던 사람들은 모두 기분 좋게 주희의 활달함을 기억했지요. 그들 모두에게 주희는 웃으면 입술 끝에 주름이 생겨 별명이 '주름'일 정도로 잘 웃던 친구, 웃으면 덧니가 활짝 보여 지켜보던 사람도 함께 웃고 싶게 만들던 기분 좋은 친구였지요. 삶을 사랑했고 그 사랑으로 자신들까지 삶 속으로 끌어들이던 긍정적이고 생명력 강한 존재였습니다.

의사 선생님이 소아 경기는 일곱 살 정도 되면 사라진다더니, 실제로 주희도 초등학교 들어갈 무렵엔 건강해졌지요. 어머니는 주희가 건강해진 것이 기뻐서 맛나고 좋은 음식을 즐겨 먹였고, 곧 주희는 살이 통통하게 올라 초등학교 2학년부터 태권도를 배우기 시작했다고 합니다. 어찌나 태권도를 좋아했던지 금방 날씬해졌고 검은 띠까지 딸 정도로 열성이었지요. 도장에서 정규 수련을 받고 그 건물 위층의 속셈 학원에 갔다 집에 오기 전에 또 한 번 도장에 들러서 수련하고 올 정도로 태권도를 좋아했으니까요. 그러니 남학생들도 주희를 함부로 얕볼 수 없었지요.

초등학교 시절의 친구들은 주희에 대해 여학생들을 괴롭히는 남학생을 응징하고 자신들을 보호해 주었던 의리파로 기억했습니다. 싹싹하고 붙임성이 있어서 반장을 도맡아 할 정도로 적극적이었고, 선일초등학교 6학년 시절에는 담임 선생님이었던 박병근 선생님의 영향을 받아 UCC 제작 방법을 배워서 〈우리 선생님〉이라는 작품을 만들어 상을 받기도 했지요. 승부근성이 있어서 발야구나 스포츠를 하면 친구들을 독려하면서 꼭 이기려 들었고, 화장실의 창틀을 밟고 올라가 손이 닿지 않는 벽면에다 친구들과 자신의 이름을 하트와 함께 새기던 개구쟁이였습니다. 그 우정의 낙서는 선일초등학교 화장실 벽면에 아직도 남아 있겠지요.

그렇게 밝고 활달하였지만 주희에게도 트라우마에 가까운 슬픔이 있었습니다. 초등학교 졸업을 한 달 앞둔 시기였지요. 평소 교우 관계가 좋던 주희가 친구와 싸운 적이 있었습니다. 제법 큰 싸움이라 여학생들끼리 싸웠는데도 치고받고 싸워 얼굴과 몸에 상처가 날 정도였지요. 그런데도 주희는 어머니께 계단에서 넘어졌다고 둘러댔습니다. 이틀 후 어머니는 혼자 울고 있는 주희를 발견하곤, 실은 며칠 전의 상처가 친구와의 싸움의 결과이고 그 친구의 부모님이 문제 삼은 탓에 학교에서 소란이 벌어진 걸 알게 되었습니다. 왜 싸웠는지 이유를 알아보니 주희의 돌아가신 아버지에 대한 이야기가 빌미가 되었다더군요.

외동이라 주희를 애지중지 사랑했던 아버지 김지용 씨는 주희가 초등학교 4학년이었을 때에 교통사고로 돌아가셨습니다. 사촌 동생이던 갓난쟁이 영훈이를 아버지가 예뻐하는 것도 시샘하고, 부모님 두 분만 외출하는 것도 샘을 내며 아버지와 외출하게 빨리 크고 싶다고 안달할 정도로 주희는 아버지를 사랑했지요. 그랬기에 아버지의 갑작스런 부재를 인정하는 것이 쉬운 일은 아니었을 것 같습니다.

주희는 주변 사람들에게 아버지의 죽음에 대해 이야기하지 않았고, 심지어 자신이 무척 따랐던 담임 선생님께도 모르쇠로 일관했다고 합니다. 그런데 그 사실을 알고 있던 한 친구가 소문을 내는 통에 큰 싸움이 일어났던 것입니다. 초등학교 시절부터 주희의 절친으로 지냈던 승희는 시간이 흘러 그때 소문을 냈던 친구로부터 그것이 오해였음을 듣게 되었지요. 그러나 주희에게는 아직 그 이야기를 하지 못했는데 주희는 세상을 떠났고, 그때의 친구는 주희 장례식장에 와서 하염없이 울고 갔다고 하더군요. 주희를 떠나보내기 전에 화해했더라면 좋았을걸, 진심이 그것이 아니었음을 들려주면 좋았을 텐데…… 생은 속절없이 참 냉정하군요.

아버지가 돌아가시고 난 뒤 어머니는 주희가 집에 혼자 있는 것을 불안해해서 아르바이트 외에는 따로 일도 하지 않았고 하교 후에는 주희와 함께 시간을 보내려고 노력했습니다. 모녀 사이는 미주알고주알 마치 자매처럼 서로의 속내를 주고받던 친밀한 사이였지요. 그런데도 주희에게 아버지의 부재가 그처럼 큰 상처였다는 것을 주희 어머니는 그때서야 처음 알았다고 합니다.

이후에도 주희는 주변 사람들에게 아버지의 죽음에 대해서 함구했지요. 초등학교 시절부터 삼인방으로 친하게 지냈던 승희와 은주는 그 이야기를 알고 있었지만 주희의 마음을 알고 있었기에 아버지 이야기를 꺼내지 않았다고 합니다. 어쩌면 주희는 아버지의 죽음을 그렇게까지 인정하고 싶지 않았고, 자신의 마음속에 여전히 아빠가 살아 있다고 생각했던 것인지도 모르겠어요.

원래 다른 사람들에 대한 배려나 책임감이 많은 친구였지만, 아버지가 돌아가신 뒤로 주희의 어머니에 대한 배려는 더 커졌습니다. 밖에 있을 때면 어딜 가거나 어머니에게 보고를 해서 자신이 어디에 있고 무얼 하는지 알려 주었습니다. 학교에서 누군가 생일 빵을 돌려도 그 자리에서 먹고 싶은 걸 꾹 참고 집으로 가지고 와 엄마와 나눠 먹었고, 사춘기 시절엔 공황장애로 힘든 엄마가 식사를 제대로 못 하시자 집에서 먼 중앙동 죽집까지 걸어가서 죽을 사오기도 했다는군요.

몸이 약한 어머니는 주희가 반장이어도 학교엔 자주 갈 수가 없었어요. 그런데 한번은 단원고등학교 시절에 학부형 회의에 참석하셨다지요. 회의 끝나고 교실 밖을 나가 보니 얼굴이 상기된 행복한 얼굴의 주희가 엄마에게 인사시키려고 자신의 친구들을 잔뜩 대동하고 문밖에서 기다리고 있었답니다. 그렇게 사이가 좋았던 모녀는 시간이 나면 함께 안산 중앙동 패션 시장에 가서 쇼핑을 하고 햄버거를 사 먹고 노래방에 가

서 놀았다지요. 한번은 주희가 어머니의 애창곡인 추가열의 〈나 같은 건 없는 건가요〉
를 불러 어머니를 즐겁게 해 주기도 했답니다.

어머니만이 아니었습니다. 주희는 "안산에서 주희 모르면 간첩" 소리를 들을 정도
로 교우 관계가 좋은 아이였어요. 생일이 되면 친구들에게 받은 선물을 혼자 갖고 오
기 힘들 정도로 인기가 많았고 초등학교 친구부터 중학교, 고등학교 친구까지 만나느
라 분주했지요.

그래도 역시 가장 친한 친구는 초등학교 시절부터 친하게 지냈던 오랜 지기, 은주와
승희였습니다. 초등학교를 졸업하고 다른 동네로 이사를 가면서 서로 진학한 학교는
달랐지만, 셋은 꾸준히 연락했고 시험 끝난 뒤에는 중앙동의 하늘본닭에서 만나 닭보
다 채소가 많은 5,500원짜리 닭갈비 정식을 먹고 그 건물 2층에 있는 럭셔리 노래방
에 가서 노래를 부르곤 했다는군요. 물론 돈이 좀 생긴 특별한 날에는 스파게티와 피
자를 마음대로 먹을 수 있고 후식까지 나오던 애슐리 뷔페에 가기도 했다지요. 스티커
사진 찍는 걸 좋아했던 승희 때문에 셋은 스티커 사진도 많이 찍었는데, 나중에 둘은
그 사진을 주희를 좋아하는 사람들에게 나눠 주기도 했답니다.

초등학교를 졸업한 뒤 주희는 원일중학교에 진학했습니다. 사춘기가 시작되었고 멋
진 남자 친구도 생겼지요. 같은 중학교를 다녔던 중원이와 중학교 3학년 무렵부터 사
귀었다지요. 중원이는 내성적이고 모범적인 친구였어요. 그래서 처음엔 머리를 염색
한 채 교복 재킷 안에 조끼도 입지 않고 여자 친구들끼리 몰려다녔던 주희를 보고 불
량 학생인 줄 알았다지요.

2학년이 되었을 때는 주희의 친한 친구들이 중원이네 반이어서 주희가 자주 놀러 왔
다고 하네요. 무리 지어 떠들어 대는 통에 공부에 집중할 수 없어 처음엔 짜증이 났는
데, 차츰 주희의 밝고 활달한 모습이 눈에 들어오면서 끌리게 되었습니다. 어떻게 하
면 마음을 표현할 수 있을까요? 중원이는 시험 기간이면 힘내라고 초코 우유나 빵을

주희의 책상에 넣어 주었고, 친구들에게도 고민을 토로해서 주희 귀에도 그 이야기가 들어갔다고 합니다. 오랫동안 망설이던 주희는 네이트온으로 사귀자는 중원이의 세 번째 요청에 결국 마음을 결정하였다지요.

막상 사귀어 보니 주희는 전혀 불량 학생이 아니었습니다. 중원이 생일 선물도 옷을 선물할 정도로 패션이나 외모에 관심이 많았을 뿐이었지요. 센스가 있어 화장을 해도 여느 여중생들처럼 화려하고 나이 들게 하지 않았고, 학생 같은 풋풋함을 유지하였습니다. 어머니 역시 주희의 패션에 대한 욕심을 이야기해 주신 적이 있습니다.

주희는 동전만 따로 모아 버스비로 충당했고 가계부도 쓸 정도로 알뜰했지만, 자신이 사고 싶은 옷은 비싸더라도 돈을 모아 꼭 사야 했습니다. 세월호 사고가 나기 전의 겨울엔 그 무렵 유행하던 B브랜드의 패딩 재킷을 사고 싶어 했습니다. 삼십만 원 대를 호가하는 비싼 가격인데도, 반 친구들이 모두 입었다면서 꼭 사려고 했습니다. 꽤 유행하던 패션이었는지 안산의 매장에서 구할 수 없자 주희가 어찌나 섭섭해하던지 여기저기 수소문해서 결국 용인 매장에서 간신히 그 옷을 구했다는군요. 주희는 자신이 모아 둔 돈이 있다면서 그 옷을 직접 샀어요. 어머니가 사 주겠다고 하자 그럼 반 아이들 모두가 신었다면서 양쪽에 구멍이 뚫린 L브랜드의 퓨리 운동화를 사 달라고 했습니다. 역시 삼십만 원에 달하는 비싼 운동화였습니다. 아이들 물건치곤 너무 비싸서 주희 어머니는 사 주면서도 마음이 썩 내키지 않으셨대요. 그런데 물건을 다 사서 의기양양하게 돌아오는 길에 주희가 고백하길, 실은 그 재킷과 신발이 아이들 모두 갖고 있는 게 아니라 자기만 가진 거라고 실토했다지요. 갖고 싶은 것은 꼭 가져야 하는 주희의 집념이 맹랑하고 깜찍해서 어머니도 결국 웃고 마셨다는군요.

얼핏 밖에서 보면 주희는 외모에 관심이 많고 남한테 얕잡혀 보이고 싶지 않은 자존심 센 학생으로 보입니다. 그러나 조금 더 들어가 보면 의리 있고 속정이 깊어 한번 좋아한 사람은 언제나 그 사람의 편이 되어 주고자 했고, 친구들을 격려하고 세상 속으로 끌어들이던 친구였습니다. 중원이가 시험을 잘 못 보고 자책하면 격려해 주었고,

축구를 하면 음료수를 사 가지고 가서 열심히 응원해 주었고, 친구들에게 중원이가 공부를 잘한다고 자랑하고 다녔다는군요. 그러니 중원이는 더 공부를 열심히 해야 했습니다. 운동회 때는 주희가 집에서 직접 만들어 온 카드를 목에 걸어 주면서 내성적인 중원이를 운동회에 참여시키기도 했다지요. 그 플래카드에는 '주희만 보여!'라는 문구가 쓰여 있었다고 합니다. 당연히 주희는 '중원이만 보여!'라는 문구의 카드를 자신의 목에 걸었지요. 자신과 반도 다른 주희가 자신을 위해 열심히 게임에 참여하니, 운동회에 큰 관심이 없던 모범생 중원이도 주희를 위해 열심히 게임에 참여할 수밖에 없었습니다. 아직도 중원이는 그 플래카드를 간직하고 있다더군요. 그런 기억들 때문에 고등학교에 들어간 뒤로 중원이는 힘든 일이 생기면 제일 먼저 주희의 격려, 그 한없는 지지가 그리웠습니다.

중원이만이 아니라 주희를 알던 대부분의 친구들에게 주희는 그런 존재였습니다. 삼인방 친구였던 은주가 그동안 준비했던 피아노 전공을 포기하고 진로 문제로 막막해할 때도, 주희는 눙치듯 농담하면서 다시 시작할 수 있는 용기를 주던 친구였습니다. 고민이 있을 때면 언제나 주희에게 털어놓았던 기억이 있어, 지금도 은주는 고민할 문제가 생기면 주희가 간절히 보고 싶어진다고 합니다. 고질적인 지각 습관이 있던 승희에 대해서도 언제나 넉넉하게 기다려 주던 친구였지요.

단 한 번 주희가 화를 낸 적이 있었는데, 마침 그날 승희의 심경이 복잡해서 울음을 터트리자 화낸 것도 잊어버리고 하루 종일 승희를 달래 주었습니다. 반장이란 책임감도 있었지만 학교생활에 적응하지 못하는 친구가 있으면 어떻게든 도와주고 싶어 했다지요. 가출하려는 친구들 설득하고 밤늦도록 찾아다녔고, 그런 노력에도 한 친구가 가출하자 자기 일이라도 되는 양 소리를 내면서 울었다더군요.

고등학교 시절에도 당번이어서 일찍 가야 한다고 어머니께 말하고선 새벽 6시만 되면 자퇴하려는 친구의 집 앞에서 그 친구를 기다렸다가 함께 학교로 갔다고 합니다. 그 친구는 주희의 노력에 감복해서 자퇴를 포기했고 이후 수학여행까지 가서 세월호에서 죽음으로 발견되었다니, 생은 거대한 아이러니 같습니다.

짧은 생애 그러나 큰 기쁨을 주었던 김주회를 기억하며

중학교를 졸업하고 주희는 단원고등학교에, 중원이는 다른 학교로 진학을 했습니다. 둘 다 반장을 맡아 야간 자율 학습 시간에 빠질 수 없었고 주말에는 학원을 다니느라 만날 수 있는 시간이 그만큼 줄어들었지요. 한동안은 티격태격 싸우기도 했지만 현실적인 판단을 해서 자연스럽게 그만 만나기로 했습니다. 본격적으로 대입과 진로를 준비해야 했으니까요.

주희는 돈을 많이 벌 수 있는 직업이 뭘까 간혹 어머니에게 여쭤 보기도 했다지요. 그 무렵 친척 언니가 가톨릭대 간호학과를 간 것을 보곤 의사가 되고 싶어 하기도 했고 부자 회사인 삼성에 취직할까 고민하기도 했답니다. 과거완 달리 공부도 열심히 했다지요.

고등학교 2학년으로 올라가기 전날엔 은주와 둘이서 서울의 신촌으로 대학 탐방을 다녀오기도 했습니다. 둘은 이화여대에 가서 예쁜 캠퍼스에 감탄했고 후문을 통해 연세대학교로 들어갔다가 노천극장의 계단에 출신 학생들의 이름이 새겨진 것을 보곤, 자신들의 이름도 거기에 새겨 넣고 싶다는 이야기를 했답니다. 서울대학교도 가 보고 싶었으나 관악은 신촌으로부터 너무 떨어져 있어 포기했습니다. 어쩐지 그 학교 앞의 문방구에서 서울대 마크가 찍힌 노트를 사면 서울대에 입학할 수 있을 것 같다면서, 주희가 많이 아쉬워했다는군요.

그리고 2014년 4월, 우리들 모두의 미래였을 단원고 2학년생들은 제주도로 수학여행길에 올랐고 주희도 그 대열에 합류했습니다. 엄마가 사 주었던 비싼 퓨리 운동화를 신었고, 은주와 승희에겐 수학여행 다녀온 뒤에 은주 집에 모여 밤새 수다 떨고 놀자면서, 제주도에서 감귤과 백년초로 만든 초콜릿을 사다 주겠다고 약속했습니다. 그러나 주희는 그 약속을 지키지 못한 채 2014년 4월 21일 세월호 4층 중앙 통로에서 발견되어, 22일 어머니 품에 안겼습니다.

주희의 장례식엔 초등학교 시절의 친구부터 고등학교 친구까지, 선배와 선생님들까지 오셔서 주변 사람들에게 큰 기쁨을 주었던 주희의 죽음을 애도했습니다. 어머니의 마음은 사무쳤지만 한편으론 그렇게 많은 사람들에게서 사랑을 받았던 주희가 대견하기도 하셨지요. 그날 왔던 대부분의 사람들처럼 중원이 역시 주희 아버님이 계시지 않다는 것을 장례식장에 와서야 비로소 알게 되었지요. 세월호로 인해 친구들의 장례식에 여러 번 참석하면서 장례 문화를 접했던 중원이는 영정 사진은 남자가 들어야 한다면서, 주희의 사진은 자신이 들겠노라고 자청했습니다.

주희는 주희가 그토록 그리워했던 아버지 김지용 씨의 장지 옆에 나란히 묻히면서 짧은 생을 마감했습니다.

짧은 생애 그러나 큰 기쁨을 주었던 김주희를 기억하며

마음을 담아, 사랑하는 사람들에게

안산 단원고 2학년 10반 **박정슬**

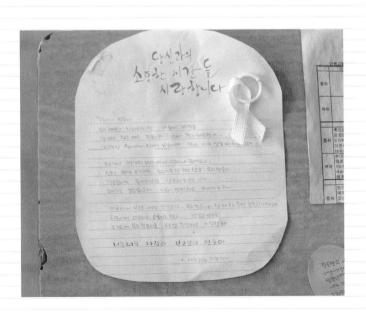

1. 벚꽃처럼 화사하고 빛나는 정슬이의 마지막 봄. 수학여행 가기 전 여의도 벚꽃 축제에서 찍었다.
2. 늘 사랑을 주셨던 할아버지, 할머니와 함께. 정슬이 세 살 때 집 옥상에서 눈사람을 만들었다.
3. 제일 뒷줄 왼쪽이 정슬이, 스태프로 활동하며 애착을 갖고 꿈을 키우던 단원고 연극부.

마음을 담아, 사랑하는 사람들에게

정슬이는 메신저를 주고받던 전화기를 꺼 버렸다. 앞으로 며칠이나 못 볼 텐데 또 싸우고 말았다. 조금만 더 참을걸, 후회가 밀려왔다. 어쩌면 한결이도 속상해서 그랬을지도 모른다.

'그래도 그렇지. 수학여행 전날 이렇게 싸울 게 뭐람.'

정슬이는 친구들과 여행을 간다는 것만으로도 기분이 좋았다. 답답한 학교를 벗어나 며칠이라도 공부 걱정 없이 마음껏 놀다 올 생각을 하니 그동안 쌓인 스트레스가 다 풀리는 것 같았다. 그리고 제주도는 한 번도 가 본 적이 없는 곳이다. 티브이에서 보던 제주도는 우리나라가 맞나 싶을 정도로 이국적이었다. 정슬이는 생각만으로도 가슴이 두근거렸다. 그러고 보니 어제 한결이와 데이트를 하면서도 내내 여행 갈 생각에 들떠 있었다. 영화를 보고 카페에 가서도 계속 수학여행 얘기만 했던 것 같다.

"나 이번에 제주도 가면 꼭 돌하르방 코 만지고 올 거야! 그거 만지면 아들 낳는대! 하하."

정슬이가 우스갯소리를 해도 한결이는 별로 웃지 않았다. 그저 지나가는 말로 그랬다.

"나도 단원고였으면 좋았을걸. 그럼 정슬이 너랑 같이 갈 수 있을 텐데."

한결이는 함께 여행을 가지 못하는 것 때문에 속상했던 게 틀림없다. 그것도 모르고 줄곧 여행 얘기에 신나 했으니 정슬이는 자신이 잘못한 것 같았다.

하지만 아쉬운 건 정슬이도 마찬가지였다. 어쩌면 함께 가고 싶은 마음은 한결이보다 더 클지도 모른다. 한결이와 바다를 보고 올레길을 걷는다면 얼마나 행복할까?

정슬이는 한숨을 쉬며 방안을 둘러보았다. 여행 준비를 하느라 꺼내 놓은 옷가지들로 방이 어지러웠다. 얼마 후면 이사를 가기 때문에 이삿짐을 싸다 만 상자까지 널브러져 있어 방이 더 지저분해 보였다.

'빨리 치워야겠다. 할머니 보시면 혼나겠어.'

아쉽지만 어쩔 수 없는 일이다. 어차피 가는 거 한결이에게는 미안하지만 그래도 잘 다녀와야겠다는 생각을 했다. 한결이도 마음으론 그걸 바라고 있을 테니까.

정슬이는 여행 가방을 가져와 방바닥에 펼쳐 놓고 준비를 시작했다. 생각보다 챙겨야 할 게 많았다. 낮에 할머니와 함께 마트에서 사 온 음료수와 과자도 넣고, 갈아입을 옷들도 여러 벌 챙겨 넣었다.

11시가 다 되어서야 준비를 끝내고 잠자리에 들었다. 그런데 쉽게 잠이 오지 않았다. 정슬이는 다시 일어나 책상 앞에 앉았다. 한결이에게 미안한 마음을 편지로 전하고 싶어서였다. 그리고 여행 가기 전 가족들에게도 편지를 써야겠다는 생각이 들었다. 금요일이면 돌아오지만 가족들과 이렇게 멀리 떨어지는 건 처음이니까 편지를 쓰고 싶었다. 기념일만 되면 아는 사람들에게 선물과 편지를 챙기는 정슬이를 보고 사람들은 오지랖이 넓다는 소리를 자주 했다. 그래도 정슬이는 그게 좋았다. 누군가에게 마음을 전하고 표현하는 일이 행복했다. 특히 가족들에게 편지를 쓰고 선물을 준비하는 일은 정슬이가 가장 좋아하는 일이었다. 정슬이는 가장 먼저 할아버지, 할머니에게 편지를 쓰기 시작했다.

할아버지아빠! 할머니엄마! 저 정슬이에요.

오랜만이죠? 이렇게 부른 거. 어릴 때는 그렇게 불렀잖아요. 할아버지, 할머니는 제게 아빠이자 엄마였으니까요. 할아버지와 저는 정말 특별한 관계인 것 같아요. 예정일보다 보름이나 일찍 태어나면서 할아버지 생신날에 맞춰 '짜~안' 하고 태어난 게 바로 저니까요. 할아버지에게 잊지 못할 생신 선물을 드리기 위해 제가 태어난 거죠.

할아버지가 해 주셨던 말씀이 생각나요. 안아 올리기도 안쓰러울 정도로 조그만 아기가 말똥말똥한 눈으로 할아버지를 쳐다보는데 그 눈이 그렇게 예쁠 수가 없었다고, 꼭 이슬을 머금은 것처럼 맑았다고…… 그래서 멋진 이름도 지어 주셨잖아요. 이슬처럼 맑은 눈을 가진 아이라는 '정슬'이라는 이름이 제게는 참 특별해요. 할아버지가 저를 얼마나 예뻐하시는지 느껴지거든요.

난생 처음 가족과 떨어져 멀리 수학여행을 가게 되니 어릴 적 할아버지, 할머니와 함께했던 여행이 많이 생각나요. 할아버지는 바쁜 엄마를 대신해 제게 많은 걸 보고 듣고 경험할 수 있게 해 주셨잖아요. 생각나세요? 소금강 갔을 때 말이에요. 한참을 가도 목적지가 나오지 않아 정말 힘들었잖아요. 길도 잘 몰라 헤매고 있는데 제가 핸드폰으로 길을 찾아서 끝까지 갔던 그 여행. 아마 그때부터였던 것 같아요. 이제는 마냥 따라다니기만 할 게 아니라 제가 할아버지, 할머니를 모셔야 한다는 생각을 했어요. 어떤 책임감 같은 게 생긴 여행이었어요. 정말 두 분 덕분에 강원도, 전라도, 경주, 여수, 설악산 등등 안 가 본 곳이 없을 정도로 많은 곳을 다녔던 것 같아요. 저만큼 여행을 많이 가 본 아이도 드물 거예요. 그래서 항상 감사해요.

제가 이렇게 밝게 자랄 수 있었던 건 다 할아버지 덕분인 것 같아요. 할아버지는 작은 일에도 항상 칭찬해 주시고, 언제나 '공부는 못해도 인성이 바르면 된다', '우리 큰 악씨가 최고야!', '정슬이는 할아버지에게 영원한 일등' 이렇게 말씀해 주시잖아요. 그런 말씀이 제게는 무엇보다 큰 힘이 돼요.

그리고 할머니가 아니었으면 지금처럼 건강한 정슬이는 없었을 거라는 것도 잘 알고 있어요. 어렸을 때 천식 때문에 심하게 기침을 할 때마다 할머니가 얼마나 마음 아파하셨는지도 알아요. 기침하는 저를 안고 달래 주시던 게 기억나요. 할머니가 열심히 병원에 데리고 다니며 치료받게 해 주신 덕분에 지금은 이렇게 키도 크고 건강하게 지내고 있잖아요. 감사해요, 할머니.

참, 할머니께 용서를 빌고 싶은 일이 있어요. 그 일이 항상 마음에 걸렸거든요. 한결이와 뽀뽀하는 걸 동네 사람들이 보게 된 일 말이에요. 할머니가 많이 실망하시고 속 상해하셨잖아요. 할머니로서는 상상도 할 수 없는 일이었을 테니까 이해하기 힘드신 게 당연해요. 제가 잘못했어요. 너무 제 생각만 했던 것 같아요. 제가 하는 행동이 다른 사람들에게 어떻게 보일지 생각해야 한다는 걸 잠깐 잊고 있었어요. 할머니 말씀처럼 저는 아직 어리고 열심히 공부해야 할 학생인데 그걸 잊고 있었나 봐요. 깊이 반성하고 있어요.

제가 바르지 못하면 주변 사람들이 할머니와 엄마까지 나쁘게 볼 수 있다는 걸 이젠 알아요. 그러니 앞으로는 작은 일이라도 가족에게 피해가 갈 행동은 하지 않을 거예요. 그래도 할머니, 한결이와 사귀는 거 예쁘게 봐주실 거죠? 할머니와 할아버지도 열일곱 살 때 처음 만나셨다고 하셨잖아요. 한결이와 저도 열일곱 살 때부터 사귀기 시작했어요.

할머니에게 가장 많이 혼이 나지만 다 저 잘되라고 그러시는 거 알고 있어요. 이모는 어릴 때 할머니가 예쁘다는 소리도 잘 안 해 줘서 계모라고 생각한 적도 있다는데 제게는 늘 예쁘다고 해 주셨잖아요. 마흔 셋에 태어난 손녀를 막내딸처럼 예뻐해 주셨죠.

두 분이 저를 아끼고 사랑해 주셨던 만큼 저도 꼭 효도할 거예요. 어른이 되어서도 할아버지, 할머니 모시고 같이 살 거라는 약속 기억하시죠? 그때는 두 분이 제게 의지하실 수 있도록 든든한 손녀가 될게요.

할아버지, 내일 타고 가는 배는 얼마나 큰 배냐고 물어보셨죠? 요즘 좋은 일들이 많아지니 한편으론 불안한 마음이 드신다고요. 그래도 너무 걱정 마세요. 천 명이나 타는 큰 배라니까 괜찮을 거예요. 그럼 건강하게 잘 다녀올게요. 할머니는 나 없으면 심심해서 어쩌죠? 금요일 7시쯤 올 건데 집에 계실 거죠? 그럼 전 열쇠 안 갖고 갈게요. 참, 할아버지! 내일 저 학교까지 태워 주실 거죠? 부탁드려요.

엄마, 엄마 딸 정슬이야.

멀리 여행을 가는 건 처음이라 설레기도 하고 엄마 생각도 나서 편지 쓰는 거야. 사실 엄마랑은 여행을 다닌 기억이 별로 없어. 엄마는 항상 바빴으니 그럴 만도 했지. 좀 섭섭했던 적도 있었어. 어릴 때는 엄마와 시간을 많이 보내지 못한 게 늘 아쉬웠거든. 하지만 난 이해해. 아빠 없이 혼자 나를 키워야 했으니 엄마가 아빠 역할까지 하기 위해서 더 바쁘게 지냈던 거 알아. 그래서 더 엄격하게 했던 것도.

엄마는 내가 조금만 잘못해도 컴퓨터 금지령, 외출 금지령을 내렸잖아. 전에 귀를 뚫고 왔을 때도 엄청 혼냈고. 핸드폰도 고등학교 졸업해야 사 주겠다고 했잖아. 겨우 공기계를 얻어서 메신저를 쓸 수 있게 되긴 했지만. 그래서 엄마는 내 마음을 너무 몰라준다고 생각한 적도 있었어. 미운 적도 있었지. 그래도 알지? 내가 엄마를 얼마나 사랑하는지. 얼마 전에 이삿짐을 싸면서 어릴 때 썼던 '사랑의 이야기장'을 발견했어. 어릴 때 선교원 믿음반 다닐 때 썼던 거 말이야. 거기에 이런 글이 있었어. '엄마는 언제나 첫 번째'라는 글.

할머니: 정슬이는 누가 제일 좋아?

정슬: 우리 가족 모두 좋아.

할머니: 그럼 누가 첫 번째야?

　　　할머니가 늘 정슬이 데리고 자고 보살펴 주니까 할머니가 첫 번째지?

정슬: 아니야, 나는 엄마 배 속에서 나왔으니까 엄마가 첫 번째야.

할머니: 정슬이가 애기 때부터 할머니가 키웠는데도?

정슬: 그래도 엄마가 첫 번째고, 우리 가족 똑같이 다 좋아.

'정슬이는 그래도 엄마 편이야'라는 것도 있어.

엄마: 몇 번 가르쳐 주면 알아야지, 계속 물어보면 어떡하니?

할머니: 다섯 살이 그렇게 하는 것도 잘하는 거지 왜 소리를 질러?

정슬: 할머니, 우리 엄마 왜 혼내는 거야?

할머니: 정슬이를 못한다고 엄마가 혼내니까 할머니가 엄마를 혼내는 거야.

정슬: 안 돼. 그래도 할머니가 엄마를 혼내면 안 돼.

할머니: 할머니가 정슬이 편이 돼서 엄마를 혼내 주는데도?

정슬: 그래도 우리 엄마 혼내면 안 돼.

엄마, 알지? 난 언제나 엄마 편이야. 어릴 적 그 마음 변함없고, 또 영원히 그럴 거야.

어릴 때는 무서움이 많아서 걸음마 할 때도 한 번에 걷지 못하고 손잡아 달라고 그랬다며? 엄마, 이젠 내가 엄마 손을 잡아 줄게. 엄마랑 약속했잖아. 대학 가면 일어 공부 열심히 해서 같이 일본 여행 가자고. 그때는 내가 가이드가 돼서 엄마를 지킬 거야. 가서 우리 둘이 즐거운 시간 많이 보내자. 알았지, 엄마?

이모, 나야 똥구리.

이모가 지어 준 이 별명도 얼마 안 있으면 곧 작별해야 할걸?

나 이제 많이 갸름해졌잖아, 그치?

이번 겨울 방학 때 이모가 쌍꺼풀 수술 해 준다고 해서 내가 그날을 얼마나 손꼽아 기다리는 줄 알아? 쌍꺼풀 테이프가 없으면 요즘은 밖에도 안 나간단 말이야. 엄마가 반대하는데도 이모가 내 편 들어 줘서 진짜 진짜 고마워. 역시 이모밖에 없어.

이모는 나의 언니이자 단짝 친구였잖아. 이모가 없었으면 난 많이 외로웠을지도 몰라. 엄마는 많이 바빴고, 할아버지, 할머니가 계시긴 했지만 그래도 내 마음을 가장 잘 알아준 건 이모였으니까.

그러고 보니 이모가 고등학교 2학년 때 내가 태어났네. 딱 지금 내 나이. 이모가 그랬잖아. 내가 태어났을 때 꼬물꼬물하던 그 모습이 너무 신기하고 예뻤다고. 나도 소율이 처음 봤을 때 그랬어. 소율이, 은율이도 깨물어 주고 싶을 만큼 너무 귀여워.

전에 소율이 데리고 한결이와 같이 놀러 나갔을 때 이모 생각 많이 났어. 이모가 대학교 때 남자 친구랑 같이 나 데리고 다녔던 거 말이야. 대공원도 가고, 화랑유원지에서 인라인도 타고, 쇼핑도 하고, 맛있는 것도 많이 사 먹고 그랬잖아. 사람들이 이모 딸인 줄 알고 오해했다고 했지? 나도 한결이랑 소율이 데리고 다니니까 사람들이 왠지 그렇게 보는 것 같았어. 쑥스럽기도 했지만 은근히 재미있기도 했지. 하하.

소율이, 은율이를 보면서 나도 가끔 이모 딸이었으면 좋겠다고 생각한 적이 있어. 이모는 소율이, 은율이 진짜 끔찍하게 챙기잖아. 입는 거, 먹는 거 그렇게 정성 들이는 걸 보면 얼마나 부러웠는데…… 우리 엄마는 그렇게 살갑게 표현해 주는 편이 아니니까. 물론 엄마 마음은 다 알지만 말이야.

이모가 애기들 키우느라 힘든 거 보면 마음이 많이 아팠어. 아기를 키우는 게 그렇게 힘든 일인지 잘 몰랐는데 소율이, 은율이 돌보면서 나도 조금씩 느껴. 그래서 이모가 아플 때나 힘들어 보일 때는 많이 도와주고 싶어. 저번에 이모가 아팠을 때도 내가 제일 먼저 달려갔잖아. 약도 사다 주고. 내가 어릴 때는 이모가 많이 돌봐 주고 놀아 줬으니까 이제는 이모가 힘들 때 나한테 의지해도 돼. 내가 힘닿는 데까지 많이 도울게.

이모, 수학여행 잘 다녀올게. 이모가 사 준 내 보물 카메라로 사진도 많이 찍어 올 거야. 소율이, 은율이 선물도 사고, 제주 감귤 초콜릿도 사 올게. 그럼 다녀와서 봐.

한결아!

무슨 말부터 해야 할지 모르겠다. 미안해. 내가 잘못했어.

늘 내가 먼저 잘못해서 싸우게 된다는 거 알아. 저번에 주은이 일도 그랬잖아. 주은이는 어릴 때부터 친한 남자애였으니까 별 생각 없이 그런 건데 네 앞에서 주은이 때문에 운 건 잘못했어. 입장이 바뀌었다면 나도 많이 싫었을 거야. 이젠 그러지 않을게.

나한테는 너밖에 없다는 거 알지? 기억나? 내가 너한테 처음 고백한 날. 작년 밸런타인데이 때 말이야. 지금 생각해도 얼굴이 달아오르지만 그래도 난 정말 좋았어. 누군가에게 정성 들여 만든 초콜릿을 주면서 내 마음을 전하는 일이 얼마나 행복한지 느꼈거든. 또 그게 너라서 더 좋았고.

생각해 보니 한결이 너를 좋아하게 된 건 작년 축제가 끝난 무렵이었던 것 같아. 메신저로 이것저것 얘기를 나누다 보니 마음도 잘 통하는 것 같고, 편했어. 무엇보다 네가 참 좋은 아이라는 걸 느꼈지. 아무튼 내 고백을 받아 줘서 얼마나 기뻤는지 몰라. 난 가끔 오빠가 있으면 좋겠다는 생각을 한 적 있는데 어떨 땐 네가 오빠처럼 느껴져서 듬직할 때도 있어. 하지만 한결이 너의 매력은 뭐니 뭐니 해도 챙겨 주고 싶게 만드는 그 순수함이지. 난 그런 네가 좋아.

얼마 전에 이삿짐 싸면서 중학교 때 다이어리를 발견했거든. 잊고 있었는데 '남자 친구가 생기면 해 보고 싶은 것'을 적어 놓은 게 있었어.

영화 보러 가기, 스티커 사진 찍기, 집 놀러 가기, 옷 사러 가기, 간지럼 태워 보기, 문자 천 건 해 보기, 노래방 가기, 버스에서 손잡기, 커플 염색 해 보기, 같이 공부하기, 서로 볼 꼬집기, 인형 만들어 주기, 볼에 뽀뽀해 주기, 허그 해 보기, 놀이동산 가기, 디스코팡팡 타기, 사랑해란 말 매일 해 주기, 늦게까지 놀아 보기, 이벤트 챙겨 주기, 요리해 주기, 무릎베개 해 보기……

우리는 얼마나 했을까? 여행 갔다 오면 못 한 거 하나하나 해 보자. 알았지?

참, 기억나니? 우리 저번에 인사동 놀러 갔다가 우연히 텔레비전 카메라에 찍힌 거. 싸워서 서먹하게 걷고 있는데 그 모습이 텔레비전에 나왔잖아. 그 동영상 보면 지금도 너무 웃겨.

그리고 보니 너하고는 참 많은 일이 있었어. 백일 때 일도 생생히 기억나. 너한테 받은 백일 기념 스케치북 정말 감동이었어. 나를 이렇게 생각하고 있구나 싶어 눈물 날 뻔했어. 진짜 고마웠어. 그래서 1주년 때는 내가 이벤트 해 줬잖아. 중앙동 상가 앞에서 친구들이랑 네 앞에서 춤춘 거 말이야. 얼마나 많이 연습했다고. 너무 부끄럽기도 했지만 네가 좋아하니 나도 좋았어. 얼마 전에 벚꽃 축제 갔던 것도 생각나. 그때도 정말 좋았어. 벚꽃도 예뻤지만 무엇보다 너랑 함께 있다는 것만으로 좋았던 것 같아.

이사 가면 새로 꾸민 내 방에서 재미있게 놀자. 내가 좋아하는 핑크로 진짜 예쁘게 꾸밀 거거든. 꼭 와. 그리고 잊지 않았지? 노량진 가기로 한 거. 가서 맛있는 거 많이 먹고, 우리도 고시생들처럼 열심히 공부하자. 여름 방학 때는 네가 가고 싶어 했던 바다도 꼭 가고.

　같은 학교였더라면 더 자주 만날 수 있을 테지만 그렇지 못해 속상할 때가 많아. 그 대신 우리 다른 사람들보다 더 오래오래 만나자. 난 방송음향과, 넌 세무회계학과에 꼭 합격해서 그때는 더 자주 만나자. 그럼 내일 문자할 테니까 꼭 답장해 줘. 안녕.

　가족들과 한결이에게 편지를 쓰고 나니 마음이 뿌듯했다. 정슬이는 이제 잠이 올 것 같았다. 삼촌이 독립하고 할아버지, 할머니와 떨어져 자게 된 지도 꽤 많은 시간이 흘렀다. 혼자만의 방이 생겨 좋기도 했지만 할아버지, 할머니 사이에 꼭 끼어 자던 때가 그립기도 했다.

　'여행 다녀와서 이사 가기 전까지는 할아버지, 할머니 방에서 자야겠어. 그전처럼……'

　좋은 집으로 이사를 가도 추억이 많은 이 집이 그리울 것 같다는 생각을 하며 정슬이는 잠이 들었다.

더 가까이, 더 따듯하게!

안산 단원고 2학년 10반 **이가영**

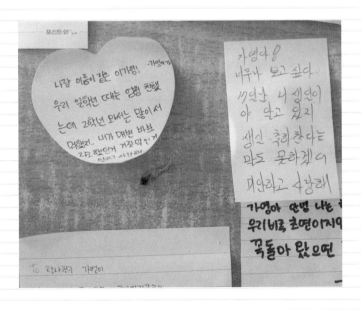

1. 초등 3학년인 가영이는 오빠와 함께 공원에서 몇 번 타더니 금세 자전거를 배웠다.
   운동 신경이 좋은 편이 아닌데 자전거는 빨리 배워 곧바로 보조 바퀴를 뗐다.
2. 여섯 살 때, 학원에서 생일잔치를 열어 주었다. 생일날, 가영이는 케이크만 있으면 흡족해했다.
3. 태어난 지 8개월 된 가영이가 예쁜 드레스로 한껏 멋을 내고 집 앞 공원에 나왔다.
   5월 봄 햇살 아래에서 멋지게 한 컷 찍으려는데…… "와, 저기 강아지가 간다."

가만히 두 눈을 감으면, 애써 귀를 기울이지 않아도 뽀득뽀득 소리가 또렷하게 들렸다. 가영이는 그 소리가 참 좋았다. 물과 미숫가루를 1대 1로 섞어 만든 특별식을 뽀득뽀득 소리 내며 먹고 있는 달이와 팽이는 미지근한 물로 온욕을 한 뒤라 더욱 예뻐 보였다.

"나 없는 동안 엄마가 보살펴 줄 거야. 잘 지내고 있어."

가영이는 떨어지기 싫어하는 아이를 달래듯 다정스레 말했다.

중학교 3학년 때, 동네 언니에게 얻어 온 3~4밀리미터 정도의 노란 알 두 개는 무사히 부화해서 아빠 주먹보다 큰 어른 달팽이로 자랐다. 그러는 3년여 동안 가영이는 단 하룻밤도 달이와 팽이와 떨어져 지낸 적이 없었다.

"세 밤, 금방 지날 테니까 걱정하지 마."

가영이는 느릿느릿 움직이는 달이와 팽이를 지켜보며 말했다. 그건 달이와 팽이에게만이 아니라 가영이 자신에게 하는 말이기도 했다. 수학여행을 앞두고 가영이는 여행에 대한 설렘 사이사이 달이와 팽이에 대한 걱정이 스며들어 마음이 편치 않았다. 곰곰이 따져 보면 괜한 걱정이었다. 달팽이 알을 부화시킬 때는 온도와 습도가 중요하다. 온도가 높으면 썩고, 낮으면 얼고, 건조하면 말라 죽는다. 알에서 깨어난 어린 달팽이들도 온도와 습도에 주의를 기울여야 한다. 그러나 따스한 봄날 사흘 동안 어른 달팽이를 보살필 때는 크게 신경 쓸 일이 없다. 달팽이 집 청소나 목욕은 일주일에 한 번

꼴로 해 주니 사흘이면 먹이만 챙겨 주면 된다. 그나마 피치 못할 사정으로 먹이를 제때 주지 못한다고 해도 당장 큰일이 생기는 것은 아니다. 달팽이는 환경이 나쁘면 동면에 들어가 잠든 상태로 지내는 특성이 있기 때문이다.

그 모든 걸 뻔히 알면서도 가영이는 걱정을 훌훌 털어 버리지 못했다.

'엄마도 이런 마음이었을까?'

달팽이를 키운 뒤로 가영이는 더욱 자주 엄마 마음을 헤아려 보게 되었다.

엄마는 가영이가 네 살 때부터 맞벌이 일을 시작했다. 그러다 보니 가영이는 아침 7시 40분이면 영유아반이 있는 학원에 가야 했다.

"오빠가 학교 끝나면 올 거니까 선생님 말씀 잘 듣고 재미나게 놀고 있어. 응?"

엄마 말에 가영이는 선뜻 내키지 않으면서도 고개를 끄덕였다.

학원은 네 살 위 오빠가 오래 전부터 다니는 곳이라 낯설지 않았다. 초등학교에 들어간 오빠는 학교를 마치면 곧장 학원으로 왔다. 그리고는 동생 가영이가 잘 있나 확인하고 나서 자기 반 교실로 갔다. 오빠는 초등반에서, 가영이는 영유아반에서 따로따로 오후 시간을 보냈다. 그런데도 가영이는 오빠가 학원에 있으면 가슴이 펴지고 배에 힘이 생겼다. 똑같은 놀이도 오빠가 학원에 있느냐 없느냐에 따라 그 재미가 달랐다. 오빠가 학원에 있을 때에는 무얼 해도 더 재미있었다. 가영이는 오빠가 좋았다. 엄마 아빠가 없는 자리에서 오빠는 든든한 아빠로, 자상한 엄마로 가영이를 알뜰살뜰 보살펴 주었다.

"동생 손 꼭 잡고 다녀."

엄마의 한마디에 오빠는 길거리를 다닐 때면 가영이 손을 절대 놓지 않았다. 가영이도 그걸 당연하게 여겨 오빠 손을 뿌리치거나 제멋대로 구는 법이 없었다. 어린 남매가 손을 꼭 잡고 다니는 모습은 동네 사람들에게도 익숙한 풍경이었다.

오빠가 그토록 믿음직스럽게 가영이를 잘 데리고 다녔지만 엄마는 늘 가영이가 걱정되었다. 가영이는 어려서 잔병치레가 많았다. 천식이 있었고, 감기는 거의 1년 내내 달고 살았다. 4, 5세 이후에 천식과 감기는 차차 나아졌지만 가영이 입에서 아프다

더 가까이, 더 따뜻하게!

는 말은 그치질 않았다.

"엄마, 나 팔 아파. 엄마, 나 다리 아파."

그럴 때마다 엄마는 애정 결핍이 아닐까 하는 생각에 몹시 안쓰러웠다.

'한창 엄마 품에 있어야 할 나이에 떼어 놨으니……'

그런 엄마의 마음을 가영이는 달이와 팽이를 키우며 조금씩 알아갔다.

여행을 앞두고 얼른 잠자리에 들지 못하는 가영이는 어린 자기를 학원에 데려다 놓고 출근하는 엄마의 발걸음이 얼마나 무거웠을지 상상만으로도 가슴이 아렸다.

가영이는 유난스레 엄마를 좋아했다. 사춘기를 맞이한 친구들이 엄마와 다투고 며칠째 냉전 중이라는 말을 할 때면 가영이는 도무지 이해할 수가 없었다.

"어떻게 엄마랑 며칠씩 말을 안 할 수가 있어?"

물론 가영이도 엄마와 이따금 톡탁톡탁 다투었다. 가영이와 엄마 사이의 걸림돌은 머리와 치마, 딱 두 가지였다. 가영이는 언제 어느 때고 머리를 묶는 법이 없었다.

"너는 두상이 예뻐서 머리 묶는 게 더 잘 어울린다니까."

"싫어."

엄마가 아무리 설득해도 소용이 없었다. 치마도 마찬가지였다. 짧은 반바지는 입어도 치마는 입지 않았다. 하나뿐인 딸을 예쁘게 입히고 싶은 엄마로서는 답답하기 그지없는 일이었다. 그 두 가지만 빼면 가영이와 엄마는 찰떡궁합 단짝 친구처럼 다정하게 지냈다. 가영이는 중학생, 고등학생이 되어서도 엄마가 옆에 있으면 어김없이 팔짱을 끼었다.

"어휴, 엄마 껌딱지. 엄마 진드기야, 진드기."

아빠와 오빠가 놀려도 눈 하나 끔쩍하지 않았다. 심지어 엄마와 잠을 잘 때도 팔짱을 끼었다.

"자는데 이게 뭐야?"

엄마가 팔을 빼려고 하면 가영이는 더욱 힘을 주어 엄마 팔을 꽉 잡으며 말했다.

"으응, 뭐가 어때서, 엄마 딸인데."

그렇게 별스런 모습에 한번은 아빠가 가영이에게 물었다.

"엄마가 왜 그렇게 좋아?"

그러자 가영이는 당연하다는 듯이 대뜸 대답했다.

"엄마니까."

달팽이는 암수가 따로 있지 않다. 두 마리만 있으면 서로 암컷, 수컷 노릇을 해 주고 둘 다 알을 낳는다. 그러니까 달이와 팽이는 곧 엄마도 되고 아빠도 될 것이었다. 하지만 사람은 그렇지 않고, 가영이에게는 더욱이 엄마와 아빠는 분명히 달랐다.

가영이는 황제펭귄을 알기 전에는 아빠에 대해 딱히 생각해 본 적이 없었다. 그저 아빠는 '아빠'라는 이름으로 늘 같은 자리에 서 있는 울타리 같은 존재로 느끼고 있을 뿐이었다. 그러다 황제펭귄 이야기를 보고 나서 생각이 달라졌다.

황제펭귄은 암컷이 알을 낳으면 수컷이 알을 자기 발등에 올려놓고 품는다. 영하 60도까지 내려가는 겨울 한 달을 포함해 거의 넉 달 동안 시속 160킬로미터 이상의 눈보라를 견뎌 내며 새끼가 알을 깨고 나오길 기다린다. 그러는 동안 수분 섭취만 겨우 할 뿐, 먹이도 먹지 않는다. 행여 알이 차가운 얼음 위로 떨어질세라 꼼짝도 못하는 것이다.

황제펭귄이 알을 품는 사진과 글을 본 가영이는 코끝이 찡했다.

'아빠 펭귄이 이렇게 품고 있는 걸 새끼 펭귄은 알까?'

눈물겨운 아빠 펭귄의 사랑을 새끼 펭귄은 모를 거라는 생각이 들었다.

'나도 모르잖아.'

그러고 보니 정말 그랬다. 가영이는 아빠와 함께한 추억이 거의 없었다. 네 식구가 한자리에 같이 있을 때에도 가영이는 엄마 옆에 붙어 엄마하고만 이야기를 나누었다. 엄마하고는 일주일에 한 번씩 대형마트로, 시민시장으로 꼬박꼬박 장을 보러 돌아다녔다.

"너 군것질하려고 따라다니는 거지?"

엄마 말에 가영이는 히죽 웃으며 말했다.

"아니거든. 엄마 혼자 장 보면 심심하고 힘들까 봐 같이 와 주는 거야. 그러니까 일단 떡볶이부터 먹고 장 보자."

가영이는 매운 음식을 좋아했다. 떡볶이, 비빔냉면, 매운탕 등을 잘 먹었는데, 그 가운데에서도 떡볶이는 날마다 먹어도 질려 하지 않았다. 엄마는 혀끝에만 대 보고도 진저리를 치는 엽기떡볶이도 "맛있다, 맛있다" 하며 즐겨 먹었다. 엄마하고는 안산 여기저기 안 간 데가 없을 정도로 늘 함께 다녔다.

고등학교에 올라가 공부가 밤늦게 끝났을 때, 가영이는 황제펭귄을 생각하며 아빠에게 문자를 보냈다.

「아빠, 나 너무 피곤해. 데리러 올 수 있어?」

시험 삼아 보내 본 거였는데 마치 기다렸다는 듯이 재깍 답장이 왔다.

「응. 바로 갈게.」

답장을 보는 순간, 가영이 입꼬리가 귀에 걸렸다. 그동안 자신이 미처 깨닫지 못하고 있던 사랑이 얼마나 많았을지 가늠해 보자니 가슴이 벅차올랐다. 그 뒤로 가영이는 수업이 늦게 끝날 때는 으레 아빠 차를 타고 집으로 왔다. 학교에서 집까지 멀지 않은 거리였지만 아빠와 단둘이 한 공간 안에 있는 시간은 더할 나위 없이 편안하고 소중했다.

가영이는 사람이든 동물이든 좀 더 가까이 다가가서 서로의 마음을 나누는 걸 좋아했다. 그리고 그렇게 다가서는 데 가영이의 손재주가 한몫했다.

가영이는 손재주가 남달리 뛰어났다. 중학교 때 뜨개질을 배운 뒤로 모자며 인형이며 아기자기 예쁜 소품들을 척척 만들어 냈다. 바느질도 잘해서 바짓단을 줄이거나 단추를 다는 일은 엄마 손을 빌리지 않고 스스로 가뿐하게 해결했다. 네일아트 동아리 활동을 할 때도 가영이의 손재주는 빛났다.

"세상에, 정말 예쁘다. 이거 작품이야, 작품. 지워 버리기 아깝다."

가영이 손톱을 본 선생님은 지워질 때까지 그냥 두라고 특별히 허락해 주기도 했다.

그런 가영이의 손재주는 어린 동생들에게도 인기가 많았다. 정이 많은 가영이는 이웃집 동생이나 사촌 동생들을 잘 데리고 놀았는데, 가영이가 만든 인형이나 네일아트 솜씨는 어린 동생들의 마음을 홀딱 빼앗았다. 가영이는 어린 동생들만이 아니라 동물들도 무척 좋아했다. 길을 가다가도 강아지나 고양이를 보면 좋아 어쩔 줄 몰라 했다. 초등학교에 들어가서는 반려동물을 키우고 싶어 했다.

"엄마, 우리 강아지 키우면 안 돼? 내가 잘 돌볼게."

"너 혼자 못 키워. 엄마가 집에서 살림만 하는 사람이 아니라 바빠서 안 돼."

엄마의 반대에 가영이는 속이 상하면서도 더는 고집을 부리지 않았다.

반려동물을 키우는 일만 그랬던 게 아니었다. 어려서부터 속이 깊었던 가영이는 뭔가를 이루기 위해 떼를 쓰지 않았다. 그래서 엄마는 가영이가 무엇을 얼마나 간절히 원하는지 알지 못하기도 했다.

그런 가영이에게도 양보할 수 없는 것이 한 가지 있었다. 바로 콘택트렌즈였다. 가영이는 초등학교 3학년부터 안경을 썼다. 시력은 차츰차츰 나빠져 안경을 새로 맞출 때마다 알이 두꺼워졌다. 그리고 알이 두꺼워질수록 가영이의 눈은 안경알에 가려졌다.

"엄마, 친구들이 나는 눈이 가장 예쁘대."

가영이 말에 엄마는 맞장구를 쳤다.

"그럼, 예쁘고 말고. 아기 때부터 너를 보는 사람들은 다들 눈이 어쩜 이렇게 예쁘냐고 그랬어. 정말 반짝반짝 빛난다고 신기해하는 사람도 많았어."

그러자 가영이는 이때다 하고 얼른 말했다.

"엄마, 나 안경 벗고 렌즈 끼고 싶어."

엄마도 안경을 벗게 해 주고 싶었다. 하지만 안경 대신으로 렌즈는 마땅치 않았다.

"렌즈 부작용 있다잖아. 부작용 있는 거 뭐하러 일찍부터 써. 고등학교 때까지는 그냥 안경 쓰고, 대학교 가면 아예 라식 수술하자."

다른 때처럼 가영이는 더 조르지 않았다. 그렇다고 렌즈를 포기한 것은 아니었다. 가영이는 명절날 받은 돈을 모아 놓은 통장을 털어 식구들 몰래 렌즈를 맞췄다.

"우와, 이가영, 너는 정말 안경 썼을 때랑 벗었을 때랑 너무 달라. 전혀 딴 사람 같아."

친구들은 렌즈 낀 가영이 얼굴을 예쁘게 봐 주었다. 가영이도 거울에 비친 제 얼굴이 마음에 들었다. 하지만 집에서는 렌즈를 끼지 않았다. 처음에는 그저 엄마에게 맞서고 싶지 않아서였다. 그러나 시간이 지나면서 엄마가 모르는 자신만의 비밀이 있다는 사실에 어쩐지 어른이 된 기분이 들었다.

특별식을 양껏 먹은 달이와 팽이는 느릿느릿, 꼼지락꼼지락 움직였다. 그런 달이와 팽이를 지켜보다 보면 시간 가는 것도 잊고, 걱정도 사라졌다. 대신 가슴에서 따스함이 솟아올라 온몸 구석구석으로 스며들듯 번져갔다. 가영이는 그 느낌이 좋았다.

"달팽이를 무슨 재미로 키우냐?"

친구들이 물을 때면 가영이는 천연덕스럽게 대답했다.

"살아있는 아이들을 재미로 키우니 사랑으로 키우지."

그 말을 재치 있는 농담으로 알아들은 친구들은 "오호, 제법인데!" 환호하거나 깔깔 웃어댔다. 하지만 그건 농담이 아니라 가영이의 진심이었다. 가영이는 살아 있는 동물이라면 그게 무엇이든 가리지 않고 좋아했다. 그러다 보니 동물원은 가영이가 가장 좋아하는 곳이었다. 동물원에 가면 가영이는 물 만난 물고기처럼, 하늘을 나는 새처럼 신이 나서 활개를 치고 다녔다.

초등학교 때 처음 간 서울대공원 곤충 체험관에서 겁도 없이 곤충들을 만져 엄마를 놀라게 하더니, 구렁이 두 마리를 서슴없이 몸에 두르고 입을 맞추기도 했다.

"아휴, 징그럽지 않아? 나는 보기만 해도 섬뜩하니 무서운데……"

엄마 말에 가영이는 어깨를 으쓱거렸다.

"독도 없고 물지도 않는다는데 왜? 가만히 봐 봐. 다들 귀엽고 예쁜 데가 있어."

그러면서 얘는 눈을 봐라, 얘는 한번 만져 봐라 하며 엄마를 이끌었다.

중고등학교 때는 뜻 맞는 친구들과 함께 동물 카페를 즐겨 찾았다. 그러고도 남는 아쉬움은 반려동물을 키우는 친구네 집에 놀러 가는 걸로 채웠다. 가영이 휴대폰 앨범 속에는 동물들 사진이 가득했다. 가영이가 오다가다 만나 직접 찍은 강아지나 고양이 사진과 인터넷에서 내려받은 사진들이었다. 가영이는 틈만 나면 그 사진들을 들여다 보며 흐뭇해했다. 가영이는 사육사가 되겠다는 꿈을 품었다. 막연하던 꿈은 대학 탐방 으로 호서대 동물학과를 다녀온 뒤로 더욱 단단하게 굳어졌다.

"정 많은 데다 동물들 좋아하니 잘 맞겠네."

아빠는 적극 찬성했다. 하지만 엄마는 못내 아쉬웠다.

"그게 보통 힘든 일이야. 더 편한 일도 많은데……"

엄마는 가영이가 손재주를 살려 조금이라도 편한 직업을 갖길 바랐다. 그렇다고 가 영이의 뜻에 반대하지는 않았다. 엄마 생각에도 가영이라면 동물들을 지극정성으로 잘 보살필 거 같았다.

"네가 키우고 싶다던 새가 뭐였지? 가을에 이사 가면 키워. 다른 건 나중에 네가 독 립하면 그때 네 마음대로 키우고."

그 말에 가영이는 엄마를 와락 껴안았다.

"정말? 정말? 우와, 엄마, 고마워."

가영이는 날이 밝으면 떠날 수학여행만큼, 여름에 엄마와 함께 가기로 한 춘천 여행 만큼, 가을에 새로 맞이할 앵무새가 기대되었다.

느릿느릿 꼬물거리는 달이와 팽이를 보며 가영이는 말했다.

"식구가 늘어도 너네 소홀하게 대하지 않을 테니까 걱정하지 마."

그러고는 불을 끄고 침대에 오르며 달이와 팽이에게 다시 인사를 건넸다.

"나 이제 잔다. 나 없는 동안 엄마 말 잘 듣고 있어."

내친 김에 식구들에게도 인사했다.

"엄마 아빠, 사랑해! 오빠, 사랑해! 모두 내 마음 알지?"

갱이 이모

안산 단원고 2학년 10반 **이경민**

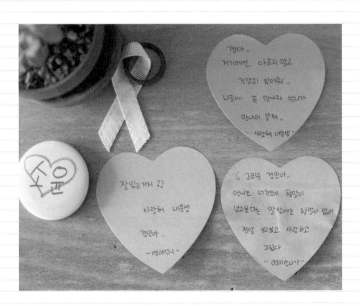

1. 화랑유원지에서 엄마 닮은 언니는 엄마 옆에, 아빠 닮은 경민이는 아빠 옆에 나란히 앉아 찍었다.
2. 컴퓨터 게임에 푹 빠진 이모와 조카. 경민이는 첫 조카 서현이를 무척 아꼈다.
3. 경민이의 열일곱 번째 생일을 축하하며. "경민 처제, 활짝 좀 웃어." "형부도 좀 웃으세요."
경민이는 친구들 사이에서 시원시원하고 활발했지만, 형부라는 말을 선뜻 못 할 만큼
수줍음 많은 소녀이기도 했다.

갱이 이모

파다닥 파다다닥.

서현이는 걸음을 멈추고 주위를 둘러보았어요. 어디서 나는 소리일까?

숨을 멈추고 가만히 귀를 기울였어요. 아무 소리도 들리지 않았어요. 서현이가 집으로 가려고 막 한 걸음 뗐을 때였어요.

파닥파닥 파다닥.

다시 소리가 들렸어요. 소리는 아까보다 더 빨라졌고, 덩달아 가슴도 콩콩 뛰었어요. 서현이는 한곳을 바라보았어요.

'그래. 화단이야.'

서현이는 아파트 화단으로 달려갔어요. 벚나무와 살구나무 사이 풀덤불 사이에서 뭔가 작은 것이 꼬물거리고 있었어요. 서현이는 겁이 와락 나서 고개를 돌렸어요.

'그냥 갈까?'

발바닥이 땅에 붙은 것처럼 꼼짝할 수 없었어요. 하지만 마음 한 귀퉁이에서 호기심이 모락모락 피어올랐어요. 서현이는 화단 울타리를 훌쩍 뛰어넘고 말았어요. 그리고 잠자리를 잡을 때처럼 발뒤꿈치를 들고 살금살금 다가갔어요.

"으윽."

풀덤불 속에서 아주 작은 새 한 마리가 날개를 파닥거리고 있었어요. 새는 날아오르려고 안간힘을 쓰다가 몇 번이나 그대로 주저앉았어요.

새가 날갯짓을 멈추고 숨을 쌕쌕 몰아쉬었어요. 서현이가 보고 있는 것을 아는 듯했어요. 새의 가슴이 크게 부풀어 올랐다가 가라앉았어요. 무척이나 고통스러워 보였어요. 갑자기 눈을 감고 바르르 떨다가 가느다란 다리를 쭉 뻗었어요. 새의 몸이 축 늘어졌어요.

서현이는 눈물이 그렁그렁한 눈으로 새를 두 손으로 감싸 들었어요. 아직 남아 있는 새의 온기가 따스하게 퍼졌어요. 서현이의 손이 바들바들 떨렸어요.

서현이는 새가 떨어질까 봐 조심조심 걸었어요. 아파트 출입문으로 들어가 엘리베이터를 타고 집으로 가는 동안 누가 볼까 봐 조마조마했어요.

"그게 뭐니?"

현관에 들어서자 엄마가 물었어요. 서현이는 얼음처럼 굳어 버렸어요.

"뭐냐니까?"

계속 물어도 입을 꾹 다물고 있자, 엄마가 바짝 다가와 서현이의 손을 들여다보았어요.

"헉, 이게 뭐야?"

엄마의 눈이 두 배나 커졌어요. 엄마는 새와 서현이의 얼굴을 번갈아 보았어요.

"저기 화단에 떨어져 있어서……"

서현이는 기어들어 가는 목소리로 간신히 대답했어요.

"이리 내 봐."

서현이는 엄마에게 새를 건네주었어요. 엄마는 하얀 손수건 위에 새를 놓았어요. 그리고 서랍 속을 뒤져서 작은 상자를 하나 찾았어요.

"어쩜 너는 갱이 이모랑 그렇게 닮았니?"

엄마는 새를 상자 안에 넣으며 혼잣말로 중얼거렸어요. 서현이는 깜짝 놀라 엄마 얼굴을 보았어요.

"갱이 이모?"

엄마 입에서 갱이 이모라는 말이 나온 것은 정말 오랜만이었어요. 갱이 이모는 서현이가 아기였을 때 경민 이모를 부르던 말이에요. 그동안 서현이가 갱이 이모에 관해 물어보면 엄마는 우물쭈물 딴소리만 늘어놓았어요. 언제부터인가 서현이도 엄마에게 갱이 이모 이야기를 꺼내지 않았어요.

엄마도 서현이만큼이나 놀랐나 봐요. 후다닥 고개를 돌렸어요. 아무 말도 없었던 것처럼 태연하게 상자를 색지로 묶었어요.

"베란다 화분 뒤에 꽃삽 있어. 얼른 가져와."

서현이는 엄마가 시키는 대로 꽃삽을 가지고 왔어요. 그리고 엄마를 따라 밖으로 나갔어요. 집에서 나와 뒷산으로 가는 동안 엄마는 한마디 말도 하지 않았어요.

서현이는 엄마와 산비탈을 올라갔어요. 엄마가 꽃삽으로 땅을 파는 동안 서현이는 새가 들어 있는 상자를 들고 있었어요. 두 사람은 뒷산 아까시나무 숲 양지바른 곳에 새를 고이 묻어 주었어요.

엄마는 아까시나무 옆 너럭바위에 앉아서 땀을 식혔어요. 서현이도 엄마 곁에 나란히 앉았어요. 마을이 한눈에 내려다보였어요. 조용히 마을을 구경하던 엄마가 입을 열었어요.

"서현아, 갱이 이모랑 너랑 무엇이 닮은 줄 아니?"

서현이는 고개를 저었어요.

"갱이 이모가 꼭 너만 할 때, 밖에서 놀다가 죽은 생쥐를 가지고 들어온 적이 있어. 생각해 봐. 쥐라면 질색하시는 외할머니가 얼마나 놀라셨겠니? 펄펄 뛰며 무섭게 야단을 치니까, 갱이 이모는 기어들어 가는 목소리로 말했어. 생쥐가 불쌍해서 그냥 지나칠 수가 없었다고."

"갱이 이모도 나처럼 엉뚱했구나."

"아니야, 너는 갱이 이모의 따뜻한 마음씨를 닮은 거야."

엄마가 서현이를 꼭 끌어안아 주었어요.

"엄마, 갱이 이모랑 나랑 또 닮은 거 없어요?"

엄마는 서현이 얼굴을 물끄러미 들여다보았어요. 그러다 장난스럽게 말했어요.

"태어났을 때 진짜 못생겼던 거."

엄마의 말에 서현이는 눈을 살짝 흘겼어요.

"큰이모와 엄마는 동생을 무척 갖고 싶어서, 동생을 낳아 달라고 외할머니를 졸랐어. 그렇게 기다리고 기다려서 아기가 태어났는데 너무 못생긴 거야. 얼굴이 까맣고 쪼글쪼글하고."

"막 태어나면 다 그런 거라고요."

서현이가 입을 삐쭉거리자, 엄마는 호호 웃었어요.

"맞아. 며칠이 지나고 나니 아기가 변하기 시작하는데, 그렇게 예쁜 아기는 세상에서 처음 봤어. 정말 인형처럼 예뻤단다."

엄마의 표정은 꿈을 꾸듯 행복해 보였어요. 마치 그때로 돌아가 있는 것 같았어요.

"엄마가 갱이 이모를 얼마나 예뻐했냐면. 외할머니 몰래 학교에 데려갈 정도였어."

"아직 잘 움직이지도 못하는 아기를 학교에 데려갔다고요?"

엄마는 쑥스러운 듯 고개를 끄덕거렸어요. 그리고 다시 꿈을 꾸는 표정으로 갱이 이모 이야기를 들려주었어요.

그때 엄마는 예쁜 동생을 자랑하고 싶어 입이 근질근질했대요. 그래서 갱이 이모를 유모차에 태워 큰길로 나갔어요. 유모차 안을 들여다본 사람들은 모두들 아기가 귀엽다, 예쁘다 난리가 났어요. 엄마는 어깨가 귀에 닿을 만큼 으쓱거렸어요. 마침 머릿속에 한 사람의 얼굴이 떠올랐어요. 엄마가 가장 좋아하는 학교 선생님이었어요. 선생님에게 아기를 보여 주고 자랑하고 싶었어요.

엄마는 유모차를 몰고 학교로 돌진했어요. 학교는 약간 경사진 언덕에 있었어요. 혼자 올라가기도 힘든데 아기를 태운 유모차까지 몰고 가기는 너무 힘들었어요. 그래도 엄마는 포기하지 않았어요. 땀을 뻘뻘 흘리며 학교까지 올라가는 데 성공했어요.

엄마는 교문을 지나 한숨 돌렸어요. 그런데 문제가 생겼어요. 교실이 3층에 있었던 거예요. 선생님이 계신 교실까지 유모차를 끌고 올라가는 것은 불가능했어요.

그렇다고 포기할 수는 없었어요. 엄마는 꾀를 냈어요. 유모차를 교문 수위 아저씨에게 맡기고 아기만 쑥 빼서 꼭 안고 교실로 낑낑 올라갔어요.

"아이, 예뻐라. 네 동생이니? 선생님도 한번 안아 봐도 될까?"

예상대로 선생님은 아기를 보자 입이 귀에 걸렸어요.

"선생님은 특별히 허락할게요. 보너스로 아기 볼에 뽀뽀하셔도 돼요."

"영광입니다, 아가씨."

선생님은 엄마 머리를 흐트리며 씽긋 웃고 아기를 안았어요. 그리고 볼에 뽀뽀를 쪽 했어요. 엄마는 기분이 좋아 하늘로 날아갈 듯했어요.

그날 집으로 돌아온 엄마는 외할머니에게 엄청 혼이 났어요. 하지만 예쁜 동생을 자랑하고 싶은 마음은 쉽게 변하지 않았어요.

그 후로 오랫동안 엄마는 백일 때 찍은 갱이 이모의 사진을 넣어 만든 열쇠고리를 가방에 매달고 다녔어요.

"또요, 더 들려주세요."

서현이는 갱이 이모 이야기를 더 듣고 싶었어요.

"음, 닮은 점이 하도 많아서 고르기가 어렵네. 맞아. 서진이랑 지완이 잘 돌보는 것도 갱이 이모랑 똑같다. 갱이 이모도 너를 얼마나 잘 데리고 놀았는데. 심부름으로 슈퍼 갈 때도 함께하고 게임도 같이 하고, 너희 둘은 정말 찰떡궁합이었다니까."

엄마의 말은 사실이었어요. 갱이 이모는 학교에 다녀오면 늘 서현이부터 찾았어요. 첫 조카라 그런지 유난히 아끼고 좋아했어요. 서현이 마음속에는 이모의 사랑이 고스란히 느껴지는 기억 하나가 있어요.

햇살이 불꽃처럼 쏟아지던 여름날이었어요. 서현이는 집 근처 공원의 분수대에서 첨벙첨벙 뛰놀고 있었어요. 엄마가 그만 가자고 불렀지만 서현이는 물장난을 그만둘 수 없었어요. 시원하고 재미있었거든요.

한창 뛰놀고 있을 때, 서현이의 몸이 공중으로 휙 솟아올랐어요. 놀라서 아래를 내려다보니 갱이 이모의 얼굴이 보였어요. 갱이 이모가 무동을 태웠던 거예요.

물에 빠진 생쥐처럼 온몸이 젖은 서현이를 어깨에 올려놓고 이모는 성큼성큼 엄마에게 걸어갔어요. 서현이는 더 놀지 못한 것은 섭섭하지 않았지만, 새로 산 갱이 이모의 티셔츠가 물에 흠뻑 젖은 것이 걱정되었어요.

'난 그 정도로 동생들을 위한 적 없는데……'

서현이는 엄마의 칭찬이 부담스러웠어요. 그리고 갱이 이모가 새삼 대단하다는 생각이 들었어요.

해가 뒷산 봉우리 뒤로 설핏 넘어가려 했어요. 마을에 그늘이 점점 짙어졌어요.

"그만 내려갈까?"

엄마는 바위에서 일어나 엉덩이를 털었어요. 서현이도 엉덩이를 털고 엄마 손을 잡았어요.

"엄마, 갱이 이모랑 닮은 점 말고 다른 점은 없어요?"

산비탈을 내려오다가 서현이가 물었어요.

"있지."

엄마가 재빨리 대답했어요.

"뭔데요?"

괜히 섭섭해서 서현이는 발끈하고 말았어요.

"참을성. 너는 병원 가면 주사도 무서워서 못 맞잖아. 서진이랑 지완이도 잘 맞는데. 밤에는 귀신이 무섭다면서 툭하면 베개 들고 안방으로 와서 엄마 아빠 사이에 끼어들기나 하고."

서현이는 노을빛이 눈부셔 손으로 얼굴을 가렸어요. 사실은 달아오른 얼굴을 엄마에게 보이고 싶지 않았어요. 엄마 말이 다 옳아서 말대꾸할 수도 없었어요.

"갱이 이모는 참을성 대장이었어."

엄마는 갱이 이모가 얼마나 참을성이 많았는지 찬찬히 들려주었어요.

서현이가 태어나기 훨씬 전에 외할머니는 분식 가게를 했어요. 항상 가게에 나가 바쁘다 보니 할머니는 갱이 이모를 돌볼 시간이 많지 않았어요. 갱이 이모는 대견하게도 친구들과 어울려 잘 놀았어요.

그러던 어느 날, 사고가 났어요.

갱이 이모가 놀이터에서 그네를 타고 놀다가 그만 떨어지고 만 거예요. 친구들은 모두 놀라서 벌벌 떨었어요. 갱이 이모는 침착하게 아픈 몸을 이끌고 병원으로 갔어요.

"어른들은 안 오셨니?"

간호사 언니의 물음에 갱이 이모는 또박또박 대답했어요.

"저 혼자 왔어요. 그네에서 떨어져서 팔이랑 어깨를 다친 것 같아요."

간호사 언니는 갱이 이모를 의사 선생님에게 데리고 갔어요. 그네에서 떨어졌다는 말에 놀란 의사 선생님은 당장 엑스레이를 찍었어요. 그리고 갱이 이모가 일러 주는 대로 외할머니에게 전화를 걸어 사실을 알렸지요. 외할머니와 외할아버지가 놀라서 달려왔을 때, 갱이 이모는 태연하게 병원 의자에 앉아 있었어요.

"어린애가 참 대단하군요. 꽤 아팠을 텐데 잘 참았습니다."

의사 선생님은 갱이 이모의 머리를 쓰다듬었어요. 외할머니와 외할아버지는 고맙다는 인사를 하고 병원에서 나왔어요. 앞으로는 절대 혼자 행동하지 말고 꼭 어른들에게 알려야 한다고 갱이 이모를 따끔하게 꾸짖었어요. 그러자 갱이 이모는 외할아버지 등에 업혀 들릴락 말락 종알거렸어요.

"엄마 아빠가 괜히 걱정할까 봐 그렇지."

서현이는 갱이 이모가 참 대단하다고 생각했지만, 엄마 앞에서 티를 내고 싶지 않앉어요.

"그건 잘한 게 아니네, 뭐. 그러다가 정말 큰일 나면 어떻게 해요. 나처럼 조금씩 엄살을 피우는 게 더 나은 거라고요."

"그래, 네가 엄살쟁이라서 얼마나 다행인지 모르겠구나."

엄마는 못 말리겠다는 듯 두 손을 들었어요.

"아참, 서진이 데리러 가려면 늦겠다. 서두르자."

서진이가 다니는 어린이집이 마칠 시간이었어요. 서현이와 엄마는 종종걸음으로 어린이집을 향해 달렸어요.

아파트 입구에 이르렀을 때, 길 건너편에 큰이모가 걸어오고 있었어요. 왼손에는 서진이, 오른손에 지완이의 손을 붙잡고 있었어요.

"이모, 서진아, 지완아!"

서현이가 큰 소리로 부르자 세 사람이 돌아보았어요.

서진이와 지완이가 서현이에게 달려왔어요. 서현이도 두 동생을 향해 달려갔어요. 셋은 부둥켜안고 폴짝폴짝 뛰며 반가워했어요.

"쟤들 이산가족 상봉한 거 같다."

"그러게. 아침에 헤어진 애들이 수십 년 만에 만난 것처럼 반가워하네."

큰이모와 엄마가 아이들을 보며 웃었어요.

서현이는 동생들을 데리고 집으로 갔어요. 오랜만에 큰이모와 지완이도 서현이네 집에서 저녁밥을 먹기로 했어요.

엄마가 쌀을 씻어 밥솥에 안치는 동안, 큰이모가 말랑말랑한 복숭아를 깎아 주었어요. 서현이는 맛있는 속살을 서진이와 지완이에게 주었어요. 그리고 자기는 씨에 붙은 복숭아 살을 깨끗하게 발라 먹었어요. 큰이모가 넋 나간 듯 서현이를 쳐다보았어요.

"갱이 이모 같죠?"

서현이가 씩 웃으며 말했어요. 큰이모는 놀란 얼굴로 자리에서 일어나 부엌으로 갔어요. 작은 소리로 엄마에게 무슨 말인가 소곤거렸어요.

"엄마, 내 가방 어딨어?"

갑자기 지완이가 어린이집 가방을 찾았어요.

"서현이 누나 방에 있어."

지완이는 서현이 방으로 아장아장 걸어갔어요. 가방을 열고 이곳저곳 뒤적거렸어요. 한참 만에 은빛 나는 작은 과자 봉지 하나를 꺼내더니 외쳤어요. 네모난 에이스크래커였어요.

"찾았다."

지완이는 서현이와 서진이를 향해 과자 봉지를 흔들었어요.

"피, 그깟 과자가 뭐라고."

서진이가 고개를 돌렸어요. 지완이는 과자 봉지를 뜯었어요. 그리고 한 개를 꺼내서 아주 맛있게 먹었어요.

"누나도 먹고, 서진이도 먹어."

서현이와 서진이는 먹기 싫다고 고개를 저었어요.

"한 번만 먹어 봐. 진짜 맛있어."

서현이는 깜짝 놀랐어요.

언젠가 들어본 적이 있는 말이었어요. 바로 갱이 이모였어요.

"어어, 지완이도 갱이 이모 닮았네."

서현이는 얼른 자기 입을 막았어요. 갱이 이모도 친구가 준 에이스크래커를 큰이모와 엄마에게 권하면서 똑같은 말을 했어요. 그 후 오랫동안 엄마와 큰이모는 에이스크래커를 먹기는커녕 쳐다보지도 않았어요. 갱이 이모가 떠올라서 차마 먹을 수 없었던 거예요.

아이들이 떠드는 소리를 듣고, 식탁 의자에 앉아 멸치를 다듬고 있던 엄마와 큰이모가 거실로 나왔어요.

갱이 이모

"엄마, 한 번만 먹어 봐. 진짜 맛있어."

서현이가 말릴 틈도 없이 지완이는 큰이모에게 에이스크래커를 내밀었어요.

"이모도 한 번만 먹어 봐. 진짜 맛있다니까."

아무도 받아먹지 않자 지완이는 화가 났어요.

큰이모와 엄마는 지완이를 뚫어져라 쳐다보다가 눈물을 주르륵 흘렸어요. 지완이도 덩달아 울음을 터뜨렸어요.

"지완아, 너 때문에 우는 게 아니야. 그러니까 울지 마."

서현이는 지완이에게 다가가서 다독거렸어요.

"그럼 엄마랑 이모랑 왜 우는 건데?"

"음, 그건 에이스크래커가 무지무지 먹고 싶어서 그래."

서현이 입에서도 그만 울음이 왕 터지고 말았어요. 서진이와 지완이가 다가와 서현이를 뒤에서 포근하게 안아 주었어요. 아이들을 보며 엄마와 큰이모는 눈물을 그쳤어요.

"쟤들 진짜 우리 경민이 닮았어. 조카 아니랄까 봐……"

"그러게 말이야. 너희들 정말 갱이 이모랑 판박이야."

서현이는 눈물을 닦고 씩 웃었어요. 지완이가 오동통한 팔을 쭉 뻗어 에이스크래커를 내밀었어요. 이번에는 엄마와 큰이모가 꼭꼭 씹어서 맛있게 먹었어요.

엄마와 큰이모가 에이스크래커를 먹는 것은 거의 3년 만이었어요. 목구멍으로 들어가자마자 흔적도 없이 사라졌어요. 왠지 아쉬워서 또 눈물이 날 것 같았지만 꾹 참았어요.

"저렇게 경민이 사랑이 아이들 마음속에서 흐르고 흐르나 봐."

엄마가 혼잣말로 중얼거렸어요. 큰이모는 알아들었다는 듯 고개를 끄덕거렸어요. 서현이는 알쏭달쏭한 얼굴로 엄마와 큰이모를 쳐다보았어요.

'우리가 갱이 이모 닮았다는 말을 저렇게 어렵게 할 게 뭐람.'

서현이는 어른들을 도무지 이해할 수 없었어요.

"엄마, 밥."

"배고파. 빨리 밥."

지완이와 서진이가 저녁밥을 달라고 투정을 부렸어요.

그제야 엄마와 큰이모는 밥상을 차리러 부엌으로 들어갔어요.

마치 멈췄던 시계가 다시 돌아가듯 세상이 다시 째깍째깍 돌아가기 시작했어요.

혼자 우는 친구가 있다면 늘 그 옆에 있고 싶다

안산 단원고 2학년 10반 **이경주**

1. "왜 이렇게 이쁘지? 난 너무 이쁜 거 같애. 이놈에 인기는 왜 이리 많은 걸까?"
경주가 종종 웃으며 했던 말이 엄마 귀에 아직 남아 있다.
2. 세 살 어린 동생과 찜질방에서 찍은 사진. 겉으로 표현하지는 않아도 동생을 많이 생각하는 누나였다.
3. 2013년 학교 체육 대회에서 댄스 동아리 트렌디가 공연하는 모습. 뒷줄 오른쪽에서
두 번째가 경주다. 1학년 트렌디 후배들 기억 속에 경주는 멋있고, 춤 잘 추고, 카리스마 넘치는 선배다.

혼자 우는 친구가 있다면 늘 그 옆에 있고 싶다

편지를 모아 둔 통이 바뀌었다. 하마터면 못 찾을 뻔했다. 하트 모양이라니. 친구들에게 편지를 쓰며 나는 얼마나 많은 하트를 그렸던가. 조금이라도 내 마음을 전달하려고 더 멋지게 그리고 싶었다. 그 시절, 나와 친구들은 날마다 어울렸다. 늦은 밤 안녕! 하고 집으로 돌아와서도 곧 그리웠다. 아침이면 맑은 얼굴을 볼 텐데. 그새를 못 참는 날이면 편지를 모아 둔 통을 꺼냈다. 벌써 몇 번짼가. 예쁜 편지지는 드물다. 편지 봉투도 없다. 대부분 북, 쫙 뜯어낸 공책 한 장이거나 흰 종이다. 간단한 쪽지 접기부터 복잡한 접기까지 다양한 모양을 한 편지들. 조심스레 펼친다. 짧게 쓴 편지를 길게 읽는다.

초성 자음만 쓰거나 글자 첫 음절만 쓴 말에 숨겨 놓은 이야기들, 여백에 가득한 이야기를 머릿속으로 그린다. 한 통, 딱 한 통씩, 펼치고 읽고 접는다. 함부로 접지 않고 선을 따라 그대로. 다음에 읽을 때 새로 설레고 싶다.

친구들의 고민 상담소, 의리파 경주에게
그날 널 못 만났으면 어쨌을까? 중학생 땐 이 정도는 아니었는데 고등학생이 되니 엄마랑 계속 부딪쳐. 진로는 내가 더 걱정인데 엄마가 자꾸 뭐라 하니까 짜증 나. 엄마랑 싸우면 난 눈물부터 나. 나가라는 말에 나왔는데 갈 데가 없었어. 참으려 해도 눈물이 줄줄, 울면서 돌아다니다 강서고 가는 길에서 널 만나다니. 경주야, 나 때문에 너 엄마한테 혼나진 않았니? 그날 너 집에 들어가는 길이었잖아. 근데 나 때문에 못 가. 너네 엄마 걱정하시느

라 밤새 못 주무셨겠다. 내가 너라면 친구를 위해서 엄마 전화를 안 받을 수 있을까? 응급실이 있는 두손병원 로비 의자에서 너한테 힘들었던 거 울면서 얘기하니까 신기하게 맘이 풀리더라. 고마워. 네가 친구 만나러 학원에 왔다가 우리 처음 봤잖아. 넌 학교도 다른 나한테 말 걸고 깔깔깔 웃으며 얘기했어. 낯가리는 내가 너랑 바로 친구가 됐지. 넌 해피바이러스인 게 분명해. -네게 위로 받은 친구들이

초등학교 졸업을 앞둔 2월 11일. 우리 반은 각자 서류 봉투로 타임캡슐을 만들었다. 20년 뒤에 무슨 일을 하고 있을까, 내 꿈은 뭘까, 선생님이 써 보라고 하셨다. 화은이는 선생님이 꿈이고, 혜경이도 화은이처럼 선생님이 꿈이고, 경화는 수학 교수 아니면 유치원 선생님이 꿈이라고 했다. 나는 '내 꿈은 패션디자이너녀인데 그 꿈이 이루어질까?'라고 썼다. 왜 물음표를 달았을까. 패션디자이너는 이제 희미하다. 대신 나는 춤출 때 살아 있다. 중학생 때도 그랬지만 고등학생인 지금도 꿈, 미래, 직업, 진로라는 말이 난 어렵다. 어느 때는 꿈을 강요당하는 것만 같다. 모두 한날한시에 꿈을 꿔야 하나. 누군가 지금 내게 꿈을 묻는다면 망설이거나 없다고 말할지도 모른다. 하지만 분명히 난 춤추는 게 좋다. 그리고 혼자 우는 친구가 있다면 늘 그 옆에 있고 싶다. 그게 꿈이고 미래면 안 될까. 타임캡슐 개봉일은 20년 뒤 2월 11일이지만, 초등학교 친구들과 10년 뒤 4월 11일에 만나기로 봉투에 써 놓았다. 학교 구령대에서 8명이 만나기로 했다. 노란색 장미꽃 세 송이를 들고서.

우리 평생 불타는 우정하자 -이경주에게
하이 경주! 우리 나이트 친구들 고등학교 가면서 갈라져 얼굴 보기 힘드네. 와동중 3년은 정말 실컷 놀았던 시간이야. 고등학교에 와 보니 공부 안 한 게 좀 후회되긴 하지만 친구들과 논 건 전혀 후회하지 않아. 우리 모두 그럴 거야. 그렇지? 반이 달랐어도 1학년 때부터 우린 서로 알아봤잖아. 아침마다 농놀(농심가 슈퍼 앞 놀이터)에서 모였잖아. GS25 편의점으로 바뀐 게 우리 중학교 2학년 땐데 여전히 우리한테는 농놀. 집에서 학교 간다며 일찍 나와서는 학교에는 빠듯하게 들어갔어. 쉬는 시간, 점심시간이면 사각지대를 찾아 나

혼자 우는 친구가 있다면 늘 그 옆에 있고 싶다

서지 않았니? 학교에서 우리가 좋아한 곳, 사각지대. 강당도 그중 하나. 행사가 있어 손님들이 오면 의자가 내려오고, 아닐 때는 의자가 쌓여 있는 그곳에 우리가 숨어들 데가 있다는 게 얼마나 신났는지.

수업 마치면 우르르 달려간 와초(와동초등학교) 앞 와동분식. 아주머니게 새 메뉴를 만들어 달라고 했던 거 기억해? 와초 정문 안쪽 등나무 벤치는 주로 수다를 떨던 곳. 거기서 네가 춤도 추고. 너만 화정초 졸업하고 우린 다 와초를 졸업했는데 그래도 넌 오래 사귄 아이 같았어. 비 오던 날, 생각나? 가위바위보 해서 진 사람이 와초 운동장 한 바퀴씩 돌던 거. 쏟아지는 비를 맞으면서 달리는데 왜 그렇게 좋았을까. 우리 어른 돼서도 그럴 수 있을까? "이따 사세(사세충렬문)에서 만나!" 하면 쌍둥이 정자로 모였잖니. 그 위 동산 가는 길은 종종 학교 담을 넘어 오르기도 했어. 근데 지금은 철망이 높아져 넘긴 힘들겠더라. 와초에서 놀다가 사세에서 놀다가 그래도 헤어지기 싫으면 우리는 썬놀(Sun놀이터)로 갔지. 시끄럽다고 어른들한테 한소리도 듣고. 공식적으로 18세 미만은 어린이. 우리도 어린이인데 어른도 아니요, 애들도 아니요, 애꿎은 우린 갈 곳이 없었어. 게다가 우리처럼 무리지어 놀면 어른들은 왜 공부 안 하고 저러냐고 한심하다는 듯이 봐.

그런 눈길을 피해 우린 친구들 집으로 갔잖아? 효정이네서 네가 설익혀 딱딱했던 밥, 지금도 생각나. 이경주 너 엄마 생신 때 미역국 잘 끓인 거 맞아? 생각해 보니까, 우리 잘 놀다가도 불안해서였을까 종종 싸웠는데 신기하게 넌 그런 적이 없었어. 싸울 상황이 되면 그냥 웃어넘기고, 친구들을 화해시켰지. 경주야, 언제 한번 모이자. 열녀문사거리에서 매콤갈비 먹고 중앙동에 가서 이미지 사진도 찍게. 웃으면 반달이 되는 네 눈, 예쁘게 나올 거야.
-친구랑 함께라면 밤길도 안 무서운 나이트 친구들이

우리는 동네에서 행복했다. 서울을 가고 싶어 하지도, 어디론가 떠나고 싶어 하지도 않았다. 친구가 있는 동네가 좋았다. 친구 중 누군가 멀리 이사 간다고 하면 나는 두려웠다. 다시 돌아오긴 했지만 시화로 이사 간다면서 효정이가 울었던 날만 생각하면 온몸에 소름이 돋고, 머리엔 아무 생각이 없어지면서 마음 한구석이 텅 빈 거 같아졌다. 이사를 가고 전학을 가면 친구를 점점 잊을 거고 얼굴도 까먹을 거고 나중엔 연락을 별로 안 하게 될 거고, 꼭 그렇지는 않지만 만약 서로 잊게 된다면 우리가 쌓은 추억도 없어지지 않을까, 나는 그게 무서웠다.

　조금씩 철이 들자 중학교 때 못 한 공부를 하느라 독서실로, 학원으로 친구들이 바빴다. 1학년 겨울 방학, 비가 온 날이었다. 중학교 친구들을 만났다. 더러 지나치면서 언제 한번 놀자, 말만 했는데 그날은 미루지 않고 수다도 떨고 맘껏 웃었다. 그러다 누군가 떡볶이가 먹고 싶다고 했다. 12시가 다 된 그 밤에 놀이터 정자에서 떡볶이를 먹었다. 비는 간신히 피했지만 찬바람은 고스란히 맞으면서. 추울수록 우정이 깊어진다는 말을 나는 아직도 믿나 보다. 우리가 했던 행동에 누가 이유를 묻는다면, 그냥 그리고 좋아서!

언니 같은 친구, 경주에게

난 원래 편지 쓰는 게 오글거려 별로지만, 네 편지에는 답장을 안 할 수가 없군. 사실 2학년 생일 때 네가 준 선물 평생 잊지 못할 거야. 큰 상자에다 온갖 과자와 선물, 스케치북 한가득 빽빽이 쓴 편지를 담아 줬잖아. 어안이 벙벙, 그런 선물은 태어나 처음이야. 네가 시도 때도 없이, 뜬금없이 보내 주는 편지도 말은 안 했지만 늘 감동이야. 물론 넌 나뿐 아니라 친구들 모두에게 편지를 보내지만.

중3 겨울 방학 전이 떠올라. 고1도 아니고 중3도 아닌, 어정쩡했던 그때. 다들 학교를 빠지곤 했는데 우린 꼭꼭 학교에 갔어. 친구들이랑 노니까. 막 웃고 떠들어도 고민이 많았어. 커서 뭐가 되고 싶다, 어떤 인생을 꿈꾼다, 어떤 학교를 졸업해서 어떻게 살고 싶다, 그런 밝은 미래를 얘기하다가 어느새 어두운 현실도 나왔잖아. 각자 나 뭐 때문에 힘들어, 우리 집이 이래서 힘들어, 그런 얘기를 털어놓았어. 근데 이경주, 그때 친구들 이야기를 듣는 네 모습이 무척 진지하더라. 나중에 네가 힘든 친구들한테 힘내라고 편지를 한 장씩 써 줬다면서? 물론 나도 받았지만. 이경주가 이리 속이 깊을 줄이야. 게다가 파란색을 좋아하는 친구에게는 파란색 펜으로, 검정색 네임펜을 좋아하는 친구에게는 그 펜으로 써 주기까지. 그러니 우리들이 널 안 좋아할 수가 없잖아. -경주의 열렬한 팬인 친구들이

　우리는 우리 의지와 상관없이 어디선가에서 어디로, 다시 어디로 그리고 여기로 왔다. 엄마한테 들은 이야기로는 수원에서 태어난 나는 안산 시화로, 용인으로, 구갈로,

　　　　　　　혼자 우는 친구가 있다면 늘 그 옆에 있고 싶다

서울로, 다시 안산으로, 안산에서도 사동, 선부동, 와동, 고잔동으로 왔다. 친구들은 의정부에서, 서울에서, 인천에서, 그리고 그 어디에서 안산으로 왔다. 물론 더 세밀한 이동은 모른다. 사이사이에 있을 무수한 이야기도 잘은 모른다. 하지만 세상일이 우리에게 영향을 미친다는 걸 어렴풋이 느낀다.

언젠가 친구가 내게 자기 이야기를 했다. 사실대로 말해 준 친구 이야기가 너무 슬펐다. 솔직히 그 아이가 그렇게 얘기하는 거 쉽지 않았을 거다. 힘들게 얘기해 줬는데 내가 "아~ 그렇구나"라고 할 순 없잖은가. 그래서 나는 그 아이가 뻘쭘하지 않게 하려고 노력했는데 그게 잘 안 되었다. 나는 아직 남에게 슬픈 이야기를 하지 못한다. 초등학교 6학년 5월 4일 일기 주제가 '어렸을 때 안 좋은 추억'이었다. 그날 일기장에 나는 이렇게 썼다. '음, 안 좋은 추억이라, 안 좋은 추억은 있긴 하지만 그게 너무 안 좋은 얘기라 얘기는 할 수 없지만 하나 더 안 좋은 얘기는 할 수 있다. 내 동생, 아니 내 동생 길영이. 길영이가 태어나고 난 다음 며칠 뒤에 수술을 했나? 어쨌든 수술이랑 좀 비슷한 걸 해서 동생 이마에 흉터가 남아 있다. 지금이 열 살인데 아직도 있다. 진짜 누나로서 불쌍하다.'

지금이라도 동생 이마를 쓰다듬어 주고 싶다. 부드러이 쓰다듬어 주고 싶다. 흉터야 사라져라, 흉터야 사라져라. 아픈 사람이 있다면 쓰다듬어 줄 거다. 심장으로 가서 심장마비 걸리지 마라 걸리지 마라 하고 쓰다듬어 주고, 폐로 가서 병 걸리지 말라고 계속 쓰다듬어 줄 거다. 그리고 피를 저장해 두는 곳이 있으면 피가 맑아져라, 맑아져라 계속 주문을 욀 것이다.

트렌디(Tren.D, 댄스동아리, D는 단원고를 뜻함)의 분위기 메이커 경주에게
너가 태그해 준 동영상 봤어. 대학 댄동(댄스동아리) 언니들 멋지더라. 네가 딱 좋아할 춤이데. 동작 크고 복잡하고 힘 있고, 대신 어려운! 난 쉬우면서 잘해 보이는 걸 고르는데 도전 정신이 있는지 넌 꼭 어렵고 파워풀한 걸 골라. 우리 반에 너 춤추는 거 멋있다는 애들 많아. 1학년 애들도 들어오고 드디어 우리 선배임? 신입생 오디션 준비하면서 열정 이경

주에 다들 놀란 거 알아? 너네 반 애들이 그러더라. 쉬는 시간까지 죽 자던 네가 수업 끝나기 5분 전에 꼭 깨워 달랐다고. 일어나서는 화장하고 오디션 홍보하러 후다닥! 우리 정말 열심히 다녔어. 1학년 열네 개 반을 세 번 돌았나. 너 설명도 잘하던데?

하긴 색다른 네 모습이 이번이 첨은 아냐. 네가 이과긴 해도 수학을 그리 좋아하는지 몰랐어. 시험 전 동아리 시간에 같이 공부할 때면 넌 다른 과목은 안 가져오고 수학 책만 가져오잖아. 춤만 좋아하는 줄 알았는데 그 어려운 수학을 열심히 푸는 모습이라니.

하하, 지난여름에 올기(올림픽기념관)에서 주말마다 춤 연습할 때, 너 머리가 땀으로 범벅되니까 물까지 묻혀서 2대 8 머리로 하고 춤췄잖아. 지친 우릴 웃게 했지. 경주 너, 학교 수업은 빠져도 금요일 3, 4교시 동아리 시간에는 꼭 나와서 연습하고, 주중 연습 때도 수업 끝날 무렵에 꼭 연습하러 나오는 거 보면 대단해. 너에게 춤은 뭘까? 언제 네가 그랬지. 하루 종일 날마다 춤만 추면 좋겠다고. 네가 겨울 방학에 춤 학원에 함께 다니자고 했는데.

참, 네가 전화로 열변을 토하며 설명했던 노래들 안무 짜 보면 잘 나올 거 같아. 5월이면 25시 광장에서 하는 거리극과 문화존 공연에 학교 체육 대회 공연도 있고, 11월 단원제(단원고 대축제) 공연까지 와, 우리 엄청 바쁘겠다. 그리고 이경주! 나 할 말 있어. 이제 김밥 먹을 때 당근 빼지 말고 먹어. 공연할 때 어두운 계단 혼자 못 올라가고 못 내려오면 안 되잖아. 물론 나는 계속 네 손을 잡아 줄 테지만…… -단원고의 실세 트렌디가

고등학교에 입학한 3월, 나는 용기를 내 댄스동아리 오디션을 봤다. 오디션 날 급히 체육복을 사 들고 학교로 달려온 엄마가 고마웠다. 안산 문화예술의 전당에서 열린 단원제 공연 때도 엄마는 나를 보러 왔다. 부끄럽고 쑥스러워 오지 말라고 해도 엄마는 꼭 보러 온다. 그렇게 내가 보고 싶을까. 몇 년 전 엄마가 일했던 단체 송년회에서 자녀 장기 자랑 발표회를 했다. 엄마가 내게 참여해 보라고 안 했으면 나는 여전히 다른 사람이 춤추는 걸 부러워만 했을지 모른다. 하지만 이제 나는 춤춘다. 엄마와 아빠 그리고 고모와 고모부까지 춤추는 나를 지지한다.

춤이 아니었으면, 트렌디가 아니었으면 지금 나는 어떤 모습일까. 머리와 마음에 뭔가 떠오르면 얼른 춤으로 만들고 싶어 가슴이 두근거린다. 그럴 때면 친구에게 전화를 건다. 밤이건 새벽이건, 시간도 잊은 채. 우리가 선배가 됐으니 더 많은 공연으로 그야

말로 날아다니는 트렌디를 만들자고 동아리 친구들과 약속했다.

20살이 되면 남자 친구와 하고 싶은 일♡♡
손잡고 걷기 / 안아 주기 / 카페 가기(아메리카노 먹기!!) / 한강 다리에서 맥주 먹기 / 벚꽃
축제 가기 / 놀이동산 가기 / 볼에 뽀뽀해 주기 / 나이트 가기 / 도시락 싸 주기 / 남산타워
가 보기 / 같이 술 먹어 보기 / 밤바다 보러 가기 / 쇼핑하러 가기 / 커플링 맞추기 / 드라
이브 / PC방 가기 / 하루 종일 영화 보기 / 커플 옷 맞추기 / 남자 친구 집 놀러 가기 / 업
어 주기 / 높은 난간 위 걷기 / 번지점프 하기 / **쪽쪽쪽쪽쪽쪽쪽쪽** / 사랑한다고 말해 주기

이건 편지가 아니라 내가 공책 한 권에 한 장에 하나씩 써 놓은 버킷리스트다. 이 공
책이 여기 있을 줄은 몰랐다. 불쑥 튀어나오는, 나도 모르는 내 마음이 있다. 갑자기 보
고 싶고, 우연하게라도 볼까 찾아 나서고, 만나면 안아 주고 싶고, 눈 마주치지 않아도
멀리서 발견했을 때 기쁘고, 이름 부르려 했는데 입 밖으로 소리가 안 나오고, 내 마음
을 몰라주는 것 같아 속상하고…… 이런 게 사랑일까.

스물 넷 동갑에 사랑에 빠진 엄마와 아빠는 나를 낳고는 신기하고 눈물 나고 기뻤
다고 한다. 아빠는 퇴근 뒤, 아기인 내가 잠들 때까지 일어서서 안고 얼러 주었다고 한
다. 머리를 곱게 빗겨 주기도 했던, 어린 나를 안은 사진 속 아빠는 지금도 그렇지만,
정말 멋있다. 할머니를 쏙 빼닮은 엄마 눈은 얼마나 크고 예쁜지. 난 랩이나 크게 내지
르는 노래를 좋아하고 부드러운 노래는 별로지만 엄마가 부르는 〈애인 있어요〉와 아
빠가 부르는 〈사랑, 그 놈〉은 좋다.

사랑은 스치고 엇갈리는 걸까. 아빠가 집에 왔다가 일하러 다른 지역으로 내려가
는 어느 주말, 나는 차분히 아빠와 마주 앉지 못하고 스치듯 아빠를 보았다. 아빠가 내
게 하고 싶은 말도, 내가 아빠에게 해야 할 말도 많았을 텐데…… 내가 어렸을 때, 추
워서 안 물리는 물고기를 두 시간 동안 기다리던 아빠가, 우리가 사흘 동안 경산 할머
니네 가느라 우리 없는 집에서 혼자 자고 출근해야 했던 아빠가 나는 안쓰러웠다. 아

픈데도 병원 안 가고 참던 아빠가 나중에 수술했을 때, 나는 친구들 앞에서 아빠의 노래를 부르며 울었다.

사랑하는 내 딸 경주에게
한 없이 티 없고 맑게 자라 준 네가 엄마는 사랑스럽다. 엄마는 네가 엄마 딸이라서 사랑하고, 고마워. 세상 어디에도 없는 가장 소중하고 정말 예쁜 내 딸이고, 손녀이고, 경주이지. 그리고 넌 친구가 힘들면 같이 있어 주고 후배가 나쁜 맘 먹으면 달래서 제자리를 지키게 하고, 선배들에겐 웃는 모습이 예쁜 후배이지.
엄마는 너와 함께 살면서 조금씩 자라났단다. 너와 한 모든 게 내겐 다 첫 경험이었어. 그 작은 아기와 눈 맞추고 네 옹알이를 알아듣는 것도, 7개월에 첫걸음마를 뗀 날 너와 내가 느꼈던 놀람도, 학교에 입학하고 졸업하는 시간도, 마주 앉아 밥 먹으며 마음을 나누던 이야기도, 네가 짝사랑에 가슴 설레고 한숨 쉬는 모습을 얼핏 본 것도, 무대에서 멋진 춤을 추는 모습이 뿌듯하고 대견해 내 콧잔등이 시큰해지는 것도, 너를 기다리던 밤의 초조함과 걱정도, 네가 말도 않고 하루 공단에 가서 밤까지 일하고 받은 돈으로 산 목걸이를 내밀며 엄마에게 꼭 해 주고 싶었어라고 했던 순간도, 모두 첫…… 그러니 너는 엄마에게 세상의 문을 하나씩 열어 준 내 스승이다. 사랑이다.
-친구이고 애인이고 또 다른 엄마이기도 한 너에게 엄마가

엄마에게 목걸이를 걸어 드렸는데 금방 알레르기가 일었다. 그 목걸이를 내가 걸었다. 엄마가 내게 준 건 목걸이가 아니라 엄마다. 나는 늘 엄마랑 함께 있는 것이다. 어느새 나는 엄마보다 훌쩍 커 버렸다. 엄마 바깥에서 머무는 시간도 그만큼 길어졌다. 즐거움과 힘듦, 슬픔과 기쁨 그 모든 것에 잠시 지칠 때면 나는 집으로, 엄마 품으로 파고든다. 그럴 때면 엄마는 내가 잘 먹는 콩나물을 한 양푼 무쳐 주신다. 아, 지금 콩나물 고소한 냄새가 난다. 엄마가 새로 마련해 준 하트 모양 편지통, 뚜껑을 이제 닫아야겠다.

다 덤비라고 해, 나 이다혜야!

안산 단원고 2학년 10반 **이다혜**

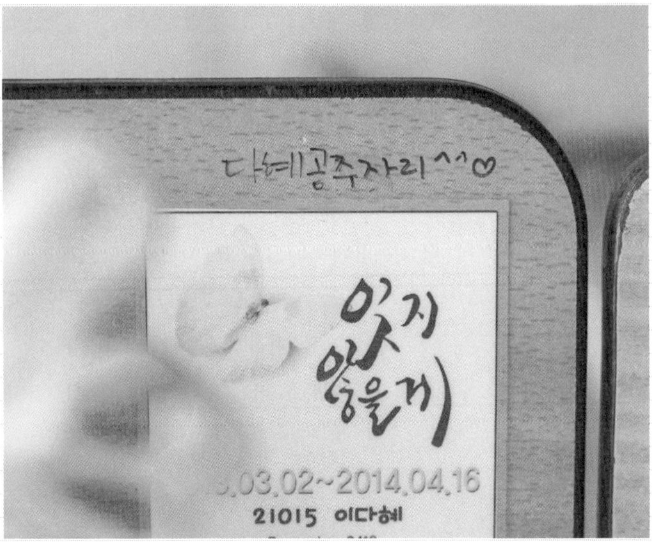

1. 부모님과 에버랜드로 나들이 간 네 살 다혜. 다혜는 6개월쯤 말하기 시작해 9개월 때 혼자 일어섰고,
15개월쯤 걷기 시작했다. 엄마는 이 모든 과정을 육아일기에 꼼꼼히 적었다.

2. 많을 다(多), 슬기로울 혜(慧). 부모님의 바람이 담긴 이름처럼 지혜롭게 자란 열일곱 다혜.

3. 동생 건우와 오이도에 놀러 간 중3 다혜. "나는 건우 자랑스러워. 건우는 사람들이
다 좋아하는 스타일이야." 남매는 늘 티격태격 다투면서도 든든하게 서로의 편이 되어 주었다.

다 덤비라고 해, 나 이다혜야!

열두 살 다혜는 오늘도 씩씩하게 학교에 다녀왔습니다.

"엄마, 엄마, 엄마!"

다혜는 현관문을 열자마자 엄마를 불렀습니다.

"엄마, 나 배고파 죽겠어. 오늘 머리를 너무 많이 써 가지고."

다혜의 투정에 엄마가 빙긋 웃었습니다.

"뭐 줄까, 공주야. 김치 부침개 해 줄까?"

"응! 빨리 해 줘, 엄마."

다혜는 입맛을 다셨습니다. 거실에서는 건우가 수학 학습지를 펴 놓은 채 머리를 싸매고 있었습니다. 건우는 네 살 어린 다혜의 동생입니다.

"뭐하냐?"

다혜는 건우의 문제 풀이를 슬쩍 보더니 씩 웃었습니다.

"어우, 넌 이런 것도 몰라~"

건우가 입술을 삐죽였습니다. 다혜는 건우가 문제 푸는 모습을 한참 지켜보았습니다.

"이걸 그렇게 풀면 어떡해~"

다혜는 팔을 걷어 부치고 건우 옆에 앉았습니다.

"누나 때문에 기죽어서 더 못하는 걸 수도 있어!"

둘이 티격태격 수학 문제를 푸는 동안 부침개는 노릇노릇 익어 갔습니다.

"공주야, 건우야! 부침개 다 됐어. 식탁으로 와."

둘은 부침개를 먹으면서도 여전합니다. 건우가 마지막 남은 부침개 한 조각을 집으려는데, 다혜가 홀랑 입에 넣어 버렸습니다.

"애기 거를 왜 뺏어 먹어!"

엄마가 건우 편을 들자, 다혜가 발끈했습니다.

"저렇게 큰 애기가 어디 있어!"

다혜는 먹을 거 가지고 치사하다는 생각이 들었습니다.

"나 엄마 딸 맞아?"

엄마가 콧방귀를 뀌었습니다.

"나중에 시집가면 너랑 똑같은 딸 낳아라."

다혜는 지지 않았습니다.

"나 같은 딸 낳으면 좋은데~"

엄마는 혀를 내둘렀습니다.

밤 아홉 시가 넘어서 아빠가 돌아왔습니다. 주간, 야간 하루에 2교대씩 근무하는 아빠는 오늘도 어깨가 축 처졌습니다. 그런 아빠이지만, 몇 달 전 암 수술을 한 엄마를 위해 설거지는 꼭 도왔습니다. 딱 한 번, 다혜가 아빠를 대신한 적이 있었습니다.

"아빠, 오늘은 내가 할게."

싱크대 앞에 선 아빠에게 다혜가 말했습니다. 아빠는 흠칫했습니다.

"웬일이야?"

다혜가 대답했습니다.

"그냥, 갑자기 내가 하고 싶어서."

나중에 아빠는 알게 되었습니다. 그날, 다혜 친구의 아버지께서 돌아가셨다는 것을요. 그 소식에 다혜는 아빠의 빈자리를 상상했던 것입니다.

그 빈자리가 얼마나 쓸쓸할지, 다혜는 짐작할 수 있었습니다. 엄마가 암 수술로 입원했던 나흘 동안 이미 겪어 보았으니까요. 밀린 학습지를 풀며 다혜는 엄마의 잔소리를 떠올렸고, 기침을 하면서는 두꺼운 옷 입으라고 걱정해 줄 엄마의 목소리를 상상했습니다.

엄마가 퇴원한 이후에 다혜는 가끔씩 빨래를 개고, 청소기를 돌렸습니다. 아빠, 엄마는 다혜가 그 마음 그대로 집안일을 계속 돕길 바랐지만, 다혜는 엄마가 완쾌하는 동안까지만 최선을 다했답니다.

네 식구는 거실에 모여 앉았습니다. 아빠와 다혜는 다리를 걸친 채 소파에 기대 누웠습니다. 티브이 방송에서는 연예인들이 사는 으리으리한 집들을 소개하고 있었습니다. 엄마는 다혜에게 슬쩍 물었습니다.

"공주야, 우리 이사 갈까?"

다혜는 어깨를 으쓱했습니다.

"어우, 엄마. 그냥 살아~ 무슨 이사야~"

다혜는 이 집이 좋았습니다. 줄곧 와동 주택가에서 살다가 1학년 때 이사 온 아파트였습니다. 다혜는 이 집이 시원시원하게 넓어서 좋았고, 학교가 가까워서 좋았고, 무엇보다 사 먹을 게 천지인 동명상가와 가까워서 좋았습니다.

"엄마, 나 갑자기 닭발 먹고 싶어, 매운 닭발."

다혜의 말에 엄마도 기다렸다는 듯 주문 전화를 걸었습니다.

"어우, 맛있어."

닭발을 먹는 다혜와 엄마의 콧잔등에 땀이 맺혔습니다. 그 모습에 건우와 아빠는 혀를 내둘렀습니다. 두 사람은 매운 음식은 입에 대지도 못하거든요. 다혜가 우물거리며 말했습니다.

"근데 엄마, 나 공주라고 하면 애들이 막 웃어."

엄마가 대답했습니다.

"웃으라 그래! 공주 맞는데, 뭐."

다혜가 닭발을 악물고 말했습니다.

"맞아, 애들이 뭐라 해도 난 다혜 공주니까!"

가족들이 웃음을 터뜨렸습니다. 그렇게 열두 살 다혜의 밤이 깊어 갔습니다.

열네 살, 중학생이 된 다혜는 오늘도 엄마의 잔소리로 아침을 맞이합니다.

"제발 좀, 5분만 일찍 일어나라니까."

엄마는 밥에 김을 싸서 다혜 입에 넣어 주었습니다. 다혜는 밥을 꼭꼭 씹으며 고데 기로 앞머리를 말았습니다.

"너 맨날 이렇게 늦다간 애들한테 왕따 당한다! 내가 그렇게 하라 그럴 거야."

"알았어, 알았어, 알았어~"

다혜가 대답했습니다. 아침잠이 많은 다혜는 이렇게 매일 아침 엄마와 실랑이를 벌 였습니다.

"야! 일찍 좀 나와!"

헐레벌떡 뛰어온 다혜에게 친구들이 말했습니다. 초등학교 때부터 친하게 지낸 은 비와 수미였습니다.

"미안해, 진짜."

다혜는 흐트러진 앞머리를 손으로 정리했습니다. 세 친구는 동명상가 옆길을 따라 걷기 시작했습니다.

"아, 학교 가기 싫다."

다혜의 말에 친구들이 고개를 끄덕였습니다.

"어제도 너희 담임이 우리 반에서 '야, 너 어디서 말대꾸야? 너 벌점이야!' 이랬어."

은비가 다혜네 담임 선생님 흉내를 냈습니다.

"완전 똑같아!"

친구들이 웃었습니다.

"근데 너희 내 생일 선물 언제 줄 거야?"

다혜가 눈을 반짝이며 물었습니다. 1월 5일 다혜의 생일은 한참 지났지만 날짜는 하나도 중요하지 않았습니다. 다혜는 1년 365일이 생일이나 마찬가지였으니까요.

"은비는 민하랑 돈 합쳐서 비비크림 사 주기로 했고, 수미 넌……"

"틴트 사 달라며. 네가 사진 캡처해서 보내 줬잖아."

다혜가 고개를 마구 끄덕였습니다.

"언제 줄 거야? 나랑 같이 사러 갈래?"

수미가 품, 웃었습니다.

"아, 이다혜, 진짜. 알았어, 내일 사 줄게."

한참을 떠들다 보니 어느새 세 친구는 관산중학교 앞에 다다랐습니다.

다혜는 점심을 먹자마자 도서실로 달려갔습니다. 은비, 수미, 민하, 민주까지 도서부 친구들은 벌써 원탁에 둘러앉아 와자지껄 떠들고 있었습니다. 다혜도 자리에 앉았습니다. 다혜는 친구들 이야기에, 두 팔로 배를 감싼 채 큰 소리로 웃었습니다. 사서 선생님도 미소 지었습니다. 책 정리는 안 하고 수다 삼매경에 모두가 즐거운 도서부였습니다. 다혜는 3년 동안 도서부를 하며 신나는 점심시간을 보냈습니다.

배시시 웃으면서 교실로 돌아가던 다혜는 지수와 마주쳤습니다. 지수는 1학년 때 같은 반 친구였습니다.

"다혜야, 편지 고마워. 나 그거 읽고 울었잖아."

다혜가 걱정스레 물었습니다.

"애들이랑은 아직도 그래?"

지수가 시무룩하게 고개를 끄덕였습니다. 다혜는 한숨을 쉬었습니다.

"내가 어떻게 해 볼게."

다혜는 작년에 지수, 단비와 같은 반이었습니다. 단비는 다혜가 중학교에 들어와서 처음 사귄 단짝이었습니다. 지수가 둘 사이를 질투할 정도였지요. 2학년이 되자 지수, 단비만 같은 반이 되었고 그 둘은 사이가 멀어졌습니다. 다혜는 친구들 사이에서 겉도는 지수가 안쓰러웠습니다.

지수 편을 들다 보니 다혜도 절친 단비와 서먹해지고 있었습니다. 지수의 아픔을 모르는 체하면 단비랑도 편하게 지내겠지만, 다혜는 그럴 수 없었습니다. 때마침 다혜는 단비에게 다시 친하게 지내자는 편지를 받은 터였습니다. 다혜는 먼저 손 내밀어 준 단비가 고마웠습니다.

"여기, 답장."

종례 시간, 다혜는 단비에게 편지를 건넸습니다. 단비를 보자 아무 일 없었던 것처럼 팔짱 끼고 매점에 달려가고 싶었습니다. 하지만 아무래도 그럴 수는 없었습니다.

"너도 어쩔 수 없었겠지만 이젠 안 그랬으면 좋겠어."

단비가 고개를 끄덕였습니다.

"응. 나도 후회해."

다혜는 슬쩍 단비에게 팔짱 꼈습니다.

"그럼 우리 다시 절친인 걸로?"

"당쓰지!"

서로를 마주 보던 둘은 어느새 픕, 웃고 말았습니다.

집으로 향하는 다혜의 발걸음이 가벼웠습니다.

"다혜 완전 신났네. 치즈스틱 행사 없었음 어쩔 뻔했어."

현정이가 말했습니다.

"이날만 기다렸잖아, 이다혜."

지혜와 지원이가 웃었습니다.

다혜는 주머니에서 꼬깃꼬깃 접은 편지를 꺼내 세 친구에게 하나씩 건넸습니다. 지혜에게는 작은 선물 상자도 하나 주었습니다.

"생일 선~물! 전에 말한 아이섀도 샀지!"

지혜의 생일은 벌써 한 달 전에 지났지만 다혜에게 날짜는 중요하지 않았지요.

"근데 너네는 왜 답장 안 주냐?"

다혜의 말에 친구들이 어깨를 으쓱했습니다.

"뭐야~ 받았으면 줘야지! 답장 내놔~"

다혜가 투정 부렸습니다. 다혜는 편지 쓰는 걸 좋아했습니다. 하루에 두세 통씩 쓴 날도 많았고, 집 주소를 알려 주면 매일매일 편지를 보내겠다고 장담할 정도로 좋아했습니다.

　"얘 저번에 편지지 뒤집혔는데도 그냥 써서 줬잖아, 큭큭!"

　지원이가 다혜를 가리키며 웃었습니다.

　"그럼 어때~ 끝까지 쓴 게 중요하지!"

　다혜가 씩씩하게 받아쳤습니다.

　"근데 오늘도 너희 담임이 청소 가지고 난리였다며?"

　현정이가 물었습니다.

　"응. 완전 결벽증. 줄 하나 삐뚤어져도 난리, 가방 바닥에 놔둬도 난리."

　지혜가 고개를 저었습니다. 눈썹을 찌푸리던 다혜는 주먹을 불끈 쥐었습니다.

　"완전 짜증 나. 치즈스틱 먹고 풀지 뭐!"

　네 친구는 까르르 웃으며 롯데리아로 향했습니다. 열네 살 다혜의 하루가 그렇게 저물어갔습니다.

　열여섯, 고등학생이 된 다혜는 오늘도 어김없이 엄마의 잔소리로 눈을 뜹니다.

　"공주야, 얼른 일어나! 몇 번을 말해, 엄마가!"

　엄마는 다혜를 흔들어 깨웠습니다.

　"공주야, 학교 늦겠다."

　아빠도 출근 전에 잠깐 들러 다혜를 깨웠습니다. 다혜는 그제야 하암, 하품하며 일어났습니다.

　"이거 얼른 먹고 씻어."

　엄마는 다혜에게 직접 간 사과 주스를 건넸습니다. 다혜는 주스를 꿀꺽꿀꺽 맛있게 마셨습니다.

　"다혜야!"

　　　　　　　　　　　　　　　　다 덤비라고 해, 나 이다혜야!

창밖에서 다혜를 부르는 목소리가 들렸습니다. 다혜와 함께 단원고등학교에 입학한 단비였습니다. 엄마는 양치 중인 다혜에게 말했습니다.

"네가 단비 좀 먼저 기다려 봐라, 좀."

다혜는 입안 거품을 뱉으며 대답했습니다.

"알았어, 알았어, 알았어~"

다혜는 1학년 9반에서 손꼽히는 개구쟁이였습니다. 친구들은 체육 시간에 앞구르 기를 하다 우스꽝스레 고꾸라지는 다혜를 보고는, 범상치 않은 매력을 느끼기 시작 했습니다.

한번은 친구들과 짜고 교무실 앞에서 한 선생님을 기다렸습니다. 친구들은 복도 기 둥 뒤에 숨어 다혜와 친구를 주시하고 있었지요. 선생님께서 나타나자 다혜와 친구는 다짜고짜 말했습니다.

"쌤, 저희 배고파요. 먹을 것 좀 주세요."

"공부하느라 너무 지쳤어요, 쌤."

두 아이의 애교에 선생님과 숨어 있던 친구들 모두 웃음이 터졌습니다. 선생님을 따 라 교무실에 들어간 두 아이는 곧 의기양양하게 친구들 앞에 섰습니다.

다혜가 짠, 하고 손바닥에 가득 얹은 초코볼을 내밀었습니다.

"세 개씩 먹어라, 세 개씩."

다혜와 친구들은 깔깔거리며 초코볼을 나눠 먹었습니다.

다혜는 성대모사도 곧잘 했습니다.

"야, 너희 그거 봤어?"

다혜가 웃긴 동영상을 따라하려 준비하면, 친구들은 다혜를 둘러싸고 눈을 반짝였 습니다. 다혜는 한 손으로 앞머리를 까고, 눈썹을 잔뜩 찌푸린 채 과장스럽게 모창했 습니다. 친구들은 여지없이 푸하하, 웃었습니다.

이렇게 까불까불한 다혜이지만 수학 시간에는 누구보다 진지했습니다. 어렸을 때 부터 수학을 좋아해 열심히 공부해 왔으니까요. 거기다 다혜는 음악을 가르치며 다정

다감하게 반 아이들을 이끌어가는 길선희 선생님을 만난 이후, 자신감을 얻고 발표나 토론에 앞장서기도 했답니다.

야자를 마치고 집에 돌아온 다혜는 아빠와 단둘이 식탁에 앉았습니다. 두 사람은 엄마가 만들어 놓은 떡볶이를 데워 먹었습니다.

"아빠는 공주가 사대문 안에 있는 대학에 들어갔으면 좋겠어."

다혜가 고개를 끄덕였습니다.

"노력해 볼게."

방에 있던 건우가 어느새 나와 말했습니다.

"난 하버드 갈 건데."

다혜와 아빠가 웃었습니다. 그때 현관문이 열리며 엄마가 들어왔습니다.

"다들 식탁에서 뭐하고 있어?"

다혜가 대답했습니다.

"건우가 하버드대 간대서 웃고 있었어."

엄마가 물었습니다.

"공주, 너는? 넌 어디 갈 건데? 뭐가 되고 싶은데?"

다혜는 골똘해지더니 말했습니다.

"처음에는 내가 요리사가 될까~ 빵집 주인이 될까~ 생각해 봤어."

엄마가 쏘아붙였습니다.

"저번에는 약사 된다고 하더니."

"아니야, 약사는 외울 게 너무 많아. 나는 우리 담임 쌤처럼 꿈을 주는 선생님이 되고 싶어."

가족들이 고개를 끄덕였습니다.

"내가 할 줄 아는 게 수학밖에 없으니까, 나 수학 선생님 해 보려고."

엄마가 입술을 삐죽였습니다.

"너는 맨날 말만 그렇게 하고 컴퓨터만 하더라?"

다혜가 말했습니다.

"나 잘하고 있는데 왜~ 나한테는 사기를 불어넣어 줘야 돼. 난 괜찮은 사람이니까 그런 걸 받을 권리가 있어!"

엄마는 다혜의 어깨를 두드려 주었습니다.

"알았어. 결과로 말해, 너."

"그럼 나 더 열심히 할 테니까 옷 한 벌만 사 줘!"

다혜가 핸드폰으로 찜해 둔 원피스 사진을 보여 주었습니다.

"너 다리 두꺼워서 안 돼."

"엄마 이거 괜찮아, 가려져서~"

"너 배 나와서 안 될 텐데."

"어우, 숨 안 쉬고 있으면 괜찮아~"

가족들은 숨을 크게 들이마시는 다혜를 보고 웃지 않을 수 없었습니다.

그 밤, 침대에 누운 다혜는 배시시 웃음이 났습니다. 그동안 마땅한 꿈이 없었는데, 오늘 가족들에게 출사표를 던진 셈이었으니까요. 물론 새로 사 입을 옷 생각에 흐뭇해지기도 했답니다.

다혜는 친구들에게도 새로 생긴 꿈과 새로 입을 옷을 자랑해야지, 생각했습니다. 벌써 친구들의 웃음소리가 귓가에 생생했습니다. 다혜는 9반이 아닌 다른 교실에서 친구들이 아닌 제자들과 재밌게 보낼 날들을 상상해 보았습니다. 입가에 미소가 번졌습니다. 그러다 문득 다혜는 깨달았습니다. 곁에 있어 주는 모든 것들 덕분에 이렇게 웃을 수 있다는 것을요.

열여섯 다혜는 포근한 이불 속에서 그 모든 것들을 하나하나 떠올리다 잠이 들었습니다. 내일 아침이면 언제나처럼 깨워 줄 엄마를 굳게 믿고서 말입니다.

열일곱 살이 된 다혜는 웬일로 아침에 눈을 번쩍 떴습니다. 다혜는 엄마가 차려 주신 따뜻한 밥을 든든히 먹고, 출근하시는 아빠도 배웅했습니다.

"우리 공주가 웬일이야?"

엄마 아빠의 눈이 휘둥그레졌습니다.

"내가 먼저 단비 기다리려고."

오늘은 2학년이 된 첫날, 다혜와 단비가 3년 만에 같은 반이 된 날입니다. 엄마는 다혜의 머리를 쓰다듬으며 물었습니다.

"2학년 첫날인데, 공주 너 잘할 수 있겠어?"

다혜가 힘차게 대답했습니다.

"어우, 엄마. 다 덤비라고 해! 나 이다혜야!"

엄마는 베란다에 서서 멀어져 가는 다혜에게 손을 흔들었습니다. 다혜도 멀리서 인사했습니다. 여느 날처럼 말입니다.

열일곱 다혜는 단비와 손잡고, 햇살이 반짝이는 길을 향해 한 발, 한 발 내딛었습니다.

참 행복한 아이, 단비

안산 단원고 2학년 10반 **이단비**

32번째 생신을 축카드려요 ~

-2002.12.11 디딤돌-

1. 단비가 여섯 살 때 유치원에서 놀러 갔다. 어린 단비는 무엇이든 열심히 배우고,
구김살 없이 자라났다. 첫딸이라 엄마 아빠의 사랑을 듬뿍 받았다.
2. 엄마 생일 날. 엄마 아빠가 일하느라 바빴기 때문에
온 가족이 모인 시간은 단비네 가족에게 더없이 소중했다.
3. 꿈 많은 고등학생 단비. 고1 때, 설악산으로 가족 여행을 갔다.

참 행복한 아이, 단비

까똑.

문자 알림 소리에 단비는 핸드폰을 열어 보았다. 순간 환한 웃음이 떠오른다.

"뭐야, 이 수상쩍은 웃음은? 남친이냐?"

다혜가 단비의 핸드폰을 들여다보았다.

"아니거든! 마트에 계시대…… 어마마마. 나, 간다!"

단비는 대번에 손을 흔들며 돌아섰다. 야, 저 의리 없는 것 좀 봐, 친구를 버리고 가다니, 하고 야유를 퍼붓는 절친 다혜를 두고.

마트 부근에 이르자 장바구니를 들고 입구를 빠져나오는 엄마 모습이 보였다.

"이리 줘, 엄마!"

단비는 냅다 장바구니를 빼앗아 저만치 앞서갔다.

"얘, 그거 무거워!"

웃으며 소리치는 엄마를 돌아보면서 단비도 소리쳤다.

"뭘 요까짓 걸 가지고!"

큰소리치는 단비의 이마에 어느새 땀이 송글 맺혔다. 시장바구니는 엄마 말대로 제법 무거웠다. 단비는 엄마를 생각하면 괜히 마음이 저렸다. 일을 다니면서 집안일까지 해야 하는 엄마. 단비는 더 무거운 것도 들어 드리고, 마음 같아서는 설거지며 청소도 싹 해 드리고 싶다. 물론 마음 같아서는!

뒤따라오는 엄마 얼굴에 환한 웃음이 떠오르자, 단비도 밝게 웃었다. 엄마가 웃어서 단비도 좋았다.

학교를 마치고 이렇게 엄마와 함께 집으로 돌아가는 시간이, 단비는 너무나 행복했다. 엄마의 짐을 나눠 들고 집으로 돌아가는 시간이.

단비는 엄마가 좋았다. 가족을 위해 고생하는 아빠가 좋았다. 늘 티격태격하지만 세상에 하나밖에 없는 동생 지현이 좋았다. 단비는 가족이 좋았다.

중학교 동창인 엄마 아빠는 결혼 뒤 안산의 선부동에 둥지를 틀고 1997년 봄 어여쁜 첫딸 단비를 낳았다. 아기 단비가 태어나 엄마 품에 안긴 순간, 엄마 아빠는 이루 말할 수 없이 감격스러웠다.

단비가 태어난 지 8개월쯤 지났을 때 "엄마!"라고 처음 말하고, 첫돌 무렵 걸음마를 뗐을 때도, 엄마 아빠는 가슴이 뭉클했다. 아기 단비는 온 힘을 다해 말을 배우고, 끙끙대며 제 힘으로 걸으려 애썼다. 유치원에서 줄넘기를 처음 배울 때도, 단비는 날마다 집 앞에서 엄마랑 같이 연습했다. 어린 딸의 성실함과 진지함과 정직한 노력을 엄마 아빠는 사랑했고 소중히 여겼다. 그리고 단비가 초등학교에서 '예의상'을 받아 왔을 때, 단비가 받아 온 어떤 상보다도 기뻐하며 어린 딸의 등을 두드려 주었다.

단비는 엄마 아빠뿐 아니라 친척 어른들한테도 아주 사랑받았다. 그렇게 사랑받은 아이였기에 단비는 사랑할 줄 알았다. 중학교 때 외할아버지가 병으로 입원하자 할아버지를 몹시 걱정했다. 엄마 아빠에게 힘이 되어 드리고 싶듯, 단비는 할아버지에게도 힘이 되어 드리고 싶었다. 할아버지는 엄마의 아빠니까.

하지만 아픈 할아버지에게 필요한 사람은, 병을 고칠 수 있는 의사였다. 단비의 마음속에 '의사'라는 꿈이 자리 잡았다. 빛나는 하얀 가운이, 가슴의 청진기가, 환자들 사이를 분주히 오가는 모습까지 존경스러웠다.

그날 밤, 단비는 초등학교 때 아빠가 사 준 토끼 인형을 안고 생각했다.

'의사가 되고 싶어. 할아버지를 낫게 해 드리고 싶어.'

하지만 의사의 길은 멀고도 험한 모양이었다.

"뭐? 의사? 그거 장난 아니게 힘들다던데?"

"전교 1등 해도 될까 말까라더라."

단비의 꿈을 들은 친구들은 그냥 해 보는 말이겠거니 하고 웃어넘겼다. 단비는 꼭 꿈을 이루고 싶은데도. 어떻게 하면 의사가 될 수 있을까?

"그야 공부지! 죽어라 공부하면 돼."

그날도 단비와 함께 화정천 길로 학교에 가던 다혜가 명쾌한 해법을 내놓았다.

"놀 땐 죽기 전까지 놀고?"

"당쓰! 세상 끝날 때까지! 좋아, 니가 의사면 이 공주님은 수학 선생님이다."

단비는 다혜와 하이파이브를 나누며 소리쳤다.

"오케이! 꿈을 위해 열공, 빡공!!"

단비는 곧 학교 도서관과 친해졌다. 시험 때는 밤늦게까지 공부했고, 밤 12시가 넘어서 잠드는 날들도 차츰 늘어났다. 덕분에 꾸준히 성적이 올랐다.

엄마는 그런 단비가 대견하면서도 안쓰러웠지만, 아빠는 누구보다 기뻐했다. 세심하고 다정한 아빠는 스스로 꿈을 정하고 노력하는 큰딸의 모습이 대견스러웠던 것이다.

"기분이다, 오늘 아빠가 쏜다!"

그럴 때면 단비는 동생 지현과 함께 기쁨의 비명을 지르며 뭘 먹을지 행복한 고민에 빠졌다.

짜장면? 감자탕? 아니, 아니, 오리 불고기?

맛집 고르기라면 자신 있었다. 맛집 찾아내기는 다혜와 은비와 민하 등 중학교 3학년 때 도서부를 중심으로 모였던 소중한 친구들과 수도 없이 했던 일이니까.

중3 때 학교 도서부에 들어간 것은 책이 미치도록 좋아서가 아니었다. 그저 봉사 시간을 많이 준다기에 가입했던 도서부에는, 무엇보다 단비가 사랑하는 친구들이 대거

들어가 있었다. 민하, 은비, 다혜, 민주 등 관산중학교의 절친들은 도서부를 빌미로 가장 뜨겁고 가장 신나는 한 해를 보냈다. 책을 정리한답시고 점심시간마다 도서부에 모여 둥근 탁자에 앉아서 온갖 책들을 들춰 보며 수다를 떨었다.

"이 책 좀 봐, 《남자는 왜 젖꼭지가 있을까?》래. 제목이 이게 뭐냐?"

누군가의 말에 아이들은 까르르 웃음을 터뜨렸다. 단비도 배를 움켜쥐고 웃었다. 아이들은 틈만 나면 특이한 제목의 책을 놓고 킥킥대곤 했지만, 젊은 남자 사서 선생님은 단비와 친구들을 혼내기는커녕 아이들이 자연스레 책과 친해질 수 있도록 배려해 주었다. 덕분에 단비는 소설과 만화책의 재미를 새롭게 발견할 수 있었다.

단비와 친구들은 도서부뿐 아니라 반에서도 악명(?)이 높았다. 기상천외한 게임 벌칙 덕분이었다. 남자아이들 무리에 끼어들기, 다짜고짜 국어책 읽어 주기, 책상에 엎드려 자는 친구 손톱에 매니큐어 칠해 주기 같은 벌칙 때문에, 반 아이들은 손톱을 숨기고 자기도 하고, 단비와 예지와 민하 은비 등이 나타나면 멀찌감치 달아나곤 했다. 수업 종이 치자마자 반 아이들이 몽땅 밖으로 나간 적도 있었다. 그럴 때면 단비와 친구들은 짜릿한 쾌감을 느끼며 더 센 벌칙들을 궁리했다.

방과 후에는 롯데리아며 동명상가로 몰려다녔고, 춤을 잘 추는 민하를 따라 〈뮤직뱅크〉를 틀어 놓고 노래를 따라 부르며 같이 몸을 흔들기도 했고, 학교에서 가까운 윤아네에서 치킨이나 피자를 시켜 먹으며 원카드를 주야장천 해 댔다. 어느 날엔가는 너무 배가 불러 옥상에 올라가서 뛰어다니고 줄넘기를 하다가 아래층 아주머니한테 된통 혼난 적도 있었다. 하루하루가 신나는 일들로 가득 찼던 시절이었다.

"나중에 생각해 보면 전부 추억이겠지?"

단비의 말에 다혜가 몸을 흔들며 말했다.

"나중이고 뭐고, 서로 계속 연락하기! 고등학교, 대학교 가서도, 아니, 죽을 때까지, 영원히! 그래야 만나든지 말든지 하지!"

단비는 세상에서 가장 소중한 친구들을 보며 환히 웃었다. 그리고 마음속으로 속삭였다.

'사랑하는 친구들아, 나와 함께 웃어 주고, 놀아 주고, 공부하고, 울고, 지지고 볶고 싸워 줘서 고마워.'

만약 이 시간 속에 영원히 머무를 수 있다면 머물고 싶을 만큼, 단비는 행복했다.

혼자 꾸는 꿈은 그저 꿈일 뿐이지만, 함께 꾸는 꿈은 반드시 이루어진다고 했다. 온 가족의 꿈이던 방 두 칸짜리 집에서 방 세 칸짜리 집으로 이사하자, 그 기쁨은 말 그대로 "무엇을 상상하든 그 이상"이었다.

오래전부터 엄마 아빠는 허리띠를 졸라매고 살아왔다. 사춘기의 예민한 두 딸이 한방을 쓰는 것이 안쓰러웠던 엄마 아빠는 집을 마련하기 위해 열심히 일했고, 알뜰하게 아끼며 돈을 모았다. 아빠는 회사가 멀리 파주에 있어 주말에만 집에 올 수 있었다. 엄마도 틈틈이 일을 다니며 힘을 보탰다. 그리고 드디어 가족들이 지낼 집을 구했을 때, 단비네 가족은 그저 꿈만 같았다.

'내 방이 생기다니!'

단비는 동생 지현과 이제 한방에서 지지고 볶지 않아도 된다는 해방감과 함께, 어떻게 방을 꾸밀지, 방에서 뭘 할지 하는 생각들로 몹시 설렜다.

'마음껏 늦잠도 자고, 공부도 하고, 일요일마다 빈둥대고, 실컷 어지르고, 내 세상을 만끽할 테다!'

단비는 자꾸만 실없이 웃음이 나왔다.

새집으로 이사한 뒤 처음 맞는 엄마 생일날, 단비네 식구는 주말을 맞아 집에 온 아빠와 함께 축하 파티를 열었다. 이쁘기 사 온 케이크와 엄마가 만든 닭볶음탕을 앞에 놓고, 함께 촛불을 끈 뒤 건배를 들었다. 엄마 아빠는 막걸리로, 단비와 지현이는 사이다로.

네 식구는 저마다 새집에서의 꿈을 이야기했다. 모두가 가족의 건강을 빌었고, 단비는 특히 아빠의 건강을 빌었다.

엄마 아빠의 땀 위에 서 있는 우리 가족.

단비는 기쁘면서도 코끝이 찡했다. 4학년 때던가, 그 회사는 왜 빨간 날도 일하냐며, 개천절에 출근하는 엄마에게 볼멘소리를 하던 아빠는 놀이터에서 단비와 지현을 데리고 놀다가 저녁 무렵 아이들과 함께 엄마를 마중 갔었다. 오늘같이 기쁜 날, 왜 그 생각이 나는 걸까?

단비는 사이다를 벌컥 들이켜고는 대뜸 말했다.

"아빠, 이다음에 크면 내가 아빠랑 같이 술 마셔 줄게. 특별히! 그리고 운전도 해 줄게. 아빠 음주 운전하면 안 되니까. 좋지?"

엄마 아빠는 하하하 웃음을 터뜨렸다.

깊어 가는 밤, 단비는 식구들과 사이다 잔을 부딪히며 온 마음을 담아서 다짐했다. 아빠가 힘든 거 조금이라도 덜어 드릴 수 있다면, 그래서 아빠가 조금이라도 쉴 수 있다면, 아빠, 나는 뭐든 할 거예요.

그리고 자기 방에 들어가, 엄마가 오래전부터 마련해 둔 지현과 똑같은 이불을 덮고, 똑같은 베개를 베고 잠들며 행복에 취했다.

자기 방이 생긴 두 딸을 위해 아빠가 새로 마련해 준 침대에 누워,

꼬마 숙녀들을 배려한 새 화장대를 흐뭇하게 바라보며.

"우리, 수능 끝나고 춘천 가자. 닭갈비 먹으러! 아침에 닭갈비 먹고, 점심은 막국수, 저녁에 다시 닭갈비! 볶음밥도 먹자!"

단비의 말에 다혜는 "으으으으!" 하고 치를 떨었다. 생각만 해도 기뻐서 살이 떨린다면서.

"뭐, 수능까지 기다리지 말고, 이대 앞부터 가 보자. 거기 치즈밥 끝내주는 데 있는데, 학교 구경도 할 겸 가자!"

다혜의 제안에 아이들은 귀가 솔깃해졌다. 이대 앞? 그리고 치즈밥?

물론 치즈밥도 먹고 싶었지만, 서울의 대학을 미리 구경하고 싶은 마음도 있었다.

단비와 친구들은 설레는 마음으로 서울행 지하철에 몸을 싣고 이대 앞으로 진출했

다. 수많은 사람들이 번잡하게 오가는 낯선 곳이었지만, 전혀 기죽지 않고, 표지판을 따라 씩씩하게 이대 앞으로 진격했다. 어쩌면 미래에 자신들이 들어갈지도 모르는 대학으로!

멀리 이대 건물들이 보였다. 하지만 교문에 가까이 갈수록 수도 없이 음식점들이 나타나자 견딜 수가 없었다. 결국 이대는 정문만 쳐다보고는 치즈밥 식당으로 직행했다. 그리고는 마파람에 게눈 감추듯 치즈밥을 먹어 치웠다.

"야, 간에 기별도 안 간다."

아이들은 까르르대며 마치 가게를 통째로 먹어 치우려는 듯 닥치는 대로 시켜 먹었다. 그 바람에 민하와 은비의 한 달 용돈은 바닥났고, 아이들의 배가 터지지 않은 게 다행이었다.

"우리, 다음에도 또 가 보자. 이번엔 새로운 곳으로!"

돌아오는 차 안에서 짧은 여행의 맛을 곱씹으며 다혜가 말하자, 단비는 멀리 보이던 이대 건물들을 떠올리며 흐으음 한숨을 내쉬었다. 노력하면 꿈은 정말 이루어지는 걸까? 진실로 바라면, 아픈 사람을 도와주고 싶은 단비의 꿈이 정말로 이루어지는 것일까?

단비는 다시 한숨을 내쉬며 다짐하듯 말했다.

"우리, 죽어라 열심히 공부하자. 꿈을 생각하며, 2년 죽었다 생각하고 열심히!"

단비는 정말로 공부도 열심히 했다. 물론 틈틈이 친구들과 스트레스도 풀었다. 친구들과 신나게 먹어 대며 수다를 떨고, 노래방에서 목청껏 노래를 불렀다.

어느 날 노래방에서 민하가 유연하게 춤을 추기 시작하자 단비는 핸드폰으로 동영상을 찍었다.

"야, 너는 사진 찍는 거 싫어하면서, 도촬이닷!"

친구들이 뭐라 했지만, 단비는 멈추지 않았다. 이 순간을 멈출 수 있다면, 이 작은 핸드폰 속에 가둘 수 있다면……! 민하의 현란한 율동에 카메라의 초점이 흔들렸다. 단비는 웃고 있는 친구들을 보며 한 손을 흔들었다.

'너희가 내 친구여서 고마워. 너희 같은 친구가 있어서 행복해.'

그렇게 열일곱 살 소녀, 단비의 시간이 흐르고 있었다.

"아빠다!"

단비와 지현은 자동차 경적 소리를 듣고 동시에 소리쳤다. 오늘 밤 단비네 가족은 밤 여행을 떠난다.

자동차가 고속도로로 접어들자 단비가 아빠를 위해 준비해 둔 최신 곡들을 틀었다.

"어, 하나도 모르겠다. 이게 우리 딸이 좋아하는 노래냐?"

단비는 "응, 아빠" 하고 인피니티의 노래를 따라 흥얼거렸다. 그러다 어둔 밤길을 날려가는 자동차에서 까무룩 잠이 들었다.

아빠는 백미러로 잠든 두 딸의 모습을 힐끗 보고는 싱긋 웃었다. 가족을 위해 뭐라도 해 주고 싶지만 회사 일 때문에 가족과 함께 보내는 시간이 적은 아빠는 가족과 밤 여행이라도 하고 싶었다.

이윽고 자동차는 채석강의 밤 바닷가에 도착했다. 불어오는 바닷바람에 단비와 지현이 몸을 움츠리자 아빠가 바람을 막고 섰다. 단비는 아빠가 마치 세상의 풍파로부터 가족을 보호하듯, 바닷바람으로부터 엄마와 두 딸을 든든히 막아선 것 같았다. 단비는 아빠를 부둥켜안으며 새삼 가족의 고마움을 느꼈다.

'엄마 아빠, 고마워요. 다음 세상에 태어나도 엄마 아빠 딸로 태어날 거예요. 우리가 함께 먹은 음식들, 우리가 함께 보았던 영화들, 오래오래 기억하면서요.'

엄마 아빠에게 단비와 지현이 선물 같았듯이, 단비에게도 가족은 인생의 선물이고 축복이었다.

"돌아오는 아빠 생일에는 할머니가 주신 용돈으로 같이 아빠 선물 사자."

바람을 등지고 속삭이는 단비의 말에 동생 지현도 크게 고개를 끄덕였다. 환한 웃음과 함께.

아, 참 행복했다.

참 행복한 아이, 단비

그래도 나는 동생이 좋아

안산 단원고 2학년 10반 **이소진**

Beautiful Photo

1. 2015년 여름, 항상 마음은 있었지만 미루고 못 찍었던 가족사진을 찍었다.

2. 유치원 때는 예쁜 사진을 많이 찍었다. "어때요, 예쁘지요?"

3. 초등학교 6학년 여름, 이 세상에서 가장 사랑하는 동생 원석이와 해바라기 밭에 갔다.

그래도 나는 동생이 좋아

소진이는 알람 시계가 울리기도 전에 눈을 떴다. 5시 55분. 아, 5분은 더 잘 수 있었는데…… 아쉬운 마음에 눈을 감고 이불을 뒤집어썼다가 불에 덴 듯 깜짝 놀라 일어났다.

"또 지각하면 안 되지."

베란다로 나가 바깥부터 내다봤다.

"밤새 눈이 온 건 아니겠지?"

벌써부터 눈 내린 출근길을 걱정하게 될 줄이야. 소진이는 갑자기 직장인이 된 것 같아 슬며시 웃음이 났다. 여섯 살 동생 원석이를 어린이집에 데려다주고 등교를 하면서부터 생각도 생활도 예전과 많이 달라졌다.

좀 더 의젓하고 어른스러워졌다고나 할까? 소진이는 그런 변화가 부담스럽고 힘겨운 면도 있었지만 싫지는 않았다. 무엇보다 원석이를 사랑하고 엄마를 돕는 일이니까 조금 힘든 것쯤은 거뜬히 이겨낼 수 있었다. 그런데 그 때문에 학교에 지각을 해야 한다면? 그건 좀……, 고개가 갸웃해졌다.

원석이는 늘 예상을 뒤엎는 변수였다. 며칠 전 일이다. 그날따라 원석이는 잠이 부족했는지 뭐든지 다 싫다고 고개를 흔들면서 찡찡대기만 했다. 겨우겨우 시간에 맞춰 원석이를 끌다시피 해서 엘리베이터를 타고 내려왔는데, 밖에 눈이 펄펄 내리고 있었다.

"우아~ 눈이다."

원석이는 눈을 보자마자 눈 위를 폴짝폴짝 뛰어다니며 좋아했다. 눈은 밤새 내렸는지 꽤 많이 쌓였다. 바람이 불어 눈보라가 치고 날씨가 몹시 추웠지만 소진이는 원석이의 손을 꼭 잡고 씩씩하게 어린이집으로 갔다. 그런데 어린이집 문이 닫혀 있었다. 눈 때문에 길이 꽁꽁 막혀 어린이집 선생님 출근이 늦어진 것이다.

소진이는 고민이 되었다. 마냥 기다려야 할까, 원석이를 두고 그냥 가야 할까. 조금 더 지체했다가는 지각이라 마음이 무척 복잡했다. 그런 누나의 마음 같은 것은 아랑곳하지 않는다는 듯 원석이는 춥다면서 발만 동동 굴렀다.

그때 어린이집에 같이 다니는 친구가 아빠 승용차 안에서 원석이를 불렀다.

"원석아."

원석이가 돌아보자 아저씨가 자동차 문을 열고 말했다.

"원석아, 추우니까 차에 타. 우리도 선생님 오시기 기다리는 중이야."

소진이는 아저씨께 고맙다는 인사를 하고 원석이를 차에 태웠다.

"원석아, 친구랑 차 타고 있다가 선생님 오시면 들어가. 누나는 학교 갈게."

"싫어. 누나, 가지 마."

원석이 고개를 세차게 저으면서 울먹였다. 아저씨가 원석이를 달랬다.

"원석아, 누나 학교 가야지. 친구랑 놀고 있으면 선생님 금방 오실 거야."

하지만 원석이는 소진이가 가려고만 하면 울음을 터뜨렸다.

"으앙~ 누나 가지 마."

소진이는 어쩔 줄 몰랐다. 엄마한테 문자를 보내고 원석이를 달래고 시계를 보고 발을 동동 굴렀지만 원석이의 불안을 잠재울 수 없었다. 엄마는 회사에서 문자를 보냈다.

"눈 때문에 교통이 마비되어서 그런 거니까 학교 선생님도 이해해 주실 거야."

선생님은 엄마 말대로 소진이의 지각을 이해해 주었다.

"소진이가 동생 챙기느라 고생이 많구나."

다행히 지각 처리는 안 되었지만 마음이 편한 것은 아니었다. 소진이는 동생을 돌보느라 지각했다는 말 같은 건 하고 싶지도 듣고 싶지도 않았다.

밖이 깜깜해서 잘 보이지는 않았지만 눈이 내리지는 않았다. 휴우, 다행이다. 소진이는 베란다 문을 서둘러 닫고 화장실로 갔다. 긴 머리를 감고 말리려면 소희 언니보다 부지런해야 했다.

소진이가 머리를 감고 거실로 나와 보니 원석이는 부스스한 꼴로 식탁 의자에 앉아 졸고 있었다. 소진이는 원석이 손에 숟가락을 쥐어 주며 말했다.

"원석아, 한 숟가락이라도 먹어야지. 그럼 누나가 학교 갔다 와서 노래 가르쳐 줄게."

노래라는 말에 원석이 잠이 깬 듯 물었다.

"무슨 노래?"

"뷰티풀 마이 걸."

"진짜? 나 그 노래 좋아하는데."

원석이는 노래를 좋아한다면서도 밥은 먹지 않았다. 시계는 벌써 7시를 넘어서고 있었다. 집에서 어린이집까지 20분, 어린이집에서 학교까지 30분. 8시까지 지각하지 않고 학교에 가려면 서둘러야 했다. 소진이가 밥을 떠먹여 주려 하자 원석이는 벌떡 일어나 화장실로 들어갔다.

"누나, 응가."

소진이는 한숨이 나왔다. 원석이는 늘 어디로 튈지 모르는 럭비공 같았다. 똥 마렵다는데 뭐라 할 수도 없고, 소진이는 방에 들어가 학교 갈 준비를 마친 다음 원석이 옷을 챙겨 화장실 앞에서 기다렸다.

"얼른 나와. 누나 지각하면 안 돼."

"왜 안 되는데?"

진짜 몰라서 묻는 건지 알면서도 능청을 떠는 건지 원석이의 질문은 언제나 엉뚱하

그래도 나는 동생이 좋아

고 황당했다.

"안 되니까 안 되지."

소진이도 대답 아닌 대답을 하며 급하게 옷을 입히려고 했다. 원석이는 고개를 흔들며 옷을 밀어냈다.

"오늘은 그 옷 안 입을 거야. 파란색 점퍼 입을 거야."

"뭐야, 아무거나 입어."

소진이는 소리를 꽥 지르면서도 파란색 점퍼를 찾으러 방으로 들어갔다. 꿀밤이라도 한 대 먹여 주고 싶은 마음이 굴뚝같았지만 발을 쿵쿵 구르며 참아 냈다.

'참는 것이 이기는 것이다'라는 진리를 터득해서가 아니라, '해 달라는 대로 해 주는 것이 시간을 절약하는 것'이라는 원석이 고집 대처법을 진즉에 세워 둔 덕분이었다.

몇 번의 실랑이 끝에 겨우 집을 나섰다. 바깥바람은 차고 매웠다. 소진이는 아침을 굶은 원석이가 아무래도 마음에 걸렸다. 우유라도 하나 사서 먹여야 마음이 편할 것 같았다. 후다닥 편의점으로 가서 따뜻하게 데워진 우유를 사서 빨대를 꽂아 원석이에게 주었다.

"원석아, 시간이 없으니까 가면서 먹어."

원석이는 우유를 받아들고 말했다.

"누나는 안 먹어? 누나도 밥 안 먹었잖아."

누나를 생각해 주는 원석이의 한마디에 소진이는 그동안의 시름이 봄눈 녹듯 사르르 녹아내렸다.

"원석이 많이 컸네. 누나도 생각해 주고. 하지만 누나는 괜찮아. 키 다 컸으니까. 원석이는 앞으로 쑥쑥 커야 하니까 잘 먹어야 하고."

"그래도 누나도 쫌만 먹어. 배고프잖아."

원석이는 우유를 한 모금 빨아 먹은 다음 소진이에게 주었다. 소진이는 그런 원석이 마음이 고맙고 기특해서 한 모금 마셨다. 동생 한 모금, 누나 한 모금, 그렇게 우유를 마시며 어린이집에 갔다. 소진이가 원석이 입가에 묻은 우유를 닦아 주며 말했다.

"원석아, 잘 놀고 있어. 누나 학교 갔다 올게."

"응, 누나도 잘 다녀와."

원석이 손을 흔들었다. 소진이는 원석이 어린이집 안으로 들어가는 걸 보고 뒤돌아서며 시계를 봤다. 7시 37분. 남은 시간은 23분. 23분 만에 학교까지 뛰어갈 수 있을까?

소진이는 뛰어서 횡단보도를 건넌 다음 화랑유원지로 들어섰다. 학교까지 바로 가는 버스가 없어서 걸어가는 게 더 빨랐다. 겨우 50미터 뛴 것 같은데 숨이 차고 배가 아팠다. 하는 수 없이 뛰기를 멈추고 최대한 빠른 걸음으로 걷기 시작했다.

소진이는 어렸을 때부터 몸이 약했다. 기억이 나진 않지만 6개월 때는 장이 꼬여서 죽을 고비를 넘겼다고 했다. 소진이는 원석이 6개월 때를 기억했다. 바로 뉘어 놓으면 발딱 뒤집고 뭐라고 옹알거리는 게 그렇게 예쁘고 귀여울 수가 없었다. 그런 애기가 아파서 입원을 하고 수술을 했다고 생각하면 소진이는 스스로가 불쌍해서 눈물이 날 지경이었다.

'원석이는 건강하게 잘 자라서 정말 다행이야. 내가 잘 보살펴 줘야지.'

그런 생각을 하다 보니 다리가 부러졌던 초등학교 1학년 때가 떠올랐다. 어렴풋하지만 소진이는 그때 일을 기억했다. 시골 할머니 댁에서 스카이콩콩을 타다가 넘어졌는데 그만 다리가 부러져 버렸다.

한 달을 입원하고 퇴원했지만 걸을 수가 없어 학교는 엄마 등에 업혀 다녀야 했다. 엄마는 소진이를 학교까지 업어다 주고 일하러 갔다가 2교시 쉬는 시간과 점심시간에 다시 학교에 와서 화장실에 데려다주었다.

'그때 엄마는 얼마나 힘들었을까?'

그래도 나는 동생이 좋아

이소진

그 일만 생각하면 소진이는 엄마한테 미안하고 고마웠다.

소진이가 중학교 때는 천식을 앓았다. 중학교 1학년 때 감기에 걸려 기침을 하기 시작했는데, 약을 먹어도 낫지 않고 점점 심해지더니 나중에는 숨 쉬기가 힘들었다. 응급실에 가서 산소 호흡기를 꽂으면 좀 나았다가도 장마철과 환절기가 되면 다시 호흡 곤란 증상이 왔다.

특히 시험 기간에는 더욱 심해져서 밤 11시에 몇 번이나 응급실에 가야 했다. 그럴 때마다 엄마 아빠는 소진이 옆에서 마음을 편하게 해 주려고 애썼다.

"소진아, 시험은 되는대로 봐. 너무 걱정하지 말고. 네가 너무 예민해서 그래."

"맞아. 소진아. 아빠는 네가 건강하기만 하면 돼."

엄마 아빠의 위로를 받으며 고대병원에서 1년간 지속적으로 치료를 받은 끝에 소진이는 천식을 이겨 냈다.

'그래, 나는 할 수 있어. 그 힘든 천식도 이겨 냈잖아.'

소진이는 시계를 보며 걸음을 빨리했다. 화랑유원지의 나무들이 휙휙 뒤로 밀려났다. 칼날 같은 세찬 바람이 나뭇가지를 흔들고 있었다. 앙상한 가지만 남은 겨울나무. 나무는 겨울이면 죽은 듯이 버티고 섰지만 봄이 되면 잠에서 깨어나듯 새싹을 틔운다. 봄 여름 가을 겨울 계절에 따라 몸을 바꾸면서 어느 순간 보면 쑥 자라 있다. 소진이는 그런 나무들이 신기하고 좋았다.

소진이도 곧게 쭉 뻗은 나무처럼 쑥쑥 자랐다. 키 172센티미터, 누구나 부러워하는 날씬한 몸매에 얼굴도 예뻤다. 멋모르던 초등학교 때는 키 큰 것을 자랑하지 않았지만 차츰 학년이 올라가면서 거울 앞에 서는 시간이 많아졌다. 소진이가 거울 앞에 서서 이리 보고 저리 보고 몸단장을 할 때면 엄마 아빠는 싱글벙글 웃었다.

엄마가 "아유, 저 다리 긴 것 좀 봐" 하면 아빠는 "나 닮아서 그렇지" 했다. 소진이는 그런 말들이 참 듣기 좋았다. 엄마 아빠의 사랑을 한 몸에 받은 것 같아 마음이 뿌

듯했다.

친구들은 소진이의 몸매를 엄청 부러워했다. 미래의 꿈이나 직업에 대해 얘기할 때면 빠지지 않고 모델 이야기를 했다.

"소진아, 너는 모델이야. 모델 해."

하지만 소진이는 모델에 그렇게 끌리지 않았다. 모델보다는 다른 일이 하고 싶었다. 소진이가 정말 잘할 수 있고 좋아하고, '이거 아니면 안 돼' 하는 생각이 들 정도의 일, 그 일이 무슨 일인지는 잘 모르겠지만 그 일을 찾아서 해내고 싶었다.

7시 49분, 남은 시간 11분. 길이 미끄러웠다. 눈이 녹았다 얼면서 곳곳에 빙판이 생겼다. 소진이는 긴 다리로 마른 땅만 골라 디뎠다. 건강을 위해 시작한 요가가 빙판길을 걷는 데 도움이 되었다.

소진은 요가를 즐겼다. 시간에 구애받지 않고 집에서도 할 수 있고 격렬하지 않아서 좋았다. 꾸준히 지속적으로 하면 효과까지 만점! 요가는 소진이가 좋아하는 수학 공부와도 닮아 있었다. 요가에서 이런 자세 저런 자세를 취하듯이, 수학 문제를 이렇게 저렇게 풀어 가다 보면 어느 순간 '아하!' 하는 느낌이 왔다.

그렇게 무언가 풀리는 느낌이 좋아 열심히 수학 문제를 풀고, 꾸준히 요가를 하면서 유연하고 단단한 몸을 만들었는데 고등학교에 올라오면서부터 두통이 찾아왔다. 견디기 힘들 때는 보건실을 찾아가 두통약을 받아먹었다.

그 횟수가 늘어가자, 보건 선생님이 너무 자주 아픈 것 같다며 병원에 가서 검사를 받아 보라고 했다. 소진이는 어떻게 할까 고민하다 엄마 아빠와 의논했다. 이리저리 일정을 맞춰 보던 엄마가 수학여행 다녀와서 금요일에 엠아르에이(MRA)도 찍고 정밀 검사를 받아 보자고 했다.

소진이는 정밀 검사에 기대를 걸었다. 제발 의사 선생님이 "아무 이상 없습니다, 공부 스트레스가 문제군요" 하고 말하길 기도하고 또 기도했다. 엄마 아빠가 바라는 것도 오직 하나 건강이라는 걸 소진이는 알고 있었다. 건강만 받쳐 주면 마음껏 공부하면서 하고 싶은 일을 찾아낼 수 있을 것 같았다.

소진이는 자신의 성적에 만족하지 않았다. 항공사 승무원이나 사무원을 해도 어울릴 것 같다는 영어 학원 선생님 말씀을 듣고 영어 공부에 더욱 신경을 썼다. 항공사 승무원이나 사무원이 썩 끌리는 건 아니었지만 구체적인 목표를 세워 공부하고 싶었다.

그렇게 공부에 신경을 쓰면서도 소진이는 원석이 돌보는 일을 자청하고 나섰다. 원석이는 소진이가 6학년 때 태어난 띠동갑 동생이었다. 처음 태어났을 때 소진이는 원석이를 하늘에서 보내 준 천사라 여겼다. 애기 때는 우는 소리도 듣기 좋아 일부러 울려 보기도 했다. 그런 원석이가 멀리 차를 타고 어린이집에 다니느라 고생하고 있었다.

소진이는 그게 안타까워 엄마에게 말했다.

"엄마, 집에서 가까운 어린이집 있으면 그리 보내. 내가 데려다주고 등교할게."

"저 아래 사거리에 어린이집은 있지만 네가 그럴 수 있겠어?"

"그럼, 엄마. 할 수 있지."

엄마는 소진이를 믿었다. 초등학교 3학년에서 6학년까지 성당에서 복사를 섰는데, 새벽 미사에도 빠지지 않고 끝까지 자기가 맡은 일을 해냈다. 소진이는 한번 한다면 할 수 있는 아이였다.

사실 소진이는 잘할 수 있을까 걱정이 되었다. 원석이를 어린이집에 데려다주는 일은 보통 일이 아니었다. 하루도 걸러서는 안 되는 막중한 책임이 따르는 일이었다. 그것도 가장 바쁜 아침 시간에 말이다. 그런데도 엄마는 두말없이 소진이가 할 수 있을 거라 믿고 그 일을 맡겨 주었다. 소진이는 엄마의 기대를 저버리고 싶지 않았다.

'잘할 수 있어.'

그리고 실제로도 잘했다. 하지만 정말 싫고 게으름을 피우고 싶을 때도 있었다. 바로 친구들과 놀 때였다. 소진이에게는 친구들과 노는 시간도 소중했다. 친구들과 노는 시

그래도 나는 동생이 좋아

간은 날이면 날마다 오는 게 아니었다. 시험이 끝나거나 특별한 일이 있을 때 겨우겨우 시간을 내서 노는 거였다. 그런데도 소진이는 시간이 되면 자리에서 일어나야 했다.

"미안, 나 원석이 데리러 가야 해."

친구들은 그런 소진이를 이해하지 못했다.

"소진아, 네 인생은 없냐? 네 인생도 즐길 줄 알아야지."

붙잡는 친구들을 떨치고 원석이에게 가는 소진이의 발걸음은 언제나 무거웠다. 친구들과 노는 시간까지 쪼개 원석이를 돌봐야 하다니! 엄마도 있는데 이건 좀 너무하지 않아? 그런 생각도 했다.

그러나 막상 어린이집이 가까워지면 발걸음이 빨라졌다. 환하게 웃으며 달려 나올 원석이를 생각하면 웃음이 났다. 뭘 해 줄까, 뭘 하고 놀까, 원석이랑 하고 싶은 일만 생각났다. 집에 와서는 누나표 계란말이, 비빔국수, 떡볶이도 해 주고, 그림도 그리고 노래도 부르며 놀았다. 그런 시간에는 머리 아픈 것도 잊었다.

어느 날 원석이가 말했다.

"누나가 선생님이면 좋겠어."

그 순간 소진이는 머릿속에 환한 불이 들어온 것 같았다.

"유치원 선생님."

좋아하고 잘할 수 있고 하고 싶은 일을 찾은 것이다. 원석이가 그 일을 찾아 주었다. 소진이는 원석이를 꼭 안아 주며 유치원 선생님이 된 자신의 앞날을 그려 보았다. 아주 행복하고 보람 있는 생활이 될 것 같았다. 엄마한테도 의견을 물었다.

"엄마, 나 유치원 선생님 하는 건 어때?"

"엄마는 네가 어떤 일을 해도 좋아. 우리 소진이가 행복하기만 하다면."

엄마의 대답은 소진이가 예상한 그대로였다. 엄마는 항상 소진이 편이었다. 그날부터 소진이는 유치원 선생님이라는 꿈을 가졌다. 세상에서 가장 사랑하는 동생 원석이가 준 선물이었다.

어느 새 교문이 보였다. 아직 2분이 남았다. 소진이는 조금 더 힘을 냈다. 꿈이 있다는 것은 정말 멋지고 좋은 일임에 틀림없었다. 머리 아픈 것도 다 잊고 날 듯이 웃으면서 교실에 들어설 수 있는 걸 보면.

춤 잘 추는 영원한 반장

안산 단원고 2학년 10반 **이해주**

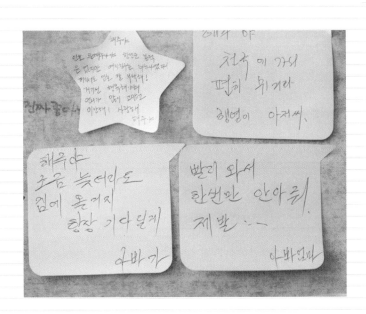

1. 2013년 봄 전남 구례 할아버지 댁에 갔다.
아빠, 엄마, 언니와 함께 노고단에 올라 지리산을 배경으로 찍었다.
2. 2000년 2월 네 살 때 증조외할아버지 댁에서 예쁜 짓 하는 아기 해주.
3. 단원고 1학년 9반을 행복하게 이끌었던 반장 해주의 학생증 사진.

춤 잘 추는 영원한 반장

"엄마, 예쁜 해주가 같이 자 줄까?"

초등생 이해주(李海珠)가 아양을 떤 지 몇 분 지나지 않아 엄마 조혜윤(趙慧倫)은 잠들었다.

"엄마, 잘 자."

해주는 엄마 뺨에 입을 맞추고 방에서 나왔다.

공장에서 밤새 일하고 온 엄마는 낮에 자야 했다. 다행히 일요일이어서 엄마 얼굴을 볼 수 있었다. 아빠마저 일하러 가는 날에는 언니와 둘이서 라면을 끓여 먹는 날이 많았다. 방 두 칸짜리에 살 무렵이었다. 야근한 엄마가 잠든 일요일에는 아빠가 점심을 차려 주었다. 해주는 아빠가 시키는 대로 언니와 냉장고 문을 열고 반찬을 꺼냈다. 김치 그릇을 든 해주는 살금살금 걸었다. 혹시나 잠든 엄마가 깰까 봐서였다. 두부 부침 접시를 든 언니도 입을 꼭 다물고 고양이처럼 걸었다. 김치를 두 손에 받쳐 든 해주는 무릎을 살짝 들었다 발을 살며시 바닥에 디뎠다. 언니도 발소리가 날까 봐 터지려는 웃음을 참아 가며 까치발로 조심스레 걸었다. 영화 속 느린 동작으로 움직이는 주인공이 된 기분이랄까, 아슬아슬한 밥상 차리기는 은근히 기다려지기까지 했다.

엄마가 곤히 잠들려면 그릇 달그락대는 소리를 내서는 안 되었다. 달에서 걷는 우주인처럼 우스꽝스럽긴 해도 아빠와 점심 먹는 놀이는 언제나 재미있었다. 김치 그릇을 무사히 식탁에 내려놓은 해주는 수저통을 열었다. 아빠가 차려 놓은 밥그릇에 수저를 놓는 순간 그만 탕! 소리를 내고 말았고, 누가 먼저랄 것도 없이 세 사람은 쉿! 소리를 내며 입을 틀어막았다. 그리고 동시에 얼굴을 쳐다보았다. 손으로 입술을 막은 해주는 킥킥댔고, 안도하는 한숨을 내쉬고서야 식탁에 앉았다. 아빠가 첫술을 뜨자, 해주는 밥을 맛있게 먹기 시작했다.

중학교 시절 해주는 아버지 증명사진을 지갑에 넣고 다녔다.

"해주야, 너희 아빠 어떻게 생겼어?"

친구들이 물으면 즉시 꺼내서 보여 주기 위해서였다.

"너희 아빠 잘생겼다."

다른 친구들 아빠들은 별로라고 시큰둥해하던 애들이 아버지 사진을 보고 부러워하면 해주는 기분이 좋았다.

"이(李), 균(均) 자, 술(述) 자 우리 아버지 미남이지?"

"아버지? 넌, 아빠가 아니라 아버지라고 불러?"

친구들이 놀라면 해주는 자신 있게 답했다.

"응, 난 아버지야."

초등생 때는 심지어 친구들이 어리둥절해하며 너희 아빠 아니냐고 묻기까지 했다.

그때마다 해주는 "아니, 우리 아빠 맞아"라고 답했다.

어려서부터 해주는 아빠 대신 아버지라 부르기를 버릇해 왔다. 아버지 이균술은 딸들에게 그렇게 가르쳤다.

해주는 손재주가 좋았다. 초등 6학년 때부터 엄마 재봉틀을 가지고 놀았다. 엄마가 손 다친다고 만지지 말라고 했건만, 해주는 남들이 하는 것을 보면 이내 손으로 따라 했다. 자투리 천으로 필통, 인형, 실내용 슬리퍼, 부엌 장갑을 척척 만들어 냈다.

손바느질도 잘했다. 언니 치마와 바지는 물론 친구들 치마를 고쳐 주고는 2천 원을 받았다. 옷 수선만 한 게 아니었다. 꽃종이와 은박지로 반지도 만들고, 실로 코바늘뜨

기도 하고, 구슬 공예로 강아지도 만들었다. 해주가 눈썰미가 빼어났던 것은 아버지를 닮아서였다. 아버지 이균술은 못 하는 게 없었다. 주산, 타자, 컴퓨터 강사를 지냈고, 열쇠 제작, 용접, 도배, 페인트칠, 방 수리 그야말로 만능 해결사였다.

해주는 옷 타령을 하지 않았다. 옷을 하나 사면 언니와 서로 돌려 입었다. 친구들끼리 시내에 옷을 보러 나가도 1~2만 원 넘는 것은 사 본 적이 없었다. 손재주가 그러했듯 해주가 검소한 생활이 몸에 밴 것은 순전히 아버지에게서 비롯된 것이었다. 아버지는 통장을 마련한 신협에 딸 둘을 데리고 다녔다. 서너 살 된 해주는 아빠와 손을 잡고 동전을 저금하는 버릇을 들였고, 초등 6학년 때는 용돈 기입장을 썼다. 설거지하면 100원, 방 청소하면 200원, 화장실 청소는 300원 하는 식으로 용돈을 벌면 꼬박꼬박 기입장에 기록해 나갔다. 소풍을 가도 500원이나 쓸까, 남은 돈은 저금했다.

남들 다 갖는 휴대 전화도 해주는 중학 1년 때 손에 넣었다. 그 무렵 집에서는 와이파이가 안 되었다. 그런데 창가에 바짝 붙으면 옆집에서 쓰는 와이파이가 터졌기에 해주는 창가에서 친구들과 소식을 주고받곤 했다.

해주가 중학생일 때 겨울 잠바 노스페이스가 애들 사이에 유행한 적이 있었다. 해주는 엄마에게 사 달라고 졸랐고, 비싼 것은 안 된다고 모르쇠 했던 엄마는 한참 만에야 아버지 몰래 사 주었다. 결국 어느 날 아버지에게 들켰고, 한겨울임에도 해주는 겨울 잠바를 입지 못했다. 엄마는 검은 잠바를 중학생들이 너 나 할 것 없이 교복처럼 입고 있음을 알고 있었다. 혹시 해주가 왕따라도 당할까 봐 사 준 것인데, 그 꼴이 보기 싫었던 아버지는 비싼 잠바 입는 것을 허락하지 않았다.

해주가 고교생이 되자, 아버지는 두 딸에게 말했다.

"우리 해주가 대학 졸업할 때까지만 이렇게 살자. 엄마도 직장 다니며 고생하잖아. 해주가 졸업하면 좋은 차도 사고, 먹고 싶은 거 먹고, 사고 싶은 거 사면서 살자. 그때까지만 참자."

해주는, 자식들 피아노 학원비와 학비를 마련하려고 엄마가 공장을 다니고 있음을 잘 알고 있었다. 초등학생 때 엄마가 야근에 들어가면 엄마 얼굴을 4, 5일 만에 본 적도 있었다. 중학생이 되어서야 피자를 먹을 수 있었지만 엄마가 고생하는 걸 알기에 불평한 적이 없었다. 심통을 부리기는커녕 엄마가 소설책을 사다 줘서 고마웠다. 엄마와 언니가 차례대로 《목민심서》와 《눈먼 자들의 도시》를 읽고 나면 해주가 뒤를 이어 읽기 마련이었다.

주야간 작업하는 공장에 다니지만 엄마는 딸들과 나들이하는 데 소홀하지 않았다. 서울대공원, 에버랜드, 인사동 미술관, 만화캐릭터 전시장인 강남 코엑스에도 딸들을 데리고 다녔다. 야근을 마친 엄마와 언니하고 셋이서 조조 영화를 본 것은 남들은 모르는 색다른 경험이었다. 약속 장소인 중앙동 메가 박스에 퇴근한 엄마가 오면 오전부터 세 모녀가 영화 보기를 즐겼다.

교실에서는 청소 뒷정리까지 책임지는 해주였지만 가끔 엄마 속을 썩이곤 했다. 집 안에서 세탁기에 든 빨랫감을 꺼내는 것은 해주 몫이었다. 엄마는 빨래 꺼내는 당번을 해주에게 맡겼다. 키가 167센티인 해주가 빨래를 쉽게 꺼낼 수 있기에 부탁한 건데, 해주는 자기만 시킨다고 짜증을 부리기 일쑤였다. 중학생 때는 심통이 나서 울기까지 한 적도 있었다.

언니하고는 설거지 때문에 자주 다투었다. 꼬맹이일 때는 서로 먼저 하려고 옥신각신했는데, 머리가 크고 나서는 설거지를 누가 하느냐를 두고 언니와 말다툼을 벌였다. 그때마다 엄마는 속상해했고 해주는 방문을 걸어 잠그고 틀어박혔다가도 엄마 속을 풀어 주기를 잊지 않았다.

텔레비전을 보는 엄마에게 말했다.

"엄마 집 사 줄까?"

"네가 집 사 주게? 우리 막내가 집 사 주면 엄마야 좋지."

"이담에, 항공정비사 되면 돈 많이 벌어서 엄마 집 꼭 사 줄게."

"나도 반장 해 볼까?"

단원고 1학년 2학기, 반장을 꿈꾼 해주는 넌지시 집안에서 말을 꺼내 보았다.

"아버진, 네가 안 했으면 좋겠다. 반장이 되면 학교도 자주 가 봐야 하고, 학급에 이것저것 하자면 돈도 적잖이 들 텐데, 우리가 그럴 형편이 못 되는 거 알잖아."

"체육 대회나 행사 때마다 학교에 찾아가야 하는데, 공장에 다니는 엄마로서는 엄두가 안 난다. 돈을 모아 애들 반 티셔츠도 해 줘야 하는데…… 엄마들이 뒷바라지하기 힘들다는 얘기 들었어."

해주는 부모님의 반대를 무릅쓰고 반장 선거에 출마했다. 친구들 추천을 받은 몇몇 후보자들이 경선에 나섰고, 선거 결과는 해주의 압도적 승리였다. 해주는, 서른한 명 친구들과 길선희 담임 선생님과 함께 급훈인 '함께하는 따뜻한 마음'으로, 1학년 9반이 가족처럼 지내기를 바랐다. 해주는 반장 노릇을 열심히 했다. 교무실에서 선생님이 일러 준 전달 사항은 빠짐없이 애들에게 전해 주었고, 학급에 문제가 있거나, 애들이 원하는 게 무엇인지를 알아내면 즉시 선생님에게 보고해서 문제를 해결했다.

해주와 친구들이 애쓴 결과, 1학년 9반은 왕따도 없고, 친구들끼리 사이가 좋아 애들이 집에 가서 부모님들께 "단원고에 오기를 잘했다"는 말을 할 정도였다. 9반 친구들은, 활달하지는 않지만 마음 넓고, 포용력 있는 해주를 믿고 따랐다.

해주는 일부러 멋을 내지 않았다. 치마를 가뿐히 줄일 줄 알았지만 무릎을 덮는 긴 치마를 입고 다녔다. 화장을 살짝 하지만 헐렁한 옷 입기를 즐겼다. 그런데 언제부터인가 친구들이 해주 옷차림을 따라했다. 상의를 찰싹 달라붙게 입던 친구들도 허리를 꽉 죄지 않는 편안한 옷을 입었다. 몸매가 드러나는 상의를 입고 뽐을 내던 아이들이 긴 치마와 헐렁한 티셔츠를 아무렇지도 않게 입었다. 학급회의 때 안건으로 나왔던 반 티셔츠도 해주는 싸게 만들어 보기로 했다. 아버지와 엄마의 걱정을 떠올리고 집안에 부담을 주고 싶지 않았다. 중앙동을 샅샅이 뒤진 끝에 멜빵과 티셔츠를 싼값에 맞출 수 있었다.

수다스럽지 않지만 해주는 학급을 활기차게 이끌어 나갔다. 반장이 된 김에 해주는 학생회 활동을 할까 '바른 생활부'를 할까를 고민했다. 누군가 입학사정관제를 생각하고 활동이 많은 바른 생활부가 좋다고 했지만, 해주는 그것보다는 학교생활을 더욱 알차게 하고 싶었다. 자기소개서, 담임 선생님 추천서, 학년 부장 선생님 추천서, 면담을 통해 해주는 바른 생활부에 뽑혔고, 교문에서 학생들 치마 길이가 짧은지, 화장이 짙은지, 점심 저녁때 몰래 학교를 빠져나가는지, 교문에서 친구들을 살펴보았다.

아침 시간에는 "학교 폭력을 예방합시다!" "욕설이나 상스런 말 말고 바른 말을 사용합시다!" 따위 구호를 외치며 봉사 활동에 매진했다. 그 결과, 해주는 1년에 두 명만 뽑는 봉사상을 받았다. 평소에는 교사가 뽑기 마련인데, 선생님이 애들한테 추천할 사람을 말해 보라고 하거나, 무기명으로 이름을 써내게 해도, 해주가 가장 많은 지지표를 얻었다. 해주는 선행상, 효행상도 받았다.

"1학년 때가 가장 재미있었어."

2학년에 올라와서도 친구들은 1학년 9반 시절을 잊지 못했다. 해주는 가족처럼 지낸 친구들과 보낸 한 해가 무척 행복했다. 야자를 한 첫날부터 애들과 스스럼없이 말이 통했다. 친구들과 얘기를 하면서 같은 중학교 출신으로 착각할 만큼 빨리 가까워졌다. 아이들은 하나둘 친해졌고, 소외당한 아이가 한 명도 없을 만큼 서로 좋아했고, 집에 가서도 '단체 카톡방'에서 자주 수다를 떨었다.

2014년 2월 14일, 해주가 반장 임기를 마치는 종업식 날. 1학년 9반 친구들은 교실 모니터에 시선을 집중했다. 이별 파티 하이라이트인 영상을 보기 위해서였다. 담임인 길 선생님이 한 해 동안 틈틈이 아이들 활동을 디지털카메라로 찍어 둔 터였다. 해주와 아이들은 자신들의 지나간 고교 1년을 돌아보기 위해 숨을 죽였다. 키 큰 해주가 친구들과 춤추는 영상이 나왔다. 해주는 춤추기를 무척 좋아했다. 집에서도 텔레비전에 아이돌 그룹이 나오면 그 자리에서 팔다리를 휘저으며 따라했다.

학교에서는 친구 열세 명과 춤 동아리를 꾸렸다. 동아리 친구들과는 사진관에 가서 사진을 찍었다. 축제 때마다 무대에 오르는 친구들끼리 손가락으로 가위 모양을 만들어 서로 턱밑을 찌르거나, 발을 죽 뻗은 몸짓을 해 가며 사진을 찍었다. 해주는 동영상을 한 번 보면 바로 춤을 따라 출 수 있었다. 주말마다 대형 거울이 벽을 장식한 청소년 수련관으로 춤을 추러 갔다. 아이돌 그룹 엑소의 〈으르렁〉이나 〈마마〉에 맞춰 아이들과 온몸을 흔들어 댔다. 올림픽기념관에도 거울을 보며 춤출 수 있는 공간이 있었다. 해주는 거울에 비친 자신의 몸을 눈으로 좇으며 온 힘을 다해 땀을 흘렸다.

방학 때는 출입 카드를 만들어 와동에 있는 '문화의 집'에서 연습하였다. 시험이 끝난 날에는 애들과 중앙동에 있는 '노블레스'나 '키스키스' 노래방에 자주 놀러 갔다. 해주는 어느 때는 돈을 모아 야자를 빼먹고 친구들과 노래방에 가기도 했다. 주말이나 저녁에 걸스데이의 〈썸씽〉을 부르고, 섹시한 춤을 따라 하면서, 공부하느라 쌓인 스트레스를 날려 버렸다.

해주는 학교 행사를 그냥 넘기지 않았다. 행사나 대회가 있다는 공지가 뜨면 애들과 힘을 합쳐 동영상 만들기에 나섰다. 아바의 〈댄싱퀸〉에 맞춰 영어로 노래 부르고 춤추는 연극을 만들었고, 학교 폭력 방지 예방 동영상을 만들어 우수상을 받았다. 체육 대회 날에는 노란색 반 티셔츠와 체육복 반바지를 입고 애들과 응원 연습에 몸을 아끼지 않았다. 가요를 짜깁기한 응원가를 부르고 공터에서도 율동 연습을 하였다. 에어로빅 대회에서는 주말에도 모여 연습한 끝에 1학년 9반이 2등을 하였다.

1학년 9반은 한 달에 한 번, 담임 선생님이 음악을 담당한 덕분에 음악실에서 생일 파티를 하였다. 그달에 생일을 맞은 아이들이 파티 주인공들이었다. 초코파이를 놓고, 그 위에 보름달빵을 얹고, 나이에 맞게 초를 꽂고 요구르트를 먹었다. 그리고 각자 자신의 꿈을 얘기했다. 책상에 붙여 놓은 해주의 좌우명은 '지금 잘하자'였다.

선생님, 치과 의사, 항공기 승무원으로 꿈이 바뀌며 수학과 과학을 좋아했던 해주는, 항공정비사가 꿈임을 밝혔다. 항공정비학과에 다니며 경비행기도 탈 수 있다고 꼬드긴 언니 이순미(李順美)의 영향이 컸음을 아이들에게 들려주었다.

어느 달에는 도시락, 밥, 참치, 고추장으로 반 전체가 비빔밥을 해 먹고, '안산 문화예술의 전당'에 단체로 연극을 보러 가기도 했다. '컵라면 데이'에는 선생님이 끓인 물로 애들이 전부 컵라면을 먹었고, 자율 활동하는 날에는 가사 실습실에서 떡볶이 파티를 하였다. '친구 사랑의 날'에는 눈여겨본 친구 몰래 도움을 주었고, 다들 '내가 너'의 수호천사가 되었다. 1학년 9반 아이들은 칭찬한 친구들 이름에 분홍빛 하트를 붙여 나갔다. 벽에 붙여 놓은 커다란 종이에, 나는 이러이러한 친구가 좋다, 누구를 칭찬한다, A가 B를 칭찬하고 B가 C의 장점을 말하면, 어느덧 모든 반원들은 서로를 아끼는 수호천사가 되기 마련이었다.

스승의 날에 해주는 담임 선생님을 위해 케이크를 준비했다. 그리고 교무실에서 교실로 오는 복도에 선생님이 발을 디딜 수 있는 종이 발자국을 오려서 깔아 놓았다. 종이 발자국을 밟으며 교실에 들어오는 선생님을 해주와 아이들은 손뼉을 치면서 맞이했다.

이별 파티를 하는 내내 1학년 9반 아이들은 웃거나 훌쩍였다. 수련회 갔을 때, 훈련 기구를 오르고 구르는 아이들, 고무 보트를 타고 물놀이와 물싸움을 하고, 반별 춤추기 대회에서 1등 한 영상을 마지막으로, 담임 선생님이 준비한 영상은 막을 내렸다.

아이들을 한 명씩 앞으로 불러낸 선생님은, '2013년 1학년 9반 사랑한다-길쌤이^^'를 새긴 연필을 한 자루씩 나눠 주었다. 선물을 받아 든 해주는 물론 아이들은 헤어지기 싫다고 서로 붙들고 울면서 이별을 아쉬워했다. 해주는 우는 애들을 달래 9반 수업을 했던 모든 선생님들을 일일이 찾아다니며 눈물로 인사를 했다.

살을 뺀다고 고구마를 저녁 끼니로 싸 가기도 했던 해주는 1학기 때 반장했던 민지와 저녁을 자주 먹었다. 문과를 택한 민지와는 2학년 때 헤어지게 되어 여간 서운한 게 아니었다. 그 애와 같은 교실에서 공부하지 못한다고 생각하면 가슴이 아팠다. 학교에서 집이 가까웠던 민지는 저녁이면 거의 날마다 해주를 자기 집으로 데려갔다. 떡볶이 만들기 선수인 민지는 다른 음식도 요리를 잘했다. 떡볶이는 물론 비빔밥, 짜장밥, 소시지와 냉동 돈가스를 굽고, 라면을 끓여 먹었다.

민지처럼 헤어지는 게 마음 아파서였을까. 1학년 9반 아이들은 2학년에 올라가더라도 친하게 지내자고 약속했다. 마침내 해주는 금요일엔 1학년 9반끼리 모여서 밥을 먹자는, '금구모'를 만드는 데 앞장섰다. 그 약속은 2학년에 올라서도 지켜졌고, 금요일에는 급식이 끝날 무렵, 해주와 1학년 때 9반 했던 친구들은 따로 모여 저녁을 먹었다.

특별 활동을 대학 탐방반으로 정한 2학년 해주는 이화여대와 한양대를 가 보면서 견문을 넓혔다.

2014년 4월 15일 수학여행 가는 날. 여행 가방을 들고 아이들과 복도를 나서던 해주에게, 수업하러 가는 1학년 때 담임인 길 선생님이 눈에 들어왔다.

환하게 웃으며 달려간 해주는 반가움에 와락 선생님 품에 안겼다.

"선생님 보고 싶었어요. 수학여행 가서 초콜릿 사 올게요!"

내 카페에 오는 사람들에게 천국을 보여 주고 싶다

안산 단원고 2학년 10반 **장수정**

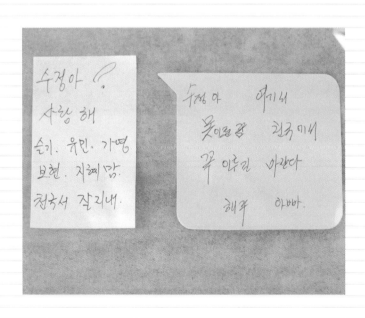

1. 단원고에 입학한 후 단정하게 교복을 차려입고 증명사진을 찍었다.
2. 초등학교에 입학하고 수정이가 미장원에 가서 처음으로 파마를 한 날이다.
때마침 눈까지 내려 수정이가 눈을 만지작거리며 즐거워하고 있다.
3. 수정이가 유치원 다닐 때 고창 선운사에 놀러가 사진을 많이 찍었다. 엄마는 수정이와 오빠의 모습을
오려 모아 한 장의 사진에 붙였다. 이 사진을 보는 일이 엄마에게는 큰 즐거움이었다.

내 카페에 오는 사람들에게 천국을 보여 주고 싶다

케이크 하나에 오빠 촛불, 수정이 촛불

1997년 8월 22일, 여름 땡볕이 조금 잔잔해진 날이었어.

이날은 수정이가 세상에 온 날이야. 만삭인 몸으로 여름을 지낸 엄마는 많이 지쳐 있었어. 수정이가 엄마 몸 안에 있었을 때 엄마도 보통 때에 비하면 체온이 조금 더 오르거든.

그런데 문제는 더위뿐만이 아니야. 엄마 몸은 천둥 번개가 치듯 우르릉 쾅쾅 아파서 난리가 났지만 수정인 엄마 몸 밖으로 나오질 못했어. 그 시간은 어찌나 길고 또 길던지. 조금만 더 힘을 주면 수정이가 쑥 세상 밖으로 나올 수 있을까 싶어 엄마는 용을 써 봤지만 그러면 그럴수록 터질 듯 엄마 몸만 아파 오고 수정인 아직 세상 밖으로 나오질 못했어.

이 일을 어쩌나. 수정이가 세상 밖으로 나오는 일이 다른 아기들보다 더 어려웠던 이유는 머리부터가 아니라 수정이 발부터 세상에 내밀었기 때문이래. 아기들은 몸에 비해서 머리가 커서 발부터 나오다가는 나중에 머리가 빠져 나오기 어려울 수도 있거든.

용케 세상 밖으로 나왔지만 너무 힘이 든 탓인지 수정이는 한동안 울지 않았어. 엄마는 속이 타들어 갔고 겨우내 언 물이 봄날에 녹듯 수정이 울음소리가 터지고서야 비로소 편하게 숨을 쉴 수가 있었어.

수정인 애기 때부터 엄마와 떨어지려고 하지 않았어. 수정이보다 딱 1년 먼저 태어난 오빠가 장염으로 병원에 입원했던 며칠간, 어린아이이긴 마찬가지인 오빠를 엄마가 돌봐야 해서 수정이를 아빠 친구네 집에 데려다 놓았단다. 어찌나 울었던지, 오빠가 퇴원해서 다시 수정이를 집으로 데려오기까지, 아빠 친구네 집에 있던 사흘 내내 울었던 탓에 목이 다 잠겨 있었지.

할머니가 널 업어도 까무러칠 듯 놀라며 발버둥 치고, 심지어는 아빠가 안으려고 해도 싫다고 달아나던 수정인 늘 엄마한테만 딱 붙어 있었어. 오죽하면 고모가 널 '껌딱지'라고 했을까. 그래도 엄마는 그런 수정이가 조금도 귀찮거나 싫지 않았어. 달려오면 안아 주고 울면 업어 줬어.

수정이가 아주 어렸을 때 아빠는 늘 일을 하느라 바빴지. 하숙생처럼 집에서 자고 먹고, 나머지 시간은 늘 바깥일에 더 마음을 쏟으며 살았어. 그때 엄마는 좀 외로웠던 것 같다. 그렇지만 엄마의 양쪽 옆엔 늘 수정이와 수정이 오빠가 있었어.

연년생이라 둘 다 어린 아이들을 업고 안고 버스를 타고 멀리 있는 엄마 친구 집까지 놀러 간 일도 있어. 다시 떠올려 보면 조막만 한 너희들을 내 품에 꼭 안고 셋이서 한 몸처럼 살았던 것 같아.

수정이는 오빠와 싸울 때는 드센 편이었어. 수정이 덤벼들면 혹여 오빠가 때리기라도 할까 봐 엄마는 오빠에게 늘 엄하게 대했어. 수정이를 때리기라도 한다면 그것이 자라서 나중에 오빠가 다른 여자를 대할 때도 좋지 않은 버릇으로 이어질까 봐 엄마는 내심 걱정이 되었어.

그래서 오빠에게는 절대로 동생을 때리지 못하도록 다잡았고, 수정이가 좀 사납게 오빠에게 대드는 건 그런대로 눈감아 줬던 것 같아. 그런 탓인지 자라면서 넌 점점 더 오빠에게 할 말 다하고 요구도 많아졌고, 또 오빠는 동생 말이라면 순응하는 그런 오누이로 자라더구나.

지금도 기억나는 8월 22일. 그날은 수정이와 오빠의 생일날이야. 1년이면 365일인데, 그 많은 날들 중에서 8월 22일, 어떻게 똑같은 날을 정해서 1년 차이로 너희 둘이 태어날 수 있을까. 엄마가 생각해도 참 신기해. 수정이와 오빠는 생일이 똑같은 날이었어. 그래서 생일날엔 늘 케이크에 켜진 촛불의 나이도 두 가지였단다.

세 살과 네 살, 그리고 다음 해에는 네 살과 다섯 살, 그리고 또 몇 해가 흐른 뒤에는 열두 살과 열세 살 그런 식으로 말이야. 엄마 곁에는 절대로 오빠가 앉지도 못하게 하면서 그래도 케이크에는 오빠와 나란히 촛불을 켜고 끄던 수정이가 엄마는 참 대견했어. 케이크에 욕심부리질 않는 너희들을 보며 오빠와 수정인 평생 서로 나누고 도우며 살아가는 남매가 되길 엄마는 맘속으로 빌고 또 빌었단다. 그런 덕인지 수정인 오빠와 함께 나누어 일하는 걸 좋아했어.

수정이가 볶음밥을 만들면 오빠는 설거지를 하라고 시키고, 수정이가 방을 쓸면 오빠는 걸레질을 하고. 수정이가 오빠를 불러서 일을 시키는 식이고 오빠가 제때에 하지 않으면 "빨리 해"라거나 "아, 좀" 하면서 짜증을 내곤 했지만 그래도 엄만 그렇게 둘이가 뭐든 함께 나눠서 하는 모습을 보며 마음이 참 든든했어.

몸 안에서 용기가 올라왔어

다섯 살이 되면 유치원에 갈 거라고 지난가을부터 엄마가 내게 말해 주었지만 엄마와 떨어져 있어야 하는 곳이라면 그곳이 아무리 장난감이 많은 곳이라고 해도 난 가기 싫다. 이 세상에서 가장 좋은 것을 내게 준다 해도 내게 엄마만큼 좋은 건 없다. 난 엄마가 세상에서 제일 좋다.

삼월이 되기 전에 나는 엄마하고 유치원에 미리 와 본 적이 있다. 그때 내 눈에 쏙 들어 온 건 정원에 있는 나뭇가지에 달린 새장이었다. 내 주먹 두 개를 합쳐 놓은 것보다 조금 더 큰 새장 안에는 새가 한 마리 앉아 있었다. 처음에 나는 진짜 새인 줄 알았다. 그런데 그 새는 조금도 움직이지 않고 울지도 않는다는 걸 난 금방 알아 버렸다. 살아 있는 새가 아니란 걸 알고도 나는 그래도 여전히 그 새가 좋았다.

어느 바람 부는 날 아침, 엄마와 함께 유치원 마당으로 걸어 들어갔다. 담쟁이넝쿨에 매달린 잎들은 서로 사이좋게 맞닿으며 간지럽게 등을 긁어 주듯이 사 샤 사 샤 소리를 낸다. 나뭇가지가 아주 느리게 움직이는 날에는 가지에 달려 있는 새장도 요람처럼 부드럽게 흔들린다.

새장이 흔들릴 때마다 정원에 서 있던 바람개비의 날개도 힘차게 돌아갔다. 바람개비는 날개마다 색깔이 달랐지만 팽팽 돌아갈 때는 여러 가지 색이 섞여서 다시 한 가지 색깔이 되곤 했다. 날개들끼리 어울려 도는 바람개비를 새장 속의 새가 바라보고 있었다. 그런 날은 그 새가 꼭 아기처럼 느껴졌다.

'혼자 오랫동안 새장 속에 있는 새처럼 나도 혼자 있을 수 있을까.'

맘속에서 조금씩 용기가 오르던 어느 날, 엄마와 헤어지기 싫어 유치원 현관문 앞에서 한참 동안을 엄마 손을 꼭 쥐고 있던 내 귓가로 어디선가 노랫소리가 들려왔다.

오 맑은 햇빛 너 참 아름답다 폭풍우 지난 후 너 더욱 찬란해
시원한 바람 솔솔
불어올 때 하늘의 밝은 해는 비치인다
나의 몸에는 사랑스런 나의 해님뿐 비치인다
오 니의 니의 해님 찬란하게 비치인다

피아노 소리에 실려 들려오던 아이들의 노랫소리는 내 마음에 힘을 주었다. 특히 '나의 몸에는 사랑스런 나의 해님뿐'이란 노랫말이 맘에 와 닿았다. 몸이 따뜻해지고 환해지는 듯했다. 동백반일까, 유채반일까, 매화반일까. 꽃 이름표를 단 교실 어디에선가 흘러나오는 노랫소리를 따라 나는 조금 더 깊숙이 유치원 안으로 들어갔다.

열린 문밖으로 유치원 뒤편에 있는 운동장이 내다보였다. 아이들이 줄넘기를 하고 있었다. 무엇보다 내 눈에 들어온 건 자동차 바퀴 모양의 의자였다. 알록달록한 색칠을 한 바퀴 모양의 의자는 운동장 담벼락을 따라 나무처럼 단단하게 땅에 박혀 있었

내 카페에 오는 사람들에게 천국을 보여 주고 싶다

다. 줄넘기를 하던 아이들은 바퀴 의자로 다가와 앉더니 이마에 맺힌 땀을 닦았다. 땀을 닦으며 서로 이야기를 나누는 아이들의 모습이 다정해 보였다.

나는 점점 유치원이 좋아졌다. 저 아이들처럼 노래도 부르고 줄넘기를 하다가 운동장 담벼락의 바퀴 의자에 앉아 땀을 닦으며 쉬고 싶었다. 무엇보다 하고 싶은 건 노란색과 초록색 바퀴 의자에 앉아 친구와 이야기를 나누는 일이었다. 난 엄마에게 안겨 듣는 이야기가 재미있었다.

엄마 등에 업혀 버스를 타고 엄마 친구 집으로 놀러 가던 날, 버스 밖으로 보이는 사람들이며 집들이 신기해서 엄마에게 이것저것 물어보면 엄마는 묻는 말마다 다 대답을 해 줬다. 나는 엄마가 들려주던 사람들과 집에 관한 이야기들이 좋았다. 유치원에서 친구들과 나란히 바퀴 의자에 앉아 내가 본 집과 사람들에 대한 이야기를 나누고 싶었다.

"블록 정리 하세요." 운동장을 바라보며 생각에 잠겨 있는 사이 동백반 교실에서 선생님의 목소리가 들려왔다. 아이들이 블록을 장난감 통에 담는 소리도 들려온다. 블록 정리는 나도 잘할 수 있다.

집에서 오빠와 함께 블록을 가지고 놀다가 엄마가 "다 놀았으면 장난감 정리해야지" 하면 블록들을 모두 빼서 장난감 통 안에 예쁘게 쌓아 뒀다. 오빠가 정리를 안 해 내가 "야" 하고 소릴 지르면 오빠도 와서 같이 정리했다. 유치원에 입학하면 친구들과 함께 블록을 정리하고 싶었다. 유치원에 입학해서 하고 싶은 일이 점점 많아졌다.

다섯 살이 되던 해의 봄날. 유치원 입학식 날이다. 엄마는 내 긴 머리를 곱게 빗겨 주었다. 가운데 가르마를 갈라 양쪽으로 나눈 후 머리카락을 단단히 당겨 큰 방울로 양쪽 머리카락을 묶었다. 이마가 드러난 내 얼굴을 보고 오빠가 남자 같다며 놀렸다.

나는 "야아" 소리를 지르며 오빠를 때리러 달려갔다. 그러다가 "수정아, 빨리 원복 입자"라는 엄마 말에 이끌려 오빠를 쫓아가는 일을 그만뒀다.

유치원 원복은 엄마가 외출할 때 입는 까만 정장 같았다. 단정한 외투 아래 입는 짧은 주름치마도 예쁘지만 무엇보다 내 맘에 쏙 들어온 건 외투 안에 입는 빨간 조끼였다. 하얀 블라우스 위에 빨간 조끼를 입고 거울 앞에 서니 내 얼굴이 꼭 붉은 사과처럼 예뻐 보인다. 머리를 빗고 원복을 갖춰 입고 밖으로 나가니 몸이 새처럼 날아갈 것만 같았다. 오빠가 남자 같다며 놀린 일도 까맣게 잊어버렸다.

엄마 손을 잡고 유치원에 입학하러 가던 날. 나는 유치원 정원에 있던 새장 안의 새와 바람개비가 제일 먼저 떠올랐다. 그리고 교실에서 흘러나와 유치원 안을 가득 채우던 〈오! 나의 태양〉이란 노래도 부르고 싶어졌다.

엄마의 손을 놓고 혼자 가는 일은 쉽지는 않았다. 그래도 나는 "안녕" 하며 엄마에게 손을 흔들고 유치원으로 혼자 걸어갔다.

사랑해…… 뽀뽀

사랑하는 딸 수정에게
수정아, 날씨가 참 덥다. 그치?
유치원 다니면서 밝아지고 예뻐지는 모습에 엄마는 참 기분이 좋아.
처음엔 낯도 많이 가리고 너무 말이 없어서 엄마가 얼마나 걱정했는지 몰라.
수정아, 내년에 학교에 가야 하잖아.
수정이 고칠 게 있는데……
손 빠는 거, 말하거나 발표할 때 좀 더 자신 있고 똑똑하게……
부탁해.
수정아, 엄마가 널 얼마나 많이 사랑하는지 알지? 사랑해…… 뽀뽀.
참, 아빠도 수정이를 많이 사랑한대.

수정이가 일곱 살이 되던 해에 엄마가 쓴 편지야. 수정이가 장구 배우기에 한창 열을 올리던 때이기도 했어. 자그만 손 양쪽에 열채와 궁굴채를 꼭 쥐고 장구를 치면 그

내 카페에 오는 사람들에게 천국을 보여 주고 싶다

가락이 정말 신났어. 대나무를 얇게 깎아 만든 채가 열채이고 작고 둥근 나무가 끝에 달려 있는 채가 궁굴채란 것도 네가 장구를 배우면서 엄마도 알게 되었어. 왼손엔 궁굴채를, 오른쪽엔 열채를 쥐고 장구를 칠 땐 수줍음 많던 모습과 손가락 빠는 모습들이 다 달아나 버린 것 같았어.

'덩 다다 쿵따 쿵 따쿠 쿵따 쿵따 쿵'

윗다리풍물은 가락이 무척 빠른 풍물이었어. 그렇게 빠른 가락을 어려워하기는커녕 신이 나서 연주하는 수정이가 엄만 참 대견했어. 그러나 또 한편으로는 초등학교 입학을 앞두고 엄만 이런저런 걱정이 많아지기도 했단다. 그때 엄마 마음을 담아서 이 편지를 썼어.

수정아. 네가 장구를 배우던 교실 생각나니?

유치원 건물 제일 높은 층에 있던 그 교실에는 여러 가지 모양의 북이 있었잖아. 똑바로 세워 놓고 두드리며 치는 북도 있었고, 윗다리풍물을 연습하던 장구도 그곳에 있었어. 문을 열고 들어가면 전면이 모두 거울이던 연습실이라서 아이들은 그곳을 참 좋아했어. 악기 연주를 하던 모습을 스스로 바라보면 얼마나 뿌듯했을까.

엄마와 떨어져 혼자 유치원에 다니기 시작한 수정이가 그곳에서 제일 즐거워한 일도 노래 부르기와 악기 연주였어. 특히 어른 장구 크기의 절반만 한 어린이 장구를 제 몸에 꼭 맞게 당겨 놓고 앉은 채 재빠르게 윗다리풍물을 칠 때의 수정이는 마치 태양을 품에 안은 듯 당당한 모습이었어. 수정이가 두 손으로 채를 흔들면 '쿵따쿵 따쿠쿠 쿵' 천둥처럼 큰 소리가 터져 나왔어.

공연이 있던 날. 객석에서 박수 소리가 터져 나오자 다시 '덩덩 덩덩 더더덩 덩덩'이라는 장구 소리로 인사를 한 후 고개를 들던 수정이 모습이 떠오른다. 노을이 번지듯 붉어진 볼. 많은 사람들 앞에서도 당황하지 않고 무사히 공연을 마치고 무대를 내려오던 날, 이미 수정이는 엄마를 떠나서 혼자 살 수 있는 용기를 가져 버렸다는 걸 엄마 알 수 있었어.

천국

　토요일 오후 3시, 이 시간이면 난 엄마와 함께 길을 걷는다. 평일에 엄마는 일을 하느라 바쁘다. 내가 학교에 가서 공부를 하고 야간 자습을 하는 동안에 엄마는 회사에 나가 일을 한다. 엄마는 일하는 게 좋다고 한다. 일하는 게 뭐가 좋냐고 내가 물어보면 "돈 벌어서 우리 수정이 맛있는 것, 예쁜 것, 좋은 것 사 주는 게 좋아서"라고 한다. 난 그런 엄마가 고맙다.

　토요일이면 나는 엄마와 함께 대형마트에 간다. 함께 장을 보고 무거운 짐도 엄마를 대신해서 내가 들고 오고 싶기 때문이다. 그곳은 걸어서 한 시간쯤 걸리는 곳에 있다. 좀 멀긴 하지만 엄마와 나는 걷는 것을 좋아해서 차를 타지 않고 자주 걸어서 그곳까지 갔다. 걸어서 가는 그 길에는 꽃이 많았다.
　사월이면 늘 하늘을 가리며 흩날리던 벚꽃이 나는 좋았다. 꽃잎이 떨어지는 날에 그 길을 걸으면 마음이 작은 유리구슬처럼 여러 개의 꿈으로 빛나곤 했다. 고등학교 2학년이 되면서 내 꿈은 좀 더 선명해졌다. 요리 만드는 걸 좋아하는 나는 음식과 커피를 함께 팔 수 있는 전문점을 열고 싶었다. 그래서 다가오는 여름 방학에 바리스타 학원에 다닐 예정이다.
　엄마는 아메리카노를 좋아하지만 난 달콤하고 부드러운 크림이 넘치는 카라멜마끼아또를 좋아한다. 연갈색 크림 위에 네 잎 클로버 무늬를 새겨 넣은 카라멜마끼아또를 엄마에게 주고 싶다. 별로 말이 없는 편이 엄마는 아마 '잘 만들었네' 정도로만 내 실력을 칭찬하시겠지만 그래도 엄마가 날 얼마나 대견하게 여길지 난 다 안다.
　마트로 가는 길에 엄마와 자주 들른 커피 전문점이 있다. 도로에서 왼쪽 길로 조금 들어간 곳에 있는 커피 전문점인데 그곳에 가면 나는 실내 인테리어부터 둘러본다. 나중에 내가 커피 전문점을 열게 되면 어떻게 꾸미고 싶은지 미리 상상해 보는 일은 무척 즐겁다.

　　　　　　　　　　　　　내 카페에 오는 사람들에게 천국을 보여 주고 싶다

나는 '브런치'처럼 커피를 마시며 간단하게 식사도 하고 회의도 할 수 있는 그런 공간을 만들고 싶다. 나는 바리스타만큼이나 요리사가 꿈이기도 하다. 김치볶음밥이나 멸치주먹밥, 해산물을 잔뜩 넣은 해물볶음밥은 커피와 같이 먹어도 맛있다. 밥 대신 햄에그샌드위치를 커피와 함께 먹어도 맛있다.

엄마와 함께 뜨거운 초코라떼를 마시며 나만의 커피 전문점을 상상하는 일은 너무 즐겁다. 내가 좋아하는 빅뱅의 노래 〈천국〉을 햇살처럼 가게 안에 가득 채워 넣고 싶다.

너를 사랑해 너를 부르네 너를 기억해 너를 기다리네
그대의 말 한마디 사랑한다는 그 한마디
너를 사랑해 너를 기억해
기쁨 슬픔 눈물 하늘 별 그리고 천국
-빅뱅의 〈천국〉 중에서

커피 향과 함께 사랑하는 사람과 함께 있는 곳이라면 그곳은 천국일 것이다. 나는 그런 카페의 주인이 되고 싶다. 내 카페에 오는 사람들에게 천국을 보여 주고 싶다.

커피 전문점 문을 열고 나와서 엄마와 함께 다시 길을 걷는다. 마트까지는 아직 이십여 분을 더 가야 한다. 보통 일주일치씩 장을 한꺼번에 봐 오기 때문에 장바구니가 무거울 때가 많다. 그래서 엄마는 장을 봐서 집으로 돌아올 때는 버스를 타자고 한다. 무거운 짐은 버스 정류장까지 내가 들고 간다. 엄마는 내가 힘들까 봐 짐을 엄마에게 달라고 하지만 난 이렇게라도 엄마의 힘든 일을 덜어 주고 싶다.

버스를 타고 돌아오는 길에 집에 가서 무슨 요리를 할지 미리 생각을 해 둔다. 지난 번 엄마 생일에 미역국도 끓이고 호박을 채 썰어 볶아서 만든 반찬으로 밥상을 차렸는데 엄마가 참 좋아했다. 오늘도 애호박나물 반찬을 할까, 아니면 볶음밥을 할까. 요리하는 일도 즐겁지만 엄마와 아빠와 오빠가 내가 한 요리를 맛있게 먹는 일도 내게는 참 즐거운 일이다.

커피 전문점을 연다면 내가 가족들을 위해 만든 요리들을 메뉴로 만들고 싶다. 나의 첫 손님은 당연히 엄마다. 물론 아빠와 오빠도 나의 소중한 손님들이다. 빅뱅의 노래처럼 내 어린 날의 소중한 추억을 기억하게 해 준 가족들과 함께 있다면 내가 있는 곳은 어디든 천국이다.

팥빙수와 햇살

안산 단원고 2학년 10반 **장혜원**

1. 유치원에 입학했을 무렵에 찍은 사진이다.
2. 친구들과 롯데리아에서 팥빙수를 먹은 후 찍은 사진이다.
혜원이는 빙수를 좋아해서 겨울에도 친구들을 만나면 팥빙수를 즐겨 먹곤 했다.
3. 충남 서천에 있는 외할머니 댁에서 언니 혜진이랑 함께 카메라 앞에 섰다.

팥빙수와 햇살

아빠는 바쁘다. 못 본 날이 며칠째인지 손가락으로 하루하루를 꼽아 봐야 할 만큼 오랫동안 아빠를 못 볼 때도 있다. 아빠가 많이 보고픈 날에는 혜원이는 유치원 졸업 기념으로 만든 문집에 실린 아빠의 편지글을 본다. 10년도 더 지난 편지이지만 혜원이는 아직도 이 편지글을 읽을 때면 아빠의 품 안 같은 따스함이 느껴졌다.

사랑하는 혜원아!
아빠는 혜원이가 친구들과 사이좋게 지내고
언니와 노는 것을 볼 때면 항상 고맙게 생각한단다.
저번에 언니 혜진이가 병원에 입원했을 때
엄마는 병원에서 혜진이와 있고 혜원이는 아빠와 집에 와서
혼자서 준비물도 챙기고 하는 모습이 참 대견했단다.
벌써 내년이면 초등학교에 들어가는구나.
좋은 친구들 많이 사귀고 항상 밝고 명랑하고
건강하게 자라 주길 바란다.

몇 해 전부터 아빠는 안산에서 멀리 떨어져 있는 도시에서 일을 하고 있다. 집이 있는 안산에는 일주일에 한 번 정도만 들를 수 있어서 아빠가 혜원이와 혜진이를 만나는 날은 예전보다 많이 줄어들었다. 언니 혜진이가 강원도 춘천에 있는 대학교로 진학을 하면서 안산 집에는 엄마와 혜원이 둘만 있는 날이 많다. 아빠는 가족들 걱정을 많이

한다. 그래서 혜원이는 아빠와 통화할 때면 "아빠, 아무 걱정 마, 우리 잘 있어"라고 한다. 투정도 부리고 싶고 다가오는 일요일에 집에 꼭 오라고 아빠에게 말하고 싶지만 혜원이는 그런 속마음을 잘 내보이지 않는다.

혜원이는 어릴 때부터 그림 그리는 것을 좋아했다. 여러 가지 이야기를 그림으로 그려 놓았다가 퇴근해서 돌아온 아빠에게 보여 주곤 했다. 아빠는 씻거나 밥을 먹다가도 혜원이가 내민 그림을 보면 "잘했네", "재미있구나", "많이 컸네" 하며 칭찬을 했다. 혜원이는 그림이나 글로 아빠에게 마음을 전하는 일이 좋았다.

쉬는 날이 많지 않은 탓에 일부러 시간을 내어 혜원이를 데리고 여행을 다니진 못했지만 집안일이나 회사 일로 먼 곳에 갈 일이 있을 때면 아빠는 꼭 혜원이와 혜진이를 데리고 다녔다. 엄마가 함께 가지 못할 때도 있었지만 그래도 혜원이는 아빠가 운전하는 차를 타고 도로를 달리는 게 좋았다. 신이 난 혜원이는 차 안에서 언니와 함께 노래를 불렀다. 아는 노래가 나오면 아빠도 함께 따라 불렀다.

언젠가 한번은 강원도 치악산으로 간 적이 있는데 그곳에 가려면 산과 산 사이로 난 가파른 도로를 몇 번이나 넘어야 했다. 안산에도 산은 있지만 강원도에 있는 산에 비할 바가 아니었다. 창문 이쪽저쪽을 둘러봐도 온통 높은 산만 빼곡한 길이었다. 이렇게 높고 깊은 산속에 도로가 있다는 게 신기했다. 혜원이는 이후에도 산속의 그 길이 자주 생각났다.

초등학교 때부터 혜원이는 엄마를 돕는다며 집안일을 곧잘 거들었다. 학교에서 돌아오면 혼자서 숙제도 하고 가끔은 다 마른 빨래를 걷어서 개어 놓기도 했다. 엄마와 언니가 집으로 돌아오기까지 몇 시간씩 혼자 있을 때가 많던 혜원이는 심심하면 그림을 그리거나 일기를 썼다. 혜원이는 음식 만드는 일을 좋아했다. 특히 김밥을 좋아했는데 재료를 장만하는 일은 스스로 할 수 있지만 아무리 연습을 해 봐도 김밥을 단단하게 마는 일은 여전히 혜원에겐 어려운 일이었다. 그래서 김밥이 먹고 싶을 땐 냉장고에 있는 재료를 꺼내서 씻고 썰고 볶아 미리 속 재료를 다 준비해 두고 엄마를 기다렸다. 일을 마치고 집으로 돌아온 엄마가 김 위에다가 밥과 재료를 올려놓고 말기만 하면 금방 맛있는 김밥을 먹을 수 있도록 말이다. 네모난 김 위에 하얀 쌀밥을 얇게 펴고 그 위에 단무지며 햄, 시금치를 올려 돌돌돌 말아 만드는 김밥이 혜원인 마냥 신기했다. 혜원이가 아무리 연습해도 안 되던 김밥 말기를 순식간에 뚝딱 해내던 엄마의 손은 정말 놀라웠다. 혜원이는 김치볶음밥은 자신있게 만들 수 있었다. 프라이팬에 참기름을 두른 후 김치와 밥을 넣어 볶아서 그릇에 담아 밥상 위에 올려놓으면 엄마와 언니가 아주 좋아했다. 언니가 집으로 돌아오는 주말에는 혜원이가 가족들을 위해 김치볶음밥을 만들어 점심상을 차렸다.

혜원이가 아주 어렸을 때부터 엄마와 아빠는 바깥일을 했다. 일하느라 엄마와 아빠가 피곤하다는 걸 혜원인 잘 알고 있다. 혜원이는 엄마 아빠 마음을 힘들게 하지 않으려고 애를 썼다. 그렇지만 혜원이도 엄마에게 냉정해질 때가 있었다. 엄마가 가끔 짜증을 내며 무 자르듯 탁탁 거칠게 혜원이에게 말할 때이다. 그럴 때는 혜원이도 물러서지 않고 단호하게 엄마에게 말했다.

"엄마, 그렇게 말하지 마. 좋게 말해도 되잖아. 엄마가 그렇게 말하는 게 난 싫어."

혜원이의 말을 듣고 나면 엄마는 금방 미안해졌다. 거칠게 말하지 않아도 혜원이는 충분히 엄마 말을 알아들을 텐데 왜 그랬을까 싶어 부끄러워졌다. 그럴 때면 엄마는 자신도 모르는 사이에 혜원이 외할머니의 말투와 성격이 엄마의 몸과 맘에 배어 버렸다는 걸 느끼곤 했다. 그럴수록 혜원이에겐 엄마의 좋은 점만 물려주고 싶었다. 혜원에게서 따끔한 말을 듣고 나면 엄마는 마음속 깊은 곳에서 반성하는 마음이 일었다. 막내이긴 하지만 엄마는 혜원이가 속 깊은 어른처럼 느껴졌다.

"밥 많이 받아 올게, 나눠 먹자."

때마침 저녁 급식을 받느라 길게 늘어선 줄 한가운데 서 있던 혜원이는 얼른 솔이의 손을 당겨서 앞에 세운다. 근처 고등학교에 다니고 있는 솔이가 혜원이를 만나러 단원고로 온 날은 솔이의 마음이 몹시 힘든 날이란 걸 혜원인 잘 알고 있다. 솔이와 저녁 급식을 나눠 먹는 혜원이는 "많이 먹으라"며 맛있는 반찬을 솔이의 입안에 넣어 준다. 혜원이와 밥을 나눠 먹는 사이에 어두웠던 솔이의 얼굴이 점점 밝아졌다.

솔이는 고등학교에 진학하면서 부쩍 생각이 많아졌다. 자신의 고민을 잘 드러내지 않는 솔이지만 혜원이 앞에 서면 마음속의 말이 다 쏟아져 나왔다. 육상 선수인 솔이는 고등학교에 진학한 이후 운동을 계속할지 그만둘지 갈등이 생겼다.

"솔이야, 난 너를 믿어. 넌 뭐든 할 수 있어. 네가 운동을 계속하든 선수 생활을 그만두든 난 무조건 솔이 네 편이야. 네가 하고 싶은 걸 해."

솔이가 운동을 그만두게 되면 후회할 일도 있겠지만 분명 좋은 일도 있을 거라는 믿음이 혜원에게는 있었다. 혜원이가 단원고등학교를 선택할 때도 그랬다. 단원중학교를 다닌 혜원이는 고등학교는 단원중학교와는 좀 멀리 떨어져 있는 학교로 가고 싶었다. 그러나 엄마와 아빠는 혜원이가 집과 가까운 단원고등학교를 다니길 원했다. 때마침 언니가 춘천에 있는 대학교로 진학을 해서 집을 떠난 때라 혜원이는 엄마와 함께 좀 더 가까이 있어야겠다는 생각에 단원고로 진학했다.

처음엔 원하는 고등학교로 가지 않은 데 대한 아쉬움도 많았다. 하지만 막상 단원고를 다녀 보니 좋은 점이 더 많았다. 야간 자습을 마치고 밤늦게 돌아올 때도 집이 가까우니 무섭지 않았다. 무엇보다 혜원이는 단원고등학교에 와서 만난 친구들이 좋았다. 1학년 때 윤리적 리더 육성 프로그램에 발탁된 혜원이는 단원고 친구 두 명과 함께 가톨릭대학교에서 운영하는 청소년 창조 인재 육성 캠프를 수료했다. 가톨릭대학교에서 1박 2일로 진행된 캠프에서 혜원이는 특히 어려운 처지에 있는 사람들의 입장이 되어 보는 프로그램이 맘에 와 닿았다. 휠체어를 타고 다닌다면 어떤 어려움이 있을까를 조사해 보니 가톨릭대학교 안에만 해도 휠체어가 다닐 수 없는 곳이 너무 많았다. 막연히 생각했던 '차별'이란 것을 확인한 경험이었다. 어려운 사람들을 돌보고 보살피는 일을 하고 싶어 했던 혜원이의 꿈은 윤리적 리더 육성 프로그램을 수료한 후에는 좀 더 구체적으로 다가왔다. 의학이나 수의학을 공부해서 모든 생명이 좀 더 아프지 않고 살 수 있는 세상을 만들고 싶다는 꿈이 더 선명해졌다. 2학년이 되어서 문과가 아닌 이과로 진학한 것도 그 꿈 때문이다.

팥빙수와 햇살

어떤 선택을 하든 솔이도 더 큰 꿈을 꿀 수 있을 거란 믿음이 혜원에게는 있었다. 솔이와 혜원이는 둘 다 말이 없는 편이었다. 그런 솔이와 혜원이를 자연스럽게 이어 준건 중학교 2학년 때 같은 반 친구인 지은이었다. 지은이는 말없이 조용히 있는 혜원이에게 다가가 먼저 말을 걸었다. 여러 번 다가가 말을 걸어도 혜원이는 그저 조용히 웃으며 "그래"라고 말할 뿐 더 이상의 말이 없었다. 지은이는 혜원이가 냉정하게 느껴지기도 했지만 그래도 혜원이가 좋았다. 혜원이는 가끔 지은이에게 웃음을 지어 보였다. 그 웃음 안에는 혜원이의 마음이 담겨 있었다. 표현 방법이 다를 뿐 혜원이도 지은이와 친해지고 싶은 마음이 크다는 걸 알 수 있었다. 지은이는 그런 혜원이의 마음이 마치 자신의 마음처럼 이해가 갔다.

'혜원이는 낯설고 잘 몰라서 먼저 다가오지 않는 거야. 봄이 오면 꽃이 피듯 친구 사이에 정이 드는 것도 시간이 필요한 일이지.'

친구들과 친해지고 난 후의 혜원이의 모습은 이전과는 완전 달랐다. 어디서 그런 애교가 뿜어져 나오는지 혜원인 친구들 사이에서 제일 애교가 많았다. 혜원이가 애교를 떨 때는 친구인 지은이가 봐도 정말 귀여웠다. 손가락이 길고 예쁜 혜원이는 웃을 때 양손을 드는 버릇이 있었는데 손바닥을 오므리고 웃으면 마치 손가락이 안으로 꺾인 것처럼 보였다.

"혜원아. 너 웃다가 손가락 꺾였어."

지은이가 놀리면 혜원이는 한 술 더 떠서 애교를 떨었다.

"아잉, 너네들 그러면 안 돼잉, 놀리고 그러면 안 돼잉."

혜원이가 꺾인 듯이 오므린 양손을 흔들며 콧소리를 섞어 말을 하면 주변의 아이들은 모두 배를 잡고 웃었다. 차가워 보이기만 하던 혜원에게서 뿜어져 나오는 애교는 늘 친구들에게 활력을 주었다. 지은이는 혜원이가 주는 활력이 좋았다. 외동딸인 데다가 하루 중 엄마 아빠가 집에 안 계신 시간이 길었던 터라 지은이는 외로움이 컸다. 그 외로움이 어떤 날은 지은이를 짜증 나게도 했고 어떤 날은 분노가 되어 지은이를 날카롭게 만들기도 했다. 지은이가 혜원이에게 먼저 적극적으로 다가신 건 혜원이에게서 풍긴 단정함과 차분한 인상이 마음을 끌었기 때문이다. 혜원이는 지은이의 마음을 읽어 줄 것 같았다.

혜원이는 이런 지은이의 마음이 낯설지가 않다. 엄마 아빠가 맞벌이를 하느라 집에 혼자 있는 날들이 많았던 혜원이는 지은이의 외로운 마음을 알 수 있었다. 이런저런 마음을 헤집는 말을 하지 않고도 지은이의 마음을 다 품어 주는 힘이 혜원에겐 있었다. 어느새 방 안에 가득 차 있는 햇살처럼 혜원이와 솔이와 지은이의 만남도 시간이 지날수록 점점 환해지고 따뜻해졌다.

대학생인 혜진이는 옷을 사러 가서 마음에 드는 옷이 있으면 사진을 찍어서 먼저 혜원에게 보여 준다. 혜원이가 고등학생이기는 해도 옷 보는 안목은 높은 편이다. 혜원이가 괜찮다고 하는 옷들은 대부분 혜진이 맘에도 들었다. 춘천에서 대학을 다니느라 집을 떠나 있기는 하지만 혜진이는 오히려 지금이 예전보다 동생 혜원이와 더 친해진 것 같다. 혜진이와 혜원이는 세 살 터울의 자매이다. 엄마 아빠가 맞벌이를 해서 어려서부터 둘만 집에 있을 때가 많았지만 놀 때도 각자 자기가 좋아하는 놀이를 하며 따로 놀았다. 어쩌다 같이 놀 때는 다투는 일이 잦았다. 다투고 나면 혜원이는 밥 먹을 때도 혼자만 먹었다.

"혜원아, 내 밥도 차려 줘."

혜진이가 말 건네기가 무섭게 금방 쌀쌀맞은 혜원의 대답이 돌아왔다.

"니가 차려 먹어."

혜원이는 언니인 혜진이가 잘 놀아 주지도 않으면서 밥까지 차려 달라는 게 못마땅했다. 텔레비전을 볼 때도 자기가 보고 싶은 것을 보겠다며 서로 먼저 리모컨을 차지하려고 다투는 일이 많았다. 싸움이 잦아지면서 혜원이는 혜진에게 '언니'라고 하지 않고 '야'라거나 '니'라고 부르기도 했다. 어쩌다 기분이 좋아지면 다시 '언니'라고 부르기도 했지만 싸우기 시작하면 다시 '니'라거나 '야'라고 불렀다. 그 일 때문에 혜진이가 더 속이 상해져 버린 바람에 둘은 점점 더 싸우는 일이 많아졌다. 심지어 한 살

많은 사촌에게는 깍듯하게 '언니'라고 하면서도 세 살이나 많은 친언니인 혜진에게는 '니'라고 부르는 동생이 혜진이는 못마땅했다.

집안 형편이 그리 넉넉하지 않은 터라 대학생이 되면서부터 혜진이는 스스로 용돈과 생활비를 벌기 위해 아르바이트를 시작했다. 아르바이트의 대가로 통장에 돈이 입금되면 혜진이는 동생이 제일 먼저 생각났다. 혜원이에게 맛있는 걸 사 주고 싶었다. 어렸을 때 싸운 걸 생각하면 혜원에게 미안한 마음이 들었다.

주말에 집에 오면 혜진이는 집 밖에서 혜원이를 만났다. 같이 맛있는 걸 사 먹고 옷을 살 때도 혜원이와 같이 갔다. 혜진이는 고민이 있으면 혜원이에게 털어놓았다. 혜원이는 언니의 고민을 잘 들어 준다. "속상했겠네", "힘들었겠네" 하며 언니 이야기를 들어 주는 혜원이가 고마웠다. 혜진이는 동생 혜원이를 생각하면 늘 마음이 든든했다.

아르바이트를 하느라 과제가 밀리면 혜원이는 틈나는 대로 혜진이의 과제를 도와주곤 했다. 영어로 작성해야 하는 대학교 과제를 혜원이는 별 어려움 없이 해내곤 했다. 혜원이가 공부를 잘하는 건 알고 있었지만 대학교 전공 공부도 해낼 만한 실력이 있다는 게 혜진이는 자랑스러웠다.

혜진이는 가끔 먼 훗날을 떠올리곤 한다. 세월이 아주 많이 흘러서 엄마와 아빠가 우리들 곁을 떠난다 하더라도 혜원이와 함께라면 슬픔도 견딜 만하겠다는 생각이 들었다. 혼자가 아니라 혜원이와 함께 살아갈 세상이라 외롭지 않았다.

「제주도 날씨는 어때?」

「옷은 뭐 입을까?」

「맛있는 건 많아?」

「배 타고 가.」

「밤에 불꽃놀이도 한대.」

혜원이는 제주도로 가는 수학여행을 앞두고 맘이 설렜다. 친구들과 카톡으로 주고받는 이야기도 주로 수학여행에 관한 거다. 이미 제주도로 수학여행을 다녀온 친구들에게 제주도에 관한 정보를 물어보면서 여행에 대한 상상을 채워 나갔다. 혜원이가 있는 2학년 10반 아이들은 반별 장기 자랑을 준비하느라 점심시간이면 교실 책상을 뒤로 물려 놓고 단체로 춤 연습을 했다.

혜원이는 중학교 3학년이 되면서부터 부쩍 외모에 신경을 썼다. 원래 이목구비가 뚜렷했던 터라 약간만 꾸며도 예뻐진 표가 확 났다. 친구들은 이런 혜원이의 모습이 신기하기도 했고 신비롭기도 했다. 차가워 보이지만 막상 친해지고 나면 한없이 따뜻하고, 모범생처럼만 보이더니 어느 날부터인가 화장도 하고 예쁜 옷도 입기 시작했다. 친구들은 이런 혜원의 행동을 보고 '반전'이라고 했다. 혜원이는 오랫동안 만나 봐야 제대로 알 수 있는 친구다. '반전'이라 불릴 만큼 극과 극의 모습을 가졌지만 친구들은 혜원이의 이런 모습들을 다 좋아했다. 혜원이는 특히 웃을 때 덧니가 살짝 드러나면서 참 예뻤다. 이 특유의 웃음 때문에 친구들 사이에서 인기가 더 많았다. 수학여행을 가면 제주도의 풍경을 배경으로 사진을 많이 찍어 오고 싶었다. 어떤 표정을 지을까 하며 거울을 들여다보는 날들이 많아졌다.

꽃샘추위가 찾아온 삼월의 어느 날. 추운 날이었지만 팥빙수를 좋아하는 혜원이는 친구들과 빙수를 먹으러 갔다. 여러 가지 재료가 어울려 달콤한 맛을 내는 빙수를 먹으며 지은이는 "꼭 혜원이 같아"라고 말한다. 여러 가지 생각과 모습을 담고 있는 혜원이를 팥빙수에 비유한 말이다. 혜원이는 정말 빙수처럼 차가우면서도 햇살처럼 따뜻하고 달콤한 맛을 가진 아이다.

집으로 돌아오던 길에 들른 서점에서 혜원이는 친구들과 함께 여행에 관한 정보가 담긴 책을 읽었다. 그때 친구들과 혜원이는 대학교에 가면 아르바이트를 해서 모은 돈으로 꼭 함께 해외여행을 가자고 약속했다. 그 순간 혜원이의 마음속으로는 앞으로 들르게 될 수많은 나라들의 바람이 불어왔다.

혜원이의 마음이 온통 여행의 설렘으로 흔들렸던 봄이었다.

경기도교육청 '약전발간위원회'

위원장 | 유시춘
위원 | 노항래 박수정 오시은 오현주 정화진

경기도교육청 약전작가단(139명)

강무홍 강정연 강한기 공진하 권현형 권호경 금해랑 김경은 김광수 김기정 김남중 김동균
김리라 김명화 김미혜 김민숙 김별아 김선희 김세라 김소연 김순천 김연수 김용란 김유석
김은의 김이정 김인숙 김지은 김하늘 김하은 김해원 김해자 김희진 남궁담 남다은 남지은
노항래 명숙 문양효숙 민구 박경희 박수정 박은정 박일환 박종대 박준 박채란 박현진
박형숙 박효미 박희정 배유안 배지영 서분숙 서성란 서화숙 선안나 손미 송기역 신연호
신이수 안미란 안상학 안재성 안희연 양경언 양지숙 양지안 오수연 오시은 오준호 오현주
유시춘 유은실 유하정 유해정 윤경희 윤동수 윤자명 윤혜숙 은이결 이경혜 이남희 이미지
이선옥 이성숙 이성아 이영애 이윤 이재표 이창숙 이퐁 이해성 이현 이현수 임성준 임오정
임정아 임정은 임정자 임정환 임채영 장미 장세정 장영복 장주식 장지혜 전경남 정덕재
정란희 정미현 정세언 정윤영 정재은 정주연 정지아 정혜원 정화진 정희재 조재도 조지영
진형민 채인선 천경철 최경실 최나미 최아름 최예륜 최용탁 최은숙 최정화 최지용 하성란
한유주 한창훈 함순례 홍승희 홍은전 희정

416 단원고 약전
짧은, 그리고 영원한 10권 (2학년 10반)

팥빙수와 햇살

초판 1쇄   2016년 1월 12일
초판 3쇄   2018년 3월 20일

지은이   경기도교육청 약전작가단
엮은이   경기도교육청
펴낸이   이재교
책임감수   유시춘
책임교정   양순필
책임편집   박자영
그림   김병하
손글씨   이심
디자인   김상철 박자영 이정은
인쇄   신사고하이테크(주)

펴낸곳   굿플러스커뮤니케이션즈(주)
출판등록   2013년 5월 7일 제2013-000136호
주소   서울시 마포구 동교로17길 51 (서교동 458-20) 4, 5층
대표전화   02.6080.9858
팩스   0505.115.5245
이메일   goodplusbook@gmail.com
홈페이지   www.goodpl.net
페이스북   www.facebook.com/pages/416book

ISBN 979-11-85818-21-4 (04810)
ISBN 979-11-85818-11-5 (세트)

「이 도시의 국립중앙도시관 출판시도서목록(CIP)은
서지정보유통지원시스템 홈페이지(http://seoji.nl.go.kr)와
국가자료공동목록시스템(http://www.nl.go.kr/kolisnet)에서 이용하실 수 있습니다.
(CIP제어번호: 2015035197)」

머물렀던 거리

←